그곳에 엄마가 있었어

그곳에 엄마가 있었어

윤정모 장편소설

다선
책방

나라를 잃고 고통의 세월을 살아낸
우리의 부모님들, 그리고 사회정의와 인권,
위안부 할머님들의 명예 회복을 위해
헌신해 오신 모든 분에게 이 책을 바칩니다.

차례

그곳에 엄마가 있었어

그곳에 엄마가 있었어

9

작가의 말

333

주

339

1

그 남자가
죽었다

눈을 떴다. 아침이다. 몸을 일으키기 전에 지난밤 꿈부터 진단해 본다. 사람들을 만난 것 같은데 누구를 무슨 일로 만났는지는 기억에 없으나 잔상에 대한 느낌이 나쁘지 않다. 아, 그렇지, 오늘은 소설 월평이 있는 날이다. 급히 거실로 나가 신문을 집어 온다. 문화면을 펼치고 이달의 소설평을 읽는다.

"배문하 작가가 5년 만에 발표한 중편소설 『그 남자를 죽였다』는 이 소설의 제목이자 마지막 문장이다. 주인공은 오랫동안 정신적 고문을 가해오던 아버지를 살해한다. 살인 장면을 심리적 판타지로 묘사해서 실제인지 상상인지는 명

확성이 없지만 피살된 자의 가학성과 악의적 묘사는 매우 사실적이다. 가해와 피해, 그 양면성을 모두 가진 주인공은 아버지로부터 자기 존재를 거부당해 온 인물이다. 이 피해 의식이 소년의 심리와 정서를 이중성으로 갈라놓으면서, 표면상으로는 매우 정상적이나 내면에는 증오심이 끓어 때 때로 분열증을 겪는다. 소년은 상처를 받을 때마다 그 고통 을 한 건, 한 건 나무처럼 심어왔고 보복의 가학성이 완벽한 연리지로 어우러졌을 때 살해하기에 이르러⋯⋯"

세 번 읽고 신문을 덮는다. 화려한 극찬은 아니라 해도 작가의 의도에 동정심을 부여해 준 것만으로도 성공적인 평가로 봐야 한다. 그럼 이제 다음 소설을 내밀어봐?『일본 총독 안중근』, 몇 해 전 써둔 그 소설의 주인공이 요즘 들어 나를 자주 불러내고 있다. 책을 읽거나 영화를 보거나 길을 걸을 때 불쑥불쑥 튀어나와서 "나는 언제 저기 주인공처럼 살려낼 거냐"고 보챘다. 좀 기다려. 먼저 밑밥이 필요하단 말이야. 왜냐면 너는 한국의 식민지가 된 일본의 독립운동 가잖아. 이름은 미시마 유키오, 극우 정의를 위해 할복한 네 가 총독이 된 안중근을 저격하잖아. 알아, 그 이름을 대놓고 사용했다가는 내 작가 생명이 끝날 수도 있지. 혹은 대한민 국이 발칵 뒤집히거나. 일본 식민지 역사를 완전히 뒤바꿔

놓았고, 지금껏 그런 시도를 한 작품이 없었으니까. 그 작품이 성공하면 『내 인생을 연구하다』를 쓰는 거야. 나는 고등학교 2학년 때부터 궁금했어. 나에게 주어진 출생과 삶, 생각의 방식은 어디서 왔는가? 나와 연관된 사람 중 그 누구도 평범하거나 보편적인 사람이 없다는 것도 내 운명의 색채가 그렇기 때문인가? 운명의 근원은 무엇인가? 그리고 생각이라는 것, 혹은 정신이라는 이 희한한 물질의 생성과 성격의 염색체도 각자가 다른가? 이 모든 것을 역술이 아닌 과학적 근거로 분석해 볼 방법을 찾고 연구하는……

초인종이 울린다. 방문객 담당인 어머니는 세 번이 울리도록 안방에서 기척이 없다. 시장에 간 모양이니 이럴 때는 나도 집에 없는 척하는 거다. 방문객이 문을 두드려대며 소리친다.

"전봅니다!"

전보? 원고 청탁? 월평이 즉각 효과를 냈다면 그럴 수도 있다. 나는 급히 나가서 잠깐 잠이 들었노라고 희떠운 변명을 하며 전보용지를 받아 든다. 청탁 원고가 중편? 단편? 중편이면 좋겠다. 어머니가 짝사랑하는 남자를 비록 글에서이지만 내가 죽였으니 효도 관광이라도 보내드려 심적 부담을 덜어내는 거다. 숨을 크게 쉬고 전보용지를 펼친다.

ㅂㅜㅊㅣㄴㅅㅏㅁㅏㅇㅇㅇㅏㄴㄷㅗㅇ

부친 사망, 부친 사망이라고? 내가 소설에서 죽인 그 남자가 정말로 죽었다? 심장이 급격하게 튀어 오르고 숨이 막혀 털썩 주저앉는다. 눈앞이 뱅뱅 돌면서 어지러움과 함께 오래전에 멈추었던 머릿속 시계가 새롭게 카운트다운을 시작한다. 이제 곧 주변의 모든 사물이 무너져 내리고 너는 쓰러질 것이다. 너는 건물 잔해에 깔려서 아득한 갱도로 빨려 들어가…… 아니, 내가 왜 또 이런 증세에 휘둘리고 있는 거지? 여긴 건물도 없고 내 집 현관이다. 나는 엉덩이를 털고 방으로 들어가 책상에 앉는다. 뭐, 부친이라고? 어디서 생긴 부친? 그 명사는 애초 내 인생 사전에 없었다. 가끔 그의 이름이 떠오르긴 했지만 그마저 오래전에 종언을 고했고 오늘 아침 신문에서도 확인 사살을 한 존재다. 나와는 혈연관계도 아닌 사람을 친아버지로 꾸며 종결시킨 것을 그남자가 알면 질색할 일이지만 내 나름의 의식 청소였다.

계단에서 누군가가 올라오고 있다. 나는 문을 끌어 닫고 문짝에 기대 좀 전의 그 증상을 진단해 본다. 빨라지는 심장 박동, 몰아치는 현기증, 1~2초간의 기절은 두뇌 지시의 오작동이었고 주변의 사물이 무너지는 모습은 환각이었다. 이성으로 제압할 수 없는 극대 공포.

첫 발작이 온 것은 명동에서였다. 그즈음 나는 내 존재의 부실함에 대해 심각한 고뇌에 빠져 있었다. 자기 존재를 자신으로부터 제거하거나 분리할 수 없다면 존재에게 힘을 주어 일어서도록 해야 한다. 나는 명동으로 나갔다. 글자 그대로 날마다 밝은 동네였다. 그 동네에는 만인으로부터 존재를 인정받는 사람들, 존재 자체가 빛이 되는 사람들, 후광을 업고 다니는 그런 명인들이 모여들었다. 카페와 술집, 번뜩이는 언어들이 넘쳐나는 곳. 문학인, 음악인, 영화인과 성공한 사람들이 자기 마력을 맘껏 발산하는 곳. 그들의 마력이 몸에 닿기만 해도 빛과 영광이 전수되는 곳. 그들의 한마디가 힘이 되고 그들의 격려는 환각제, 곁에 서 있기만 해도 자존감이 생성되는 그런 곳이다. 건널목을 건너면서 내가 나에게 물었다. 네가 그들로부터 궁극적으로 받고 싶은 것은 무엇이냐? 명성? 유명세? 그들의 부? 아니다. 난 턱없이 바라기만 하는 그런 허황된 인간이 아니다. 내가 바라는 것은 단 하나, 내 존재에 대한 규명이자 허락이다. 아니다, 확인 같은 것이다. 허공만 밟고 다니는 내 발이 땅바닥에 착지되는 확실한 느낌, 그런 것 말이다. 존재의 허락이라고 했나? 내 존재의 증서는 그런 것과도 다르지 않나?

저만치 국립극장이 보였다. 극장 사거리에서 오른쪽으로

가면 문인들의 단골 술집이 있었다. 이범선, 홍성유, 광장의 신화를 만든 최인훈……『광장』은 열 번 읽었다. 남과 북을 다 버린 대목은 멋졌지만 자살은 마음에 들지 않았다. 내가 만약『광장』을 다시 쓴다면, 다시 쓴다면, 다시 쓴다면…… 쓴다면으로 홈을 파다가 건져 올린 실마리가『그 남자를 죽였다』였다. 사실은 그 남자를 죽이기 전에 먼저 생각한 전형이 있었다. 고3 때 짝이었던 친구의 아버지였다. 남포동에 큰 건물을 가진 그분은 매일 일본 노래를 틀었다. '유라쿠초데 아이마쇼(유라쿠초에서 만나요)'와 '사요나라'가 흘러나올 때면 그리움에 사무치는 목소리로 따라 부르기도 했다. 마치 실향민 같았다. 일정 때 남포동과 광복동은 거의 일본인들이 점거했다. 그들과 결붙어 살았던 사람에게는 일본이 잃어버린 조국 같을 수도 있다면 "그렇다면 한국과 일본도 남과 북과 같은 분단 상태로 볼 수 있지 않은가?"라는 생각에 닿았다. 그러나 그 이상 상상력이 확장되지 않았다. 일본과 한국의 저변에 깔린 정서, 죽자고 반일을 외치거나 죽도록 그리워하는 이중적 지층을 맴돌다가 휘어잡은 것이『그 남자……』였다.

국립극장 앞을 지났다. 연극 〈리어왕〉이 공연 중이었다. 왕의 교만, 자식들의 배신 어쩌고 하는 간판 글을 읽어갈 때였다. 갑자기 심장이 뛰었다. 심장이 튀어나올 듯이 팽창하면서 주먹처럼 셔츠를 때렸고 그와 동시에 내 주위의 모든 건물이 나를 향해 무너져 내렸다. 심장마비, 심장마비를 앞세우고 오는 죽음이다! 죽음이 나를 덮쳐오고 있다! 더 이상은 존재하지 말라는 뜻, 내 인생이 여기까지였구나……

그처럼 급박한 순간에 내가 정말 '인생이 여기까지'라는 그런 생각을 할 수 있었던가? 그 순간은 죽음이 아닌 극도의 공포뿐이었다. 죽음을 업고 오는 공포, 내 몸이 먼저 놀라서 나를 쓰러뜨린 것이었다. 나는 기절했고 눈을 떴을 땐 백발의 남자가 나를 일으켜 세우고 있었다. 이 백발 남자는 나를 데리러 온 저승사자인가? 저승사자가 나를 이끌고 간 곳은 근처 내과 의원이었다. 의사는 들썩이는 내 셔츠를 보고 짜증스럽게 말했다.

"큰 병원으로 가보세요."

백발 남자는 택시기사에게 돈을 지불하면서 나를 적십자병원에 데려다주라고 부탁했다. 심전도 파상 곡선을 들여다보던 의사가 피검사, 내장검사를 지시했을 때 나는 그의 찌푸린 눈에서 사형선고를 읽었다. 내 생을 정리해 봐야 할 텐데 이성적인 생각이 개입할 틈도 없이 사흘간 저승사자의 협박에 시달렸다. 침대에 앉으면 네 명으로 분리되어 각자 침대 귀퉁이에 붙어 섰고 자리에 누우면 병실 천장에 올라붙어 검은 옷자락을 펄럭였다. 잠이 들면 그들에게 끌려갈 것 같아 두 눈 부릅뜨고 버티는데 간호사가 주사를 놓았고 나는 혼수 같은 잠을 잤다. 사흘째 되는 날 의사가 말했다.

"뉴러스시니어^{neurasthenia}입니다. 독일어로는 노이로제, 우리말로는 신경쇠약인데 증세는 3기로 보입니다."

노이로제, 사전에는 불안, 과로, 갈등, 억압, 죄의식 등의 감정 체험이 원인이 되어 발생하는 신체적 병증이라고 쓰여 있었다. 그런데 3기는 또 무슨 뜻인가? 의사가 설명을 했다.

"건물이 무너져 보이더라고 했지요? 공포증에 망상까지 겹치면 중증으로 진단합니다."

"결국은 죽음으로 가겠지요?"

"죽음이 아닌, 죽음의 공포입니다. 그 공포가 시도 때도 없이 찾아듭니다. 그러니까 그 공포와 함께 살아야 하는 것이 환자분의 질병입니다. 때론 진짜 죽음이 그리울 만큼 그 공포가 더 괴로울 수도 있습니다."

육교를 이용할 수 없었다. 높은 데만 가면 그곳이 무너지거나 바닥으로 뚝 떨어졌다. 물론 망상이었다. 심장은 길을 가다가도 튀어나오려고 앙탈을 부렸다. 바리움, 리브륨으로 3년을 버티던 어느 맑게 갠 날 프루스트의 글을 읽었다. "나는 신경쇠약을 앓았다, 그것은 질병이 아니었다. 나를 진단하고 성찰하게 하는 스승과도 같았다"라고 고백했다. 『잃어버린 시간을 찾아서』라는 대작을 쓴 거장이 신경쇠약을 은혜로 여겼다면 나의 이 병세는 축복이 되는 셈이다. 거룩한 마음으로 받아들이자, 그리고 극복하는 거다. 공포가 몰아칠 때는 극복 의지가 달아났지만 나는 그 의지를 되잡아두려고 노력한 끝에 '죽음은 운명이지 신경증의 교란이 아니다'라는 해답을 얻을 수 있었다. 약을 끊고 눈앞을 직시했다. 저승사자들이 모두 내 곁을 떠나갔을 때 프루스트의 글을 다시 읽었다.

"이 질병을 은혜라고 한 것은 타인을 가해할 생각이 전혀 우러나지 않는다는 것, 비록 피해의식에 자신이 조종당하고 있다 해도 적응할 지혜를 얻으면 상상력이 발전하고 자기를 긍정적인 방향으로 이끌어간다는 것이다."

프루스트 경지로 나는 스스로를 끌어올리지 못했고 하다못해 긍정적인 방향으로 이끌어가지도 못했으니 그것이 내 인간 됨됨이의 한계였다.

어머니가 방문을 열었다. 닫힌 방문은 좀처럼 열지 않던 어머니가 손에 전보용지를 들고 문 앞에 섰다. 내가 떨어뜨리고 온 모양이다. 네, 어머니 그가 죽었대요. 어머니도 해방감을 느끼시죠? 이제 가슴 졸일 일도 없어졌으니 오늘 저녁 돼지고기를 사다가 소주 한잔하면서 해방 잔치를 할까요? 나는 흠칫 숨을 들이켠다. 어머니의 얼굴이 백지장 같다. 그러고 보니 어제도 좀 이상했다. 빨랫줄을 사 와서는 느닷없이 그걸로 교체해 달라고 재촉했다. 겨울 내의도 내가 벗어 던진 헌것을 줄이고 꿰매가면서 입던, 낭비가 무슨 적이나 되는 듯이 질색하던 사람이 멀쩡한 빨랫줄을 교체하라는 것이었다.

"빨랫줄은 뭐니 뭐니 해도 삼줄만큼 질긴 게 없다. 푹 쪄서 잘 말린 삼실 가닥으로 쫀쫀하게 꽈봐라, 그 빨랫줄은 수십 년이 가도 끊어지는 법이 없다."

별로 적합하지 않은 어머니의 말에 나는 또 '그래서 삼줄은 교수대 목줄로도 이용되나 보죠' 하고 속대답을 했다. 어머니는 묶어준 빨랫줄을 일일이 당겨보고서야 안심했다. 그렇다면 어제 그러한 태도가 그의 죽음을 예감했던 것이었나? 그 남자에게 묶여 있기를 그토록 원했던 것은 이용의 가치 때문만은 아니었나?

"밥 차릴 테니 준비하고 나오너라."

어머니는 또 저렇게 생소한 힘을 행사한다. 나에겐 적으로 분류된 그 남자를 항상 내 옆에 세워놓고 친친 동여 묶는 진정한 이유는 당신의 사랑 때문이었나? 평생 모욕하고 학대해 온 그런 남자를 저렇게 변함없이 사랑할 수도 있나? 죽어도 포기가 안 되는 그런 사랑, 영원한 사랑인가? 그 사랑에 항상 나를 끌어들이는 진짜 이유는 무엇인가? 나로선 도무지 해석이 불가능하니 이런 아이러니가 어디 있는가! 등을 돌리던 어머니가 다시 돌아서서 이른다.

"먼 길인데 앉아서 가야지? 일찍 가서 표를 사도록 해라."

여러 가지 기억이 한꺼번에 달려온다. 조간신문의 소설평, 소설 제목과 그 남자가 던져준 흉기 같은 언어들, 그리고 계단을 내려가던 알코올중독자, 소설에서 주인공은 등 뒤에서 그를 떠밀어 죽인다. 실제로 나는 그 남자를 밀었고 그는 계단을 굴렀고 내 의식 속에서 그는 정말 죽었다. 다시 어머니가 부른다.

"밥 차렸다!"

밥상머리에서 어머니가 일러준다.

"상제가 너 하나뿐이라 며칠간 고생하겠구나. 가자마자

술잔부터 올리고 절을 해라. 곡은 그다음에 하고, 상복은 입관 후에 입는 거다."

어머니에겐 그런 절차를 일러줄 자격이 없다. 무엇보다도 그 남자에겐 장례를 전담할 아내가 있다. 그럼에도 어머니는 늘 그 사실을 망각한다. 그에게 자손이 없어서? 자손이 없으니까 나를 그 자리에 밀어놓고 질서를 교란해 왔다? 한데 난 왜 어머니의 저 신앙을 깨뜨릴 수 없나? 그는 죽었어요, 이제는 그래야 할 필요가 그 어디에도 없으니 어머니 제발…… 나는 왜 그런 말도 하지 못하는가. 내가 숟가락을 멈추자 어머니가 덧붙여 말한다.

"자손이 너밖에 없지 않니? 전보를 친 것이 그런 뜻이다."

청량리역이다. 이른 시간에 도착했다. 표를 사고 밖으로 나가 역 앞을 걸어 다니며 고여 있는 언어들을 쏟아낸다. 정말이다, 이 장례식에 반드시 가야 할 의무가 나에겐 없다. 그럼 원주에서 내려 강릉으로 빠진다? 한 사흘 바다만 보다가 돌아온다? 어머니가 물으면 어떤 대답을 하지? 넌 어머니를 벗어날 재간이 있나? 없다. 없으니까 일단 기차는 타야 한다. 개찰구로 간다. 앉아서 가려면 앞줄에 서야 한다.

반대편 하차구에서 사람들이 쏟아져 나온다. 양구나 주

문진 또는 탄광촌에서 도착한 열차일 것이다. 10대 사내아이들이 하차객들 속에서 군인들을 골라잡는다. 이쁜 색시 많아요. 짧은 밤도 맘껏 할 수 있어요. 청량리 588, 집창촌…… 군대서 첫 휴가를 나왔을 때 나는 사내아이가 지정해 준 여자의 방으로 들어갔다. 여자가 말했다. 긴 밤인데…… 세 번까지는 봐줄게요. 세 번은커녕 한 번도 하지 못했다. 막 시작하려던 그 순간 하필이면 그 남자가 어머니에게 던졌던 악담이 머릿속으로 날아든 때문이었다. 나는 여자의 배에서 내려오면서 "돈 도로 내놓으라고 하지 않은 걸 다행으로 알라!"고 시부렁거렸다. 하, 나란 인간의 격은 항상 그 자리였던가?

개찰이 시작되었다. 나는 뛰어가 쉽게 자리를 잡았다. 창가였다. 뒤따라 들어오는 승객들이 비릿한 냄새를 몰고 온다. 위장이 역류할 것 같아 차창 밖으로 얼굴을 내민다. 한동안 지하도에서 올라오는 사람들이 전갈로 보일 때가 있었다. 저마다 나를 향해 집게발을 창처럼 겨눈 그 앞에서 나는 가죽이 말랑한 벌레가 되어 창에 찔리지 않으려고 온몸을 돌돌 말았다. 내가 벌레가 된 것보다 더 기이했던 일은 전갈들이 3·1운동 사진 속 만세 인파처럼 모두가 태극기를 들고 올라와 나를 짓밟고 지나갔다는 것이다. 다행히도 내 이성은 그러한 현상이 망상임을 제때 알아차렸다.

　열차가 출발한다. 나는 등을 기대고 눈을 감는다. ㅂㅜ ㅊㅣㄴㅅㅏㅁㅏㅇㅇㅏㄴㄷㅗㅇ

　그 남자를 처음 만난 것은 일곱 살 때였다. 쪽마루에 앉아 다가오는 어둠을 바라보고 있을 때 안집에서 "뒤로 돌아가면 아이가 있을 낍니더" 하고 말하는 소리가 들렸다. 뒤이어 한 남자가 모퉁이를 돌아서 우리 방 쪽으로 걸어왔다. 일곱 살 내 인생에서 처음 맞는 낯선 손님이었다. 제대 군복을 입고 왼쪽 팔을 뻣뻣하게 늘어뜨린 그는 나에게 아무것도 묻지 않고 쪽마루 끝에 걸터앉아 담배를 피워 물었다. 친구의 아버지도 그렇게 담배를 피웠다. 담배를 피우는 남자는 누구나 아버지거나 할아버지거나 삼촌이었다. 나는 그 남자와 친해지고 싶었다. 만약 사람을 가두는 새장이 있다면 그를 가두고 집에 두면 좋겠다는 생각도 했다. 남자가 물었다.

　"몇 살이냐?"

　"일곱 살입니더."

　그는 우리 집에 온 손님, 손님은 대접해야 한다. 나는 방 안으로 들어가 전깃불을 켜면서 "들어오이소"라고 말했다.

그리고 차려둔 밥상의 상보를 걷어내고 부엌에서 수저를 가져다 놓으며 재첩국과 김밥을 가리켰다.

"이 김밥, 국캉 묵으면 맛이 좋습니다. 어서 묵어보이소."

남자는 허공을 바라볼 뿐 대답하지도, 들어오지도 않았다. 엄마 이야기를 미끼처럼 던졌다.

"우리 엄마 권반(권번)에서 김밥과 찐 계란을 팝니다. 가끔은 재첩국 장사도 합니다."

그가 미동도 하지 않아 이야기를 더 보탰다.

"권반에는 날개옷을 입은 기생들이 많습니다. 그 기생들한테는 향내가 납니다. 가야금을 타거나 춤을 출 때도 향내를 폴폴 풍깁니다…… 그란데 나는 권반에 못 갑니다, 엄마가 절대로 못 오게 합니다."

"가서 막걸리를 사 오너라."

그가 돈 100환을 내놓았다. 주전자에 막걸리를 받아서 돌아왔을 때 그는 사라지고 없었다.

차창에서 콩 튀는 소리가 난다. 우박이다. 천둥에 이어 번개가 신호탄이 터지듯 번쩍거린다. 열차가 속력을 줄이자 승객들의 불안한 숨결이 수런수런 끓어오른다. 차는 일신을 넘어 매곡의 들녘을 지나고 있다. 짙푸른 벼들이 비바람에 눕는가 하면 병풍처럼 둘러선 먼 산 위로 번개가 칼날처럼 날아다닌다. 생전 처음 보는 요란한 번개였다. 번개가 산머리를 싹둑싹둑 자르고 내가 탄 열차까지 자르거나 녹여버릴 것 같다고 느끼는 순간 열차가 멈췄다.

"이 벌판에 우째 기차가 설꼬."

건너편 자리에서 노인이 말했다. 맞은편에 앉은 청년이 그 말을 되받는다. 아들 같았다.

"앞에 철다리가 있는 갑지요. 홍수가 지면 다리는 조심해야 할 끼니 말입니다."

"홍수라…… 논에 나락들이 큰일일세."

열차가 움직이기 시작한다. 청년의 짐작대로 곧 철교였다. 탁한 홍수가 강둑을 밀어붙일 듯 거칠게 휩쓸려 간다. 승객들이 창밖을 내다보며 젖은 숨을 토해내고 열차는 벌벌 기듯이 철교를 지나간다. 한 여자가 이러다 철교가 주저앉겠다고 소리쳤고 나는 그때 얼핏 열차가 내려앉으면 그 남자의 장례에 가지 않아도 된다는, 그런 생각을 했다. 후손이 없는 그의 아내는 망자에 대한 예의로 관 뚜껑도 닫지 않고 나를 기다리고 있을 것이다. 정말 그렇다면 나는 그의 죽은 얼굴까지 확인하게 된다. 죽은 그의 얼굴은 어떤 표정인지 약간 궁금하긴 하다. 그렇다면 살아 있는 표정은 있었던가? 솔직히 나는 그의 정확한 얼굴도 표정도 알지 못한다. 그의 얼굴을 본 것이 통틀어 네 번? 다섯 번? 그때마다 다른 탈을 쓰고 와서 매번 딴판의 얼굴로 같은 말을 뱉어냈다. 그 딴판의 얼굴들 모두가 관 안에서 부챗살처럼 펼쳐진다면? 열차가 철교를 지나 들녘을 가로지른다. 폭우에 논벼들이 목까지 잠겨 허우적거린다. 건너편 자리의 노인이 또다시 걱정을 한다.

"물꼬는 터놨는지 모리겠꾸마."

"상필이가 터놨을 낍니더."

노인이 "농번기에 치질은 왜 도져서 이 고생 시키냐"고 푸념했고 아들은 "그래도 이참에 수술하길 잘했다"고 대꾸한다. 아들은 자기 아버지를 서울에서 수술시키고 돌아간다는 것을 자랑하고 싶은가? 아니면 우리 부자는 매우 사이가 좋다고 과시하는 것인가? 노인이 한숨까지 내쉬면서 말한다.

"옛날엔 차돌을 불에 꿉어서 약쑥으로 지지면 금세 들어갔는데 요새는 그것도 안 들어묵으니 생돈만 깨지잖노."

"농약 때문에 약쑥도 효험이 없어졌다 카데요. 한데 아부지요, 그 농약은 일본에서 수입한다 카는데 질이 나빠서 일본 사람들은 안 쓰는 거라 캅디더."

"질 나쁜 농약은 우리한테 판다꼬? 그기 왜놈들인 기라. 왜정 때는 우리 알곡을 다 공출해 가고 우리 농사꾼들한텐 콩깻묵과 만주산 좁쌀을 배급해 준 순 날강도들이었던 기라."

일본, 왜놈, 한일회담 반대, 김종필 오히라의 비밀회담, 6·3 시위, 비상계엄령, 한일협정 조인…… 대학에 입학한 그해 3월 중순, 신입생들이 강당으로 소집되었다. 학생회에서 주관하는 신입생 오리엔테이션이라고 했다. 나는 기록해 둬야 할 것이 많을 것 같아 필기도구를 챙겨서 참석했다. 학생회장이 단상에 서서 신입생들에게 물었다.

"작년에 학생들 데모가 있었고 그로 인해 계엄령까지 내려졌다. 우리가 왜 데모를 했고 그 이유가 뭔지 아는 사람 손들어 보라!"

작년에 나는 부산에 있었다. 부산에서 학생 데모가 있었다는 말은 들어보지 못했다. 설령 있었다 해도 나는 입시 공부라는 텐트 속에 들어앉아 해답도 모르는 문제와 씨름하느라 바깥을 살펴볼 겨를이 없었다. 손을 든 신입생들이 "한일회담 때문"이라고 대답했고 회장은 그에 대한 내막과 과정을 설명했다.

"대한민국 정보부장이 일본 외무대신과 비밀회담을 가졌다. 일제 식민 기간에 대한 청구권 문제를 협상하기 위해서였다. 두 사람이 합의한 내용은 일본은 한국에 3억 달러를 지불하고 경제협력 명목으로 공공차관 2억 달러 이상을 제공한다는 것이었다. 36년간의 착취와 수탈과 살상, 폭력이 총 5억 불, 그것도 경제협력이란 이름으로 합의를 보겠다는 것이다. 이게 말이 되는가? 정보부장은 제2의 이완용이 되겠다고 자처했다. 우리가 언제 이완용을 허락한 적이 있는가? 대한민국 국민들은 이완용을 용서한 적도 없는데 그는 뭘 믿고 이완용이 되겠다고 자처하는 것이며 우리는 그를 어떻게 처단해야 하는가?"

신입생들은 응징해야 한다, 끌어내려야 한다, 타도해야 한다고 외쳤다. 어떤 학생은 쳐 죽여야 한다고도 했다. 학생회장이 말했다.

"그래서 우리는 두 개의 허수아비를 만들었던 것이다. 이완용과 일본 수상 이케다! 그 허수아비들을 화형에 처했던 것이다! 불길이 활활 타오를 때 누군가가 조사를 읽었다. '넋 없는 시체여, 반민족, 비민주로 썩고 있는 네 죽음의 악취로 사쿠라를 꿈꾸느냐……'"

사쿠라? 사쿠라를 꿈꾼다? 동래온천 금강공원 그 길목에는 해마다 사쿠라가 만발한다…… 꽃이 피면 대신동, 사상, 멀리 구포에서도 꽃놀이를 온다…… 이때 나는 준비해 간 필기도구를 가방에 넣어버렸다.

　1965년 3월 26일에 시작된 그 시위는 5개월간 계속되었다. 학생들은 세종로, 종로, 국회의사당까지 진출했음에도 그 거대한 시위에 나는 단 한 번도 참여하지 않았다. 관심도 상관도 없는 일이기 때문이었다. 그러나 그럼에도 그 일로 후회가 되었던 적은 있었다. 신춘문예 최종심에서 탈락했을 때였다. 사실 내 문학의 출발은 다른 사람에 비해 매우 이른 편이었다. 중학생 글짓기 대회에서 우승한 것으로 시작해서 고2 때는 개천예술제에서 장원을 했고 청소년 잡지 《학원》의 필객이 되어 전국 고교 문학 예비군들과 인맥을 형성했다. 대학도 문학 특기생으로 입학했는데 그 이후로 무슨 옴이 붙었는지 신춘문예에서 번번이 떨어졌다. 최종심까지 올라간 적도 없었다. 포기냐, 마지막 응모냐를 두고 갈등할 때 신문에 내 이름이 오르는 꿈을 꿨다. 나는 꿈을 믿고 다시 응모했으나 내 이름이 오른 자리는 당선자가 아닌 최종심에서였다. 그 얼마 뒤 문우들의 모임에 갔다. 매해 신춘의 달, 세 번째 주 토요일에 문우들이 연례로 모이는 날이었다. 그때 나는 이미 문학 포기를 결심했고 문우들에게 선언할 생각이었다. 회장이 먼저 입을 열었다.

　"K일보에 응모한 사람 있어?"

내가 응모했지만 아닌 척했다.

"올해 신춘문예 당선작들을 살펴봤는데 K신문이 가장 난해했어."

"『조난된 시간』말이지?"

"상징 기법은 알겠는데 무엇을 의미하는지 도무지 모르겠던데?"

"당선자, 내 동기야. 그렇게라도 말하고 싶었던 거지. 그 친구의 단짝이 죽었거든. 65년 4월 데모에서 곤봉으로 맞아서."

소설 줄거리는 인디언과 백정이 532일간 전투한다는 내용이었다. 쌍방이 선택한 무기나 싸움 방식이 너무 황당해서 나는 잘못 뽑은 소설이라고도 단정했다. 회장이 말했다.

"그 내용, 한일협정 반대운동, 맞지? 그때 그 학교 학보에 532일이 사라졌다는 기사가 실렸던 것이 기억나는데."

"아, 그랬어. 그때 무장군인이 대학에 난입해서 학생들을 군화로 짓밟고 곡괭이 자루로 마구 팼어. 그 군인을 백정으로 바꾼 것이라면 말이 되는데? 백정이 미쳐서 도끼로 소가 아닌 사람을 잡는 것이……"

"그럼 친구의 죽음은 어떻게 암시했지?"

"암시가 아니야. 가장 주된 부분에 대놓고 선전포고 하잖아."

"선전포고라니?"

"추장의 아들이 전사했잖아. 그 아들을 묻을 때 추장이 하늘을 우러러 주술을 외우지?"

"그 주술, 뭘 의미하는지 당최 모르겠던데?"

"'스무 살짜리 내 아들아, 대학 1학년인 내 아들아, 몽둥이에 맞아 죽은 내 아들아, 대통령이 내 아들을 죽였다고, 그렇게 죽었다고 내 날마다 하늘에 대고 외치고 외치마……' 신문, 안 버렸지? 다시 읽어봐. 그 주술, 이 문장을 거꾸로 한 거야."

"내 예감인데, 내년부터는 이런 기법이 유행하지 않을까? 번역서 『녹색혁명』까지도 압수해 가는 시대니까."

"『녹색혁명』이 사회비판이나 정치에 관한 책이었어?"

"정치는 무슨, 식량 증대에 대한 농업정책일 뿐인데."

"새로운 혁명운동인 줄 알았던 모양이지?"

"내용을 확인하고 창피했던지 압수해 간 책 모두 기계로 썰어버렸대."

"무식이 들통날까 봐 겁이 났던 게지."

내 문학 욕망은 중도 하차할 운명이 아니었던 모양이다. 역량도 의미 분석도 없이 '내년부터는 이런 기법이 유행하지 않을까?'라는 그 말만 뇌리에 박혔다. 나는 정치나 사회 문제엔 관심이 없는 순수문학 계열이었다. 그럼에도 그 순간 문득 '다시 하자! 어떤 기법을 취하든 살아나야 한다'는 결심이 혈관을 통해 심줄을 박았다. 먼저 정치부터 살펴서 하나의 문제를 선택하고 그 문제를 상징화해 볼 생각이었다. 그 기법이 쉽지 않다면 『조난된 시간』에서 기起와 승承이 어느 장면에서 그렇게 분류되었고 백정의 도끼는 어떤 현장에서 그런 식으로 형상화했는지 면밀히 대조해 보는 것이다. 한데 어떤 정치 사건을 선택해야 하는가? 정치색이 짓든 것은 소설도 문예지도 잡지도 멀리해 왔는데 언제, 어떤 사건으로 가닥을 잡아야 하는가. 우선 당선작에서 응용한 6·3부터 검토해 보자. 나는 신문사 자료실을 방문해서 당시 신문들을 열람하기 시작했다.

1964년 3월 25일 자 신문에는 '굴욕적 외교를 결사반대한다'는 피켓을 든 야당 인사들과 시민, 학생들이 세종로를 꽉 채운 사진이 있었다. 6월 3일 자에는 서울 시경 무기고 앞에 선 학생들 사진에 '경찰들의 총기 사용을 막기 위해서'라는 설명이 달려 있었다. 학생들이 무기고 앞에 있다면 무기를 탈취하려는 목적일 텐데 경찰들의 총기 사용을 막기 위해서라는 것이 납득이 가지 않았다. 내가 고개를 갸웃

거리자 건너편에 앉아 있던 여성이 "뭐가 문제죠?"라고 물었다.

"이 사진 설명이……"

여성이 건너와서 사진을 보았다.

"아하, 이거? 댁도 이때 고등학생이었죠? 나도 그랬어요. 왜 학생들이 무기고를 지키느냐고. 우리 오빠가 설명해 주더군요. 학생들은 4·19 상황을 반복하고 싶지 않았던 거라고요. 4·19 때는 경찰의 총기 난사로 수백 명의 젊은 생명이 사라졌다는 것도 그때 알았어요."

그녀는 열람할 것이 있어 조사부에서 내려온 기자라고 자기소개를 했다. 나는 그녀에게 뇌물용 커피를 샀다. 뜨거운 커피를 맛있게 마시던 그녀가 잔을 내려놓고 고개까지 약간 디밀면서 말했다.

"나 곧 사표를 쓸 거예요."

"다른 신문사로 갑니까?"

"아니요, 글을 쓸 거예요. 일제 식민사에 대해서요."

신문사 기자와 차를 마시는 일은 처음이었다. 속내를 보이지 않고 대화할 수 있는 방법으로 '일제 식민지에 대한 소설이냐', 그저 그렇게 물어보지도 못하고 고개만 끄덕이는데 그녀가 손을 입가로 가져가 나직이 속삭였다.

"이 신문사 민족지 아니에요. 오직 민족만 생각했던 기자들, 그들은 거의 해고되거나 탄압을 받았어요."

열차가 정차했다. 원주역이다. 하차객들이 내린 후 새로운 승객이 객실로 들어온다. 내 또래의 여성이 사내아이와 앞자리에 앉는다. 나는 승강 문 쪽으로 나와 담배를 붙여 물며 중단했던 기억을 되불러온다. 그날 저녁 자료실에서 나올 때 기자가 쪽지를 주었다.

"집에 가서 보세요."

나는 데이트 신청으로 기대했는데 쪽지는 전혀 엉뚱한, 황당하기까지 한 내용이었다.

"……국가 재건 최고회의 의장일 때, 5·16 한 해 뒤 장군은 우방국 순방에 나섰다. 먼저 일본에 가서 우익 대표인사 나구모를 만났다. 나구모는 그가 일본군일 때 직속 상사로, 장군은 나구모에게 '자기를 이렇게 키워줘서 감사한다'고 말했다. '자기가 혁명을 일으킨 것은 명치유신을 따르고 싶어서'라고 덧붙였다. 한국을 경제 식민지로 삼고 싶었던 일본 정계는 그에게 후원 겸 경제원조금으로 6600만 달러를 제공했다. 일본군 만주군관학교 시절 그가 무슨 짓을 했는지 알고 싶다면《사상계》잡지를 출간했던 장준하 선생님을 만나보라……"

그 쪽지를 불태우는 동시에 그녀에 대한 호감도 깨끗이 씻어버렸다. 그리고 그녀가 지목했던 대통령이 저세상으로 떠난 후 한 신문에서 『일제하 민족언론사』라는 책 광고를 보았다. 그녀가 쓴 책이었다.

바람이 들이쳐서 피우던 담배를 던지고 자리로 돌아온다. 앞자리 아이는 엄마 무릎에 앉아 잠들었고 여성은 차창 밖을 내다보고 있다. 얼굴이 맑은 데다 잔잔한 미소까지 머금은 것이 좋은 일이 있거나 좋은 일을 만나러 가는 듯한 표정이다.

그 남자를 만나러 갈 때 엄마의 얼굴은 매우 상기되어 있었다. 그가 막걸리 심부름을 시켜놓고 사라졌다는 얘기를 하자 엄마는 말했다.

"네 아버지다, 널 보러 오신 거다."

그러고는 곧 그 남자를 만나러 갈 채비를 했다. 어디서 어린이 양복과 구두, 타이츠를 구해 와 나를 차려 입히더니 엄마는 미장원에 가서 머리까지 손질했다. 난생처음 열차를 탔던 내 정신은 온통 창밖 풍경에 홀려 있는데 엄마는 뜨거운 손으로 연신 내 얼굴을 쓰다듬으며 "우리 아들 참

잘생겼다"는 말만 반복했다. 주소지를 들고 찾아간 그 집에서 우리를 맞아준 사람은 그 남자가 아닌 그의 형이었다.

"아우는 집에 오지 않습니다."

엄마의 얼굴이 급격하게 시들자 그 형이 안으로 불러들여 사연을 물었다. 엄마가 더듬거리며 호적 이야기를 했다.

"글쎄, 아우는 그런 말을 한 적이 없는데……" 형의 그런 말에도 엄마는 자기 이름을 알려주면서 그 남자에게 전해달라고 연신 당부했다.

내려오는 열차에서 엄마는 하염없이 창밖만 바라보았다. 나는 엄마의 침묵이 싫어서 사이다 사달라, 계란 사달라고 괜히 보채다가 잠이 들었다. 부산역에 도착했을 때 엄마가 말했다.

"네 아버지는 오신다, 곧 오신다."

그 장담을 하루빨리 실현시키려고 엄마는 새벽마다 찬물을 떠놓고 빌었다. 찬물 효력은 3년 뒤에 나타났다. 정말 그 남자가 온 것이었다. 내가 학교에서 돌아왔을 때 그는 방 안에서 "왜 자꾸 찾아다니느냐, 내가 언제 너 같은 것에게 애를 가지게 했느냐, 결혼도, 동거도 한 적이 없는 나한테 당신 아이니까 호적에 올리라니, 그런 억지가 어디 있느냐"고, 대충 그런 말로 언성을 높이고 있었다. 그는 엄마가 고

대하던 남자가 아니었다. 그럼에도 엄마는 "미안해요, 나 같은 것이 아이를 낳고 길렀어요, 하지만 아이가 배씨라는 것은 당신도 아시잖아요"라는 말을 늘어놓으면서 성씨 구걸을 했다. 그때 그 남자가 "그만해! 그만하라고!"라고 소리치면서 문을 박차고 나와 그대로 사라졌다. 엄마는 그 남자를 붙잡으려고 신발도 신지 않고 달려 나갔고, 나는 쪽마루에 앉아 처음 보던 날의 얼굴과 오늘 본 얼굴을 비교하고 있었다. 첫날은 담배를 피우고 하늘만 쳐다보았지만 순한 얼굴이었다. 그리고 오늘 얼굴은 일그러졌고 나를 쳐다보던 눈에는 흰자위만 가득했다. 그는 내 아버지가 아니라고 단정을 내릴 때 엄마가 돌아와서 나를 꼭 끌어안았다.

"엄마, 그 사람 아부지 아니다. 정말이다. 아부지는 왼쪽 팔이 뻣뻣했다. 엄마 니가 속은 기다."

"문하야, 니 아버지는 정신을 다치셨다. 전쟁터에서 적들과 싸우다가 그렇게 되셨다. 하지만 곧 괜찮아지실 기다. 그때까지 우리 기다리자, 응?"

엄마가 그 남자에게 집착했던 첫 번째 이유는 내 호적 때문임을 나는 잘 알고 있다. 내가 가진 출생 서류는 엄마의 기류 초본뿐이었고 그것만으로는 대학도, 군대도, 취직도 할 수가 없어서 그렇게 매달렸을 것이다. 그런데 왜 하필 그 남자인가. 부인하는 남자와 매달리는 엄마, 두 사람의 관계도 납득이 안 되는데 왜 한사코 나를 그들 사이에 세워두려고 하는가.

6학년 때 늦봄 어느 공일 날, 다시 그 남자가 왔다. 만취한 상태였다. 그는 신발도 벗지 않고 들어와 엄마의 머리채를 잡으려 했다. 엄마가 피하자 살림살이를 집어 던지며 "이년아, 이 거머리 같은 년아, 제발 좀 떨어져라, 이 갈보년아!"라고 악담을 퍼부었다. 그때 엄마가 벌떡 일어나 그 남자를 밀치면서 "이 미친 남자, 무슨 헛소리냐"고 악을 썼다. 놀라운 반전이었다. 남자는 비틀거리며 몇 번 더 헛주먹질을 하다가 부엌으로 나가 그릇들을 깨부순 후 떠나갔다. 1950년대 말경이었다. 대한민국에는 정신에 금이 간 남자들이 그렇게 많았다. 주정뱅이들은 물론, 쌀 한 톨 구해 오지 못하면서 밥솥이 보기 싫다고 망치로 깨부수는 남자들 또한 부지기수였다. 그러니까 세 번째 본 그의 인상은 힘 빠진 주정뱅이였다.

2

그 남자의
아내

밤 8시경, 안동에 도착했다. 역사에는 전깃불이 나가 역원들이 램프를 들고 표를 받았다. 역사 밖의 시가지는 캄캄해서 죽어 있는 늪 같았다. 오래전 딱 한 번 와본 그 집을 어둠 속에서 찾아갈 엄두가 나지 않아 대합실 의자에 앉아 담배를 피워 물었다.

어머니의 호적 전투는 결국 승리로 끝났다. 어떤 수단을 동원했는지는 알 수 없지만 나는 호적이 없는 배문하가 아닌 호적이 있는 배문하가 된 것이다. 고등학교 2학년 때였다. 진주 개천예술제에서 내가 문예부 장원을 한 뒤 첫 번째 주말이었다. 엄마는 상장과 용돈을 내 손에 쥐여주면서 "아버지에게 가거라, 가서 이 상장 보여드리고 약주도 사드리고 오라"고 했다. "아들은 영광된 일은 먼저 아버지에게 보고하는 것이 도리"라고도 했다. 내 가슴속에서 묵은 오기가 획, 하고 고개를 쳐들었다. '그동안 당신은 실수했던 거야, 나는 당신이 멋대로 무시할 그런 아들이 아니야. 나는 경상도 예술가들의 자존심, 개천예술제에서 장원을 한 몸이고 당신은 그저 주정뱅이일 뿐이야. 이제 당신이 나에게 멸시를 받을 차례야.' 엄마에게 물었다.

"어디 사는데?"

"안동이다. 결혼해서 내려갔는데 부인 되는 이의 직장이 그곳에 있다더라."

무슨 직장이냐고 묻자 엄마는 "공무원"이라고 대답했다.

"무슨 공무원?"

"네 큰아버지 말씀으로는 형무소 간수라더라."

학교 선생도 아니고 형무소 간수? 그때 내 기준으로 공무원은 급수 높은 사람들이었다. 선생이나 은행원은 사실 그랬다. 그런데 간수는 어떤가? 죄인들 속에서 죄인들을 감시하니까 경찰과 같은 계급인가? 어쨌거나 여자의 직업이 그 남자에게 적합하다 싶기는 했다. 그의 아내가 선생이나 은행원이었다면 많이 생경했을 것이다.

안동을 향해 중앙선을 탔다. 나는 승강 문 쪽에 서서 바다를 바라보며 그 남자와의 만남과 그와 나눌 대화를 정리해 보았다. 정해진 것은 두 가지로 그가 아들 대접을 해줄 경우와 그러지 않을 경우였다. 그가 무시를 한다면 그때는 "당신은 구제 불능이야!"라고 말해준 후 등을 돌릴 참이었다. 무시보다 더 심하다면? 턱을 갈겨주고 나오는 것이다.

안동역에서 내렸다. 먼저 역 앞 파출소에 들러 주소지를 확인했다. 국민학교 담을 끼고 쭉 가면 넓은 계단이 나오고, 그 계단 끝에서 왼편으로 들어가 첫째 집이라고 했다. 그의 집에는 아내인 듯한 여자와 노파만 있었다. 그날이 비번이었던지 여자는 빨랫줄에 제복을 걸어두고 솔질하는 중이었다. 정갈하게 쪽을 찐 노파가 마루에 앉아 "누구?" 하고 물었다. 친할머니인가? 여자에게 말을 걸기가 쑥스러워서 노파 앞에 가서 배광수 씨를 찾는다고 말했다. 솔질을 하던 여자가 그 양반은 왜 찾느냐고 물었다. 친절한 목소리가 아니었다. 그냥요, 내가 그렇게 대답하자 여자도 더 이상 묻지 않고 솔질을 계속했다. 노파도 입을 다물었다. 그때 비로소 내 처지를 깨달았다. 그들에게 나는 다른 여자가 낳은 자식이고 그래서 불쾌한 존재인 것이다. 타인에게 불쾌감을 주면서까지 배광수를 만나고 싶진 않았다. 내가 돌아서 나올 때 그 여자가 물었다.

"부산에서 왔지?"

이 여자는 내가 그 남자의 아들이라는 것을 알고 있다. 그렇다면 나는 그의 아들로 접수되어 있는 것이다. 여자가 말했다.

"역 앞 술집에 가봐. 옥이네 집이야."

옥이? 옥이는 내 국민학교 동창생이자 가장 가까운 친구이며 사랑하는 여자아이의 이름이다. 그즈음 나는 우연과 인연에 대해 과대한 의미를 부여하곤 했다. 이를테면 '우연'은 그냥 우연이 아닌 신이 만들어준 기회요, 인연은 운명적으로 정해진 관계다. 그 남자와 나는 부자간이라 여자 이름도 같은 것으로 연결 지어진 것이다. 그러니까 나는 아버지를 만나 내 미래의 배필, 옥이에 대한 얘기를 들려드려야 할 것이다. 아버지, 옥이는요, 학춤을 잘 춰요. 이번 예술제에서 그 애와 내가 각각 장원을 했어요. 그 앤 춤으로, 나는 문예로요. 춤뿐만 아니에요. 그 애는 이야기도 많이 알고 있어요. 마치 이야기 은행 같아요. 저에게 임무라면서 준 스토리가 있는데 기성작가가 되면 그 이야기로 장편소설을 쓸 거예요.

옥이네 술집에서 그 남자는 빈 주전자를 탈탈 털고 있었다. 네 번째인가, 다섯 번째 만나는 그는 여전히 술과 놀고 있었다. 그러나 그게 뭐 어떤가. 내 아버지인데…… 나는 주모에게 술 한 주전자를 사서 그의 맞은편에 앉아 빈 잔을 채워주었다.

"꼴값 떠는 너는 누구냐?"

그가 조롱하듯 묻자 기분이 구겨졌다.

"저요? 지나가던 학생이요."

그가 혀를 차면서 너도 참 불쌍한 존재로구나로 시작해 장광설을 늘어놓았다. 인간은 모두 불쌍한 존재다, 형벌을 받고 지상에 떨어졌거든. 영원한 형벌이지. 성욕이라는 기계까지 달아줘서 대대손손 벌을 받아라…… 너 여자랑 자봤냐? 어느 중이 자기 성기를 돌로 쳤단다. 형벌을 세습하지 않으려고 말이다…… 제법 말에 재치가 있었다. 17년을 살아오면서 한 번도 들어보지 못한 이야기가 그의 입을 통해 흘러나왔다. 멋지다, 차원이 다르다, 어쩌면 조금 조롱을 해도 참아줄 수 있겠다는 생각까지 했다.

"그럼에도 인간이 사는 것은 말이야, 의미도 없이 이렇게 사는 것은 말이야, 죽지 못해서가 아니야! 물론 죽지 못해 사는 사람이 있긴 하지. 그러나 그냥저냥 사는 것은 말이야, 사는 것에 중독이 되어 헤어 나올 수가 없기 때문이야. 나는 어느 부류냐고? 나는 재미에 중독된 사람이지. 무슨 재미냐고? 보면 몰라? 술 마시는 재미잖아. 술을 마시면 없는 기분이 살아나면서 프로펠러를 달거든. 붕붕 뜨는 이 기분이, 거듭 재촉하는 거야. 마셔줘요, 제발……"

나는 그를 우러러보기 시작했다. 술 마시고 행패 부리던 사람은 간곳없고 그 자리에 현자가 앉아 인생철학에다 사상적인 용어까지 마구마구 쏟아내고 있었다. 그의 말은 고급졌고, 고급진 언어를 사용하는 그는 대단히 위대해 보여 나는 거듭 술잔을 채워주었다. 아버지, 내 친구들은 아버지한테 술을 배웠다는데 저도 한 잔 주시면 안 돼요? 아니다, 그런 청은 다음에 하고…… 그 순간이었다. 그가 게슴츠레한 눈으로 나를 바라보면서 불쑥 이런 말을 뱉어냈다.

"너 정말 쪽발이를 닮았구나."

"그런 모욕적인 말이 어디 있어요?"

"인종은 모욕이 아니야. 당자에게는."

역사에 전기가 들어왔다. 담배를 끄고 밖으로 나간다. 파출소에서 국민학교, 그리고 계단 끝 왼쪽에서 첫째 집, 근조등이 걸려 있지 않았다. 문을 두들기지도 않았는데 개가 짖는다. 초로의 여인이 나와서 묻지도 않고 문을 열어준다. 그의 아내라면 교도소 교도관, 그때의 얼굴은 하나도 남아 있지 않아 확인차 내 이름을 밝혔다. 여인이 답한다.

"늦었군, 올라오게."

그 남자의 영정 사진은 흰 종이가 덮인 밥상 위에 놓여 있다. 향과 양초가 타고 있으나 관을 가린 병풍이나 시신이 모셔진 자리는 보이지 않았다. 내가 두리번거리자 그의 아내가 말해준다.

"화장했네. 오늘 낮에. 여름이지 않은가. 재는 내일 강에 뿌려줄 생각인데 내키지 않으면 나 혼자 해도 되네."

그래도 된다면 연락하지 말지 그랬어요? 이미 왔는데 그런 말은 할 필요가 없다. 내 눈길이 주춤거리며 영정 사진으로 간다. 주민등록증을 확대한 듯한 고인의 얼굴은 일렁거리는 촛불과 향 연기 탓인지 희미하게 웃는 것으로 보인다. 당신은 취하는 재미에 중독되었다고 했지요? 아니요, 당신은 그저 술의 노예, 알코올중독자였던 거예요. 술이 프로펠러를 달아 붕붕 뜨는 기분을 준다는 것, 그거 얼마나 유치한 표현인지 아세요? 상식적으로 중년의 성인 남자가 열여덟 소년에게 할 말은 아니잖아요. 내 짐작으로 당신의 삶에는 상식의 자리가 없었던 것 같아요. 평생 상식으로부터 탈출하다가 마지막을 뼛가루로 장식한다…… 문학적으로 살을 붙여서 변명해 주기도 참 힘든 캐릭터라고요.

"절, 안 할 텐가?"

"아, 네."

내가 잔을 들자 그 남자의 아내가 술을 따라준다. 두 번 절까지 끝내자 그녀가 묻는다.

"저녁은?"

"먹고 왔습니다."

그녀가 돗자리 방석을 내밀어 주고 나는 그걸 끌어다 벽에 기대앉는다. 그녀가 술 한잔할 거냐고 물어오고 나는 아니요, 됐습니다, 라고 대답한다. 그녀는 입을 다물었고 나는 그 침묵에 감사하는데 여인이 다시 말을 시작한다.

"이틀장이네. 누가 그리 애통해한다고 사흘씩이나 묵히겠나. 오후 2시에 화장을 했네. 술로 삭은 육신이라 금방 타 버리더군. 상 밑에 저것이 유골이네. 한 줌의 재라더니 정말 그렇지 않은가?"

영위를 모신 상 밑에 베개만 한 종이봉투가 둘둘 말려 있었다. 사진과 봉투 속의 뼛가루, 나는 그래도 확인은 해야겠다 싶어 "나에게 따로 남긴 말씀이 있었느냐"고 물어본다.

"그 사람이 누구에게 말을 남기고 할 그럴 성질인가? 평생 취해서 이상한 소리만 해댄 사람인데. 그 사람은 제정신으로 산 시간이 별로 없을 것이네."

"처음 만나셨을 때부터 술을 마셨습니까?"

내가 그런 말을 묻다니, 나에게 욕지기가 난다.

"처음 만났을 때…… 술은 마셨지만 그런 것이 문제가 되진 않았네. 나에겐 넘치는 사람이었으니까. 지식인에다 집안도 좋고, 거기다 총각……"

"……."

"나는 재혼이었거든. 내 처녀 시절엔 처녀 공출이라는 것이 있었다네. 그걸 피하려고 나이 많은 사람에게 재취로 갔던 거네. 그 남자와는 몇 달 살지 않았지만."

"처녀 공출이 뭐죠?"

"그땐 그런 것이 있었네만 몰라도 되네."

박혜주, 내 호적상의 모친이기도 한 그녀는 어머니 말에 의하면 무슨 병인가를 앓아 아이를 가질 수 없다고 했다. 결론은 그들은 자식이 필요했고 어머닌 나의 호적이 필요해서 나를 그들에게 들이민 것이다? 그렇다면 그 남자와 엄마는 전혀 관계를 갖지 않았다고도 볼 수가 있는가? '인종은 당자에게는 모욕이 아니'라고 했던 그 남자의 말을 추리해 보면 나는 일본인 자식이라는 뜻이다. 그게 설득력이 있는 것은 내가 태어나고 자란 장소가 동래 온천장이다. 온천장 개발은 애초 일본인들이 했다. 숙박업소와 요릿집을 지으면서 상권을 형성하고 이주민을 받아 그들의 영역으로 터를 잡았을 뿐만 아니라 금강공원을 유원지로 만들어 입장료를 받기도 했다. 그때 원주민들은 대체로 가난해서 여자아이들은 일본인 집에 애보개나 부엌 아이로 들어갔다고 했다. 내 엄마도 그런 경우라면 집주인이나 주인의 남동생에게 겁탈당했거나, 혹은 연애를 했을 수도 있다. 그 남자의 아내가 말한다.

"내일 지나면 다시 만날 일도 없을 테니 궁금한 게 있으면 다 물어보게나."

다시 만날 일이 없다고 한다. 호적의 원주가 죽었으니 모든 것이 정리되었으며, 자기와의 인연도 완전히 끝났다는 말로 들린다. 그건 나에게도 해당이 된다. 갑자기 궁금해진다. 나의 호적은 어떤 경위로 올려졌지요?

"아무래도 맨정신에는 좀 그렇겠지?"

여인이 부엌으로 나가 술상을 차려 온다. 내가 소주병을 들고 먼저 그녀 잔을 채워준다. 그녀가 내 잔을 채웠고 우리는 격식 없이 각자의 잔을 비운다.

"시신 말인데 다친 데가 많았네. 계단에서 굴렀거든. 그래서 일찍 화장을 해버린 거네."

계단이라고 한다. 우리가 아파트로 이사를 가기 전에 살았던 집도 계단 위에 있었다. 여섯 번째인가의 신춘문예, 남의 기법을 어설프게 흉내 낸 그 작품이 예심에도 오르지 못했을 때 나는 혼자서 술을 마시고 불행한 단어들을 주절주절 뱉어내면서 집으로 갔다. 방 안에서 그 남자가 탁한 목소리로 왜 자꾸 연락을 하느냐고 소리를 질렀고 엄마는 "문하가 장가들 나이라서……"라는 말만 반복했다. 엄마는 또 그렇게 나를 팔아대고 있었다. 아들을 보호해 줄 신분의 옷이 왜 항상 이 남자인가, 진저리가 나서 부르르 떨고 있는데 그가 문을 박차고 나왔다. 언제나 똑같은 장면, 오래 묵은 이 징그러운 상황, 뒤따라 나갔더니 그는 계단을 내려가면서 갈보 년, 더러운 잡년이라고 욕설을 뱉어냈다. 붉은 석양이 길게 뻗어와 계단에 박힌 얼음을 덮었다. 당신 얼음을 밟아라. 그리고 간단히 미끄러져다오. 당신 비틀거리면서도 얼음은 잘도 피해 가는구나. 핏빛 노을도 돕지 않는다면 내가 밀어주마. 계단의 얼음들이 톱니가 되어 당신을 삼키고 죽음의 세계로 고이 모셔갈 것이다. 그래 지금이다. 이제 그만 죽어주시라. 그리고 당신은 나의 작별 인사를 들어야 한다. 당신은 내 시련의 원인, 내 정체성을 흔들어대는 악령, 살아야 할 가치가 없는 인간쓰레기, 그래, 그만 잘 가라…… 나

그곳에 엄마가 있었어

는 그의 등을 밀었고 그는 넘어졌으나 벌떡 일어나 옷을 털며 사라져 갔다. 계단이 너무 짧았던 것이다. 그런데 정말 나의 호적은 어떤 경위로 올려졌지요?

"저 혹시……"

"계단에는 왜 굴렀는지 궁금한가? 술 탓이지 뭐였겠나? 정신도, 기운도 못 차리면서 죽자고 마셔댔으니."

내 입에서 엉뚱한 질문이 흘러 나간다. "왜 그렇게 술만 마셨을까요?"

"세상이 자기를 괴롭혀서 안 마시면 살 수가 없다나."

세상의 어떤 일이 그 남자를 괴롭혔습니까? 세상이 그에게 괴롭힘을 줄 만큼 그가 무슨 일이라도 했습니까? 세상과 접촉하면서 살았던 적이라도 있습니까? 세상에서 준 괴로움이 나와 내 어머니입니까?

"담배를 피워도 되겠습니까?" 내가 물어본다.

"자네 예의가 바르군. 피우게."

이 여자의 화법은 정돈되어 있다. 교활하거나 음흉한 사람은 아닌 것 같다. 그녀의 결혼생활을 물어보면 정직하게 대답해 줄 것 같지만 그건 내가 질문할 사항이 아니다.

"가끔 궁금했습니다. 어떻게 저를 호적에……"

"그건 시숙의 뜻이었네. 동생이 밖에서 낳은 아들이 있다, 동생은 자기 아이가 아니라고 우기지만 아이 엄마 얘기는 진실했다. 무엇보다도 생명이다. 제수씨가 호적에 올려 주면 한 아이를 구하는 일이다…… 시숙 어른은 도량이 깊은 분이셨네."

"형제분들은 많습니까? 모두 다녀갔습니까?"

부고를 다 띄운 것 같지 않아 그렇게 물어보았다.

"시숙은 오래전에 돌아가셨다네. 다른 사람은 어디에 사는지 몰라 연락을 할 수 없었고."

시숙이란 사람도 내가 그 남자의 아들이 틀림없다고 확언하지는 않았다. 닮았다는 언급도 없었다. 한 아이의 장래가 걸린 문제라 호적으로 선심을 쓴 것일 수도 있다. 생명을 강조한 것은 동생의 아내가 자손이 없으니 양자로라도 입적하라는 의미였을 것이다.

"그인 막내였고 시숙은 맏형이었는데 그일 업어서 키웠다더군. 7형제 모두 남자들이었거든."

"아, 네……"

여인이 말을 멈추고 허공을 바라본다. 더 이상 할 얘기가 없다는 뜻인 것 같다. 이쯤에서 정리해 주는 것도 예의다. 내가 하품을 하자 그녀가 몸을 일으키며 "옆방에 모기장을 쳐두었네"라고 말한다.

낙동강에 유골을 뿌렸다. 비 온 뒤라 강물이 맑지 않았음에도 그녀는 개의치 않았고 나 또한 별생각 없이 그녀 방식대로 뿌려주었다. 뼛가루는 곱지 않았고 불그레한 뼛조각도 섞여 있다. 내 소설 『일본 총독······』에서 독립운동가가 죽는다. 그는 신사神社 뒷마당에서 화장되고 그 뼛가루는 승려가 빻는데 그 대목을 다시 검토해야겠다.

"라이터 있지? 봉투는 밖에 나가서 불태우세."

종이봉투를 태우고 그 재를 강물에 날려주고 나오면서 그녀가 말했다.

"어제 자네가 물었지? 남긴 말이 없느냐고? 일기장 같은 것이 있네. 집에 들러서 가져가게."

하마터면 필요 없다고 말할 뻔했다. 그렇게 했다면 그녀가 '이 새끼 이거, 그이 자식도 아닌 것이 호적 더부살이를 했던 것 아니야? 그이 성으로 대학도 가고, 독자라고 군대도 의가사제대를 했을 것이며 직장까지 얻어 사회 일원으로 뻔뻔하게 잘 살아온 것 아니냐'고 괘씸해할 수도 있다. 나는 내 경박을 무마하려고 또 엉뚱한 말을 한다.

"생활비는 어떻게······"

"연금이 있네. 그것만은 그이도 넘보지 못했다네."

다시 집이다. 그녀가 일기장을 가지러 방에 들어간 사이

나는 텃밭을 살펴본다. 푸성귀마다 무성한 것에서 그녀의 손길이 느껴진다. 여자들의 공통 관심사는 심고 키우는 것인가? 내 어머니도 철마다 경동시장에 나가 상추와 고추 모를 사 와서 화분에 심었다. 그 여자가 나와서 광목 주머니를 내민다.

"열어보게. 그 안에 명함도 한 장 있더군. 그이의 친구였는데 나한테 말하진 않았지만 혼자서 가끔 찾아가곤 했나봐. 갈 때마다 그분이 차비와 용돈을 챙겨주었던 것 같아."

내가 주머니를 여는 사이 그녀는 뒷말을 잇는다.

"그인 두 달에 한 번꼴로 어디론가 떠났다가 돌아오곤 했네. 친구들을 만나러 다녔던 것 같아. 명함의 친구한테는 폐를 많이 끼친 것 같은데, 그래도 소식은 전해야겠지. 시간 나면 자네가 찾아뵙고 부친 소식을 전하게. 나는 한 번도 만난 적이 없어서 연락하지 않았네."

두툼한 일기장 맨 앞 장에 명함이 끼워져 있다. 이름은 한영우, 내가 당선한 신문사의 논설위원이다.

"제가 찾아뵙고 부고를 전하겠습니다."

2등실 표를 샀다. 피곤한 데다 일반석은 입석밖에 없어서였다. 창가에 앉아 낙동강과 댐, 흰 석축을 바라보면서 논

설위원 한영우를 생각한다. 그 남자에게 논설위원 친구가
있었다는 것은 뜻밖이다. 친구가 그런 직책에 있다면 계속
그 남자의 아들인 척하는 것도 손해 볼 일은 없겠다는 생각
을 하면서 일기장을 펼친다. 첫 장부터 전쟁 이야기로 시작
한다.

3

그 남자의
전쟁 일기

나는 지금 전쟁터로 끌려간다. 남태평양 어느 곳에서 죽거나 운
이 좋으면 살아남을 것이다.

만약 전사한다면 저승 심판관에게 이 기록장을 고발용으로 제출
할 것이다.

1943년 10월.

조선 총독 고이소[1]가 대학생 강제 징집령을 내렸다. 서울
과 경기 지방에서 2500명의 학생이 징집되었다. 3, 4학
년 선배들이었다. 징집된 학도들은 교기와 일장기를 들
고 운동장에 서서 총독의 격려사를 들었다.

"학도병 지원은 장차 조선의 백년대계를 돕는 일이다. 잘 싸우고 오라."

1943년 12월 20일.

2차 강제 징집령이 발동되었다. 대학 1, 2학년과 고보학 생들에게도 영장이 발부되었다. 이때 고이소는 노골적으로 "학도병에 응하지 않는 자들은 전부 징용으로 보내어 노동에 종사케 할 것"이라고 협박했다.

이 무렵 일반인들도 납치나 강제 연행을 당했다. 들에서 일하는 사람, 결혼식을 올리는 사람, 한밤에 자고 있는 사람까지 기습해서 수갑도 아닌 새끼줄로 묶어 짐승처럼 끌고 갔다.[2]

2차 강집령에 해당된 나는 은둔골로 숨어들었다. 식량은 먼 친척 집 머슴이 가져다주었다. 형사의 눈길을 피하기 위한 큰형의 묘수였다.

1944년 5월 말.

아버님 생신이었다. 큰형은 징병제가 풀릴 때까지 내려오지 말라고 당부했지만 내 마음은 자꾸 내려가야 한다는 쪽으로 부채질을 했다. 아버님이 워낙 연로하셔서 이

번이 마지막 생신이 될 것 같아 잠자코 있을 수가 없었다. 나는 밤길을 걸어서 집으로 갔고 다음 날 밤 머슴에게 떡과 쌀을 지워 집에서 나오다가 형사에게 검거되었다. 형이 "돈 100원을 주겠다, 막내는 약골이라 군생활을 못 버틴다, 사람 살린다 치고 한 번만 눈감아 달라"고 통사정했다. 조선인 형사는 일본인처럼 혀 짧은 소리로 "이 엄혹한 시대에 무슨 뇌물이냐"고 윽박지르며 수갑을 채웠다. 그날 밤은 지서에서 잤다. 다음 날 형사가 나를 넘긴 곳은 용산 26부대였다. 부대 연병장에서는 일반 징집자 600여 명, 학도병 500여 명이 함께 약식 훈련을 받고 있었다. 나처럼 뒤늦게 잡힌 동기와 선배도 많았다.

1944년 6월 16일.
보직 편성이 있었다. 나는 제33군 산포 제49연대 5중대에 편입되었다. 구체적인 직분은 제1보충병, 병과는 산포, 주특기는 어자馭者, 즉 우마차 관리, 관등은 육군 이등병이었으며 중대 편성은 단열段列에 속했다. 산포가 산악전에 쓰는 가벼운 대포라면 단열은 산포병들에게 그 포탄을 운반해 주는, 대체로 무능한 병사들에게 주어지는 보직이었다. 친구들과 선배들은 공병과 산포로 분산 편입되었다.

1944년 6월 18일.

출정일이었다. 징집자와 학도병들이 연병장에 도열했다. 대장이 연단에 올라왔다. 정복 차림에 가슴에는 띠까지 두른 그가 출정 연설을 했다.

"여러분은 무적의 늑대사단[狼師團]이다! 늑대사단이 출전할 곳은 남방이다! 우리가 출전해서 남방의 모든 적을 처단한다! 한 놈도 남기지 않고 모두 처단해서 천황 폐하의 은덕을 갚도록 하라!"

대장의 연설이 끝나고 30분간 가족 면회가 있었다. 큰형이 내 소지품을 광목 주머니에 넣어 왔다. 두툼한 공책과 만년필, 연필 세 자루와 일어판 『섹스피어 이야기』가 들어 있었다. 나는 영문과였고 일본 글이 싫어 주로 영문판을 읽는다는 것을 형님은 알고 있었다.

"집에 편지를 쓸 때 일본어 책을 앞에 두면 한글을 써도 크게 주목받지 않을 것이다."

어머니는 언문만 읽을 수 있었다. 그러니까 온 가족이 다 보도록 한글 편지를 쓰라는 뜻이었다. 형이 말했다.

"너는 막내에 약골이라 걱정이다. 전쟁터에서는 아무도

돌봐줄 사람이 없다. 언제 어디서나 정신을 똑바로 차리고 있어야 한다. 편지나 일기를 쓰면 정신 모음에 도움이 될 것이다."

형이 바늘과 실을 꺼내 나의 군복 안주머니에 10원짜리 열 장을 넣고 입구를 꿰매주었다.

"배고플 때 사 먹어라. 잘 버티자면 뭐든 많이 먹어야 한다."

형의 눈시울이 붉어졌다. 부모 같은 형의 눈시울이 붉어진다는 것은 내가 위험한 곳에 가기 때문일 것이다. 더럭 겁이 났다. 형의 옷소매를 잡고 가기 싫다고 매달리고 싶었다. 대열을 지어 떠날 때는 형에게 달려가서 등 뒤에 숨고 싶었고 열차를 타고 용산역을 떠날 때는 온몸이 떨려 화장실로 달려가 한참이나 울었다.

1944년 6월 20일.

부산에서도 징집자들이 대기하고 있었다. 전국에서 징집되거나 체포된 징병자들과 학도병들이었다. 서울에서 온 신병들과 합쳐 모두 1500명이었다. 이튿날 일본에서 수송선이 들어왔다. 일본군 2000명을 싣고 온, 엄청나게 큰 배였다. 우리에게 배정된 선실은 바닥에서부터 1, 2층이었다. 층마다 몇 단으로 나누어 촘촘하게 칸을 질러놓았고 그 칸 속으로 우리를 차곡차곡 밀어 넣었다. 발을 뻗을 수도, 제대로 고개를 들 수도 없었다. 화장실에 갈 때는 그 줄의 병사들이 모두 밖으로 나와 복도에 길게 늘어서서 길을 터주어야 했다. 희미한 불빛에 드러나는 병사들의 모습은 켜켜이 욱여넣어진 짐승들 꼴이었다. 숨이라도 크게 쉬려고 갑판으로 올라가 보면 거기도 만원이었다. 물은 턱없이 부족해서 비 오는 날은 너나없이 갑판으로 달려 나가 빗물을 받아 먹으려고 하늘을 향해 붕어처럼 입을 벌리고 있었다.

1944년 6월 28일.
승선 닷새째 되는 날, 건우 형이 찾아왔다. 일본으로 유학을 간 고종사촌 형이었다. 형을 보자마자 울음부터 터뜨리자 형은 써늘하게 굳어지더니 그대로 가버렸다. 방학 때 책이나 우표를 가져다주던, 내 말은 무엇이나 잘 들어주던 형이었다. 형이 다시 온 것은 사흘 후였다.
"따라와!"
형은 다른 사람으로 변해 있었다. 무섭게 왜 이래, 라고 했다가는 또 버리고 갈 것 같아 묵묵히 뒤를 따랐다. 형이 갑판 뒤, 바닥에 앉으라고 말한 후 대뜸 "넌 어느 나라 사람이지?"라고 물었다. 내가 어느 나라 사람이지? 우리나라 국호가 뭐지? 형이 원하는 대답이 뭐지? 일본? 조선? 나는 형의 반응이 두려워서 "모르겠는데"라고 대답했다.

"안 되겠다. 너는 먼저 청년이 되어야겠다."

"청년?"

"청년기는 사상이 형성되는 나이다. 사상은 생각의 성숙에서 시작된다. 그러나 너는 아직도 유아적 사고, 막내에 갇혀 있다. 그런 사람을 일러 정서적 지진아라고 한다."

기분이 확 구겨졌다. 내가 일류 대학에 들어갔다고 치켜세워 줄 때는 언제고 이제 지진아라니? 형이 계속했다.

"유아적 정서에 갇힌 사람은 성년이 되어도 어른이 될 방법을 모른다. 그렇게 되면 좋은 친구도, 참된 동지도 얻지 못한다. 참된 벗이 없다면 자신이 속한 사회의 색채도, 내면도 심지어 자신이 어떤 존재인지도 제대로 알지 못한다. 네가 만약 문제없는 환경에서 태어났다면, 일본인이라면 잘 살아갈 수 있다. 하지만 너와 나는 식민지의 아들들이다. 우린 식민지 대학생으로 여기에 끌려온 것이다. 자기 나라를 가진 사람은 주어진 처지에서 반항하

거나 순응하면서, 다시 말해 어느 쪽이든 자기가 선택할
수 있지만 식민지의 아들들에겐 선택권이 없다. 그런 연
유로 너와 나는 이런 처지로 만난 것이다."

"……."

"자, 다시 처음으로 돌아가자. 넌 어느 나라 사람이지?"

"대한제국 사람."

"대한제국이 어떻게 되었지?"

"식민지."

"식민지의 아들들은?"

"선택의 여지가 없고 그래서 끌려다닐 수밖에 없다."

"그래, 그래서 우린 이중과제[3]를 안고 있는 것이다."

"이중과제라니?"

"식민지에서 식민지 체제가 겹쳐진 것이 우리에겐 이중
과제가 된다. 그래서 우리는, 우리 식민지 청년들은 어
떤 처지에 떨어지면 먼저 그 처지부터 파악해야 하는 것
이다. 파악이 되면 순응이든 반항이든 자기 나름의 적응
의지를 만들고 적응이 되면 극복 의지가 발동한다. 극복
의지가 확고할 때 탈출구가 보인다. 다시 말해 인식과 적
응, 극복을 거치지 않으면 탈출구를 찾을 수 없다."

"형은 탈출구를 찾았어?"

"해답은 아는데 길은 아직 찾지 못했어."

그때 확성기에서 형을 찾는 소리가 들렸다. 장교 식당으로 빨리 오라고 했다. 형은 장교 식당 배식 담당이었다.

형과 현실적인 얘기를 나눈 것은 그다음 날이었다. 형은 일본에서 검거되었다는 것, 이 수송선에 탄 모든 병사가 49연대 늑대사단이라는 것, 병력 중 3분의 2가 일본군, 3분의 1이 조선 병사인데 여태껏 한 연대에 조선 병사가 이렇게 많았던 적이 없었다는 것 등이었다. 군사들이 일본과 조선에서 각각 따로 탔는데 어떻게 같은 연대 같은 사단인지 궁금했지만 그런 것은 중요하지 않았다.

"3분의 2가 일본군이라고? 우리를 이 전쟁터에 끌어들인 이유가 총알받이로 써먹기 위해서라던데 그럼 우린 3분의 2를 위한 총알받이가 되는 거야?"

"군복과 명찰은 완벽한 내선일체가 아니냐? 입만 열지 않으면 총알받이가 될 우려는 없다."

"입만 열지 않으면이라니?"

"나의 일본 친구 가메다가 있다. 그의 형이 군의관인데 치료 도중 아프다, 어머니, 라고 말할 때 조선인 부상병인 줄 안다더라. 그러니까 부상병이 되기 전에는 총알받이로 선출될 일이 없을 것이다."

가메다는 형의 베스트 프렌드였다. 같은 날 징집되었는데 가메다는 준위, 형은 일등병이 되었지만 친구는 매일 식당으로 나와 형을 도와준다고 했다.

"그 친구 덕에 장교들은 나를 의심하지 않아. 그래서 태평양 몇몇 섬들이 전몰했다는 것도 들을 수 있었지."

"전몰한 섬이 있다면서 왜 우리까지 가야 하는데?"

"지켜야 할 섬이 아직도 많다는 거지. 그건 그렇고 넌 보직이 뭐야?"

"말 새끼 종노릇을 하고 있어. 싫어 죽겠지만 잘 참아내고 있어."

"그래, 우선은 그렇게 견디는 거다."

말들은 선실 바닥 칸에 있었다. 모두 일곱 마리였다. 산악전에서 무기나 산포를 운반할 때 부리려고 일본에서 실어 온 군마들이었다. 담당 장교가 말했다.

"군마 한 마리 사육하는 데 3년이 걸린다. 병사들은 2전짜리 엽서로 불러 모을 수 있지만 말들은 엄청난 돈과 정성을 쏟아야 한다. 말 한 마리가 너희들 100명보다 가치가 높다는 뜻이다. 왕자님 모시듯 정성껏 다루라!"

말을 돌보는 병사는 나를 포함해서 다섯 명이었다. 우리는 당번을 정해 말에게 물과 먹이를 주고, 몸을 닦아주고, 더위 먹지 않도록 커다란 부채로 엉덩이를 부쳐주었다. 부채질을 할 때 말들은 기분이 좋은지 엉덩이를 흔들며 방귀를 뀌거나 똥을 쌌다. 방귀는 피하면 되지만 말이제 똥을 밟기라도 하면 말굽에 박힌 똥을 쇠솔로 일일이 긁어내야 했다. 사람이라면 왕자가 아닌 왕이라 해도 똥까지 닦아주는 일은 없을 것이다. 친구 한영우는 그래도 장교의 시중꾼이 아닌 것을 은혜로 알라고 했다. 장교들은 심심하면 오동나무 칼로 조선 병사의 어깨나 허리를 갈겨댄다는 것이다. 가만, 조선인은 구별이 안 된다는데 그 장교는 한영우가 조선인이라는 걸 알고 있었다? 장교들에게 부림을 당할 때는 신분이 노출되거나, 아니면 애초 장교들은 다 파악하고 있다는 것인가? 그도 아니면 전장에서는 구별할 여유가 없기 때문에 신분이 가려지지만, 평시에는 아니다?

한영우라고? 논설위원 한다는 그 사람? 관심이 동했다. 그 남자가 가끔 찾아가서 만났다는 친구, 그분이 그 남자의 학병 친구였나.

교대 시간이었다. 당번에게 "말님이 오늘은 아직 똥을 싸지 않으셨다"는 말을 전한 후 수통을 들었다. 지금은 오후 2시, 사촌 형과 갑판 정담을 나눌 시간이다. 수통에 물을 넘치도록 담아서 마개로 닫았다. 말을 관리하면서 좋은 점은 내 수통에도 신선한 물을 가득 채울 수 있다는 것이다. 형과 둘이서 물을 차처럼 마시면서 갑판 교습, 이제는 대담하는 형식이 된 그 시간이 참으로 달았다. 형은 대담에도 공식을 정했다. 그냥 이야기는 사담이고, 진지한 대화는 독립군처럼, 의리를 논할 때는 원탁 기사처럼, 논리 정연이 필요할 때는 변호사처럼 한다. 모임과 만남에는 제목과 주제를 붙이는데, 너와 나의 만남은 '갑판 대담'으로 정했다, 어떠냐? 하고 물었다. 그 말들이 익숙지 않아서 내가 "왜 그래야 하는데?"라고 반문했다.

"왜냐고? 세련된 사람이 되는 것도 습관이라 훈련이 필요하기 때문이지. 그리고 어떤 일이든 많이 배워야 하고 그 배움을 자기 것으로 깨쳐야 한다. 지혜는 앎에서 나오고 앎은 지혜의 산소라는 것, 명심해 두어라."

형은 정말 다른 사람같이 변해 있었다. 신사라고 하기엔 열정이 앞서고 학생이라고 하기엔 사상가 같았다. 웃음을 귀에 걸고 다니던 그 순둥이는 어느 구석에도 남아 있지 않았다. 형을 그처럼 지적인 인간으로 만든 것이 유학 덕인 것 같아서 내가 물어보았다.

"형의 시각은 참 다양한데 그 모두 일본에서 배운 거야?"

"내가 다양성 인간으로 보이냐? 반은 맞는 것 같은데? 일본에는 각양각색의 인간 군상이 있거든. 다양한 문화와 사상도 있고, 공산당도 아나키스트도 있어. 번역된 서구 책도 많고. 그런 것들이 생각이나 사상을 여러 각도로 펼쳐볼 수 있는 근거가 되기는 하지."

"형이 영향을 받은 책은 뭐야?"

"영향받은 책? 단번에 말할 수 있지. 『멋진 신세계』, 영국 작가 헉슬리의 소설이야. 그 소설에선 인간을 병 속에서 배양해. 모든 인간이 일등 인간, 이등 인간, 병정 인간으로 정해져서 태어나. 민족도 없고 각자의 개성과 창의력도 없어. 주어진 루트를 따라 살아가는 모조 인간들의 세상, 불변의 세상……, 그때 하나의 명사가 머리를 탁, 치는 거야. 변화! 변화가 희망이고 혁명이고 개벽이다! 변화가 역사를, 사회를, 국가를 재창조했다! 무슨 말인지 알겠지? 그 변화가 일본과 조선의 처지도 뒤바꿀 수 있다는 거야. 언제가 되었든 반드시 그렇게 될 것이다. 엎치락뒤치락한 세계 역사, 그 모두가 변화라는 수레에 실려 왔거든."

변화가 일본과 조선의 처지도 뒤바꿀 수 있다…… 이건 내 소설『일본 총독……』과 비슷하잖아?

"결국 시간이 해결한다, 그 말이지?"
"아니, 시간이 해결해 주는 것은 자연밖에 없어. 인간의 개명에는 준비가 필수야. 수레에 담긴 것도 준비의 결과물이지."
형의 어떤 말들은 어려워서 여러 번 생각해 봐야 될 것 같았다.
"그럼 이 전쟁은 어떻게 돼?"
"패전이지. 일본 지식인들도 예측하고 있어. 그러니까 너와 나의 첫째 목표는 무조건 살아남는 거야, 알았지?"

선체 계단으로 올랐다. 먼저 나온 형은 갑판 난간에 서서 날치들을 내려다보고 있었다. 조그만 날치들은 지느러미를 반짝이며 수면 위로 날아올랐고 엄청나게 큰 가오리들이 날치 떼를 쫓아 훌쩍훌쩍 뛰어올랐다. 형이 돌아보지도 않고 물었다.

"저 날치들 어떻게 될 것 같니?"

나는 우리 처지와 비슷하다고 생각했지만 형이 바라는 대답은 아닌 것 같아 "물속에 숨으면 피할 수 있겠지"라고 말했다.

"물속에서 헤엄을 치면 누가 더 빠를까?"

"몸이 큰 가오리⋯⋯"

"날치들은 지금 모든 지혜와 지략을 동원해 최선을 다하고 있지만 무리가 많지 않다. 머잖아 다 잡아먹힐 것이다."

"날치들, 불쌍하네."

"하지만 세상만사에는 천운이란 것도 있지. 다 잡아먹힐 순간에도 배가 나타나 그들 사이를 가로막아 줄 수도 있고⋯⋯"

그때 폭격기가 날아왔다. 형이 나를 쓰러뜨리고 자기 몸으로 내 몸을 덮었다. 폭격기가 급강하하면서 기관총을 갈겼다. 기총소사였다. 폭격기는 멀어져 갔고 다행히 총탄은 갑판에 닿지 않았다.

"경고 사격을 한 거야. 정말로 배를 노렸다면 폭탄으로 때렸겠지."

나는 몸을 떨었다. 어서 선실로 들어가고 싶은데 형은 아

직 폭격기가 올 때가 아니라면서 눌러 앉힌 후 속삭이듯
말했다.

"어제 들었는데 뉴기니 북쪽 네덜란드령에서 일본군이
참패했단다. 구축함 두 척, 항공기 300대, 병사 1만 명 이
상을 잃고 웨이크제도로 후퇴했다더라. 연합군은 쉴 틈
도 주지 않고 추격 중이고······"

1만 명 이상 전사, 웨이크제도로 후퇴, 연합군 추격······

내가 물었다.

"우리는 어느 전장으로 간대?"

"일단 소남(싱가포르)에서 내린다는데 최종 목적지는 장
교들도 모르는 것 같아."

"소남이라는 데서 남태평양 지도를 구했으면 좋겠어. 내
가 가게 될 장소와 위치를 확실히 기록하고 싶거든."

"기록? 좋지. 구입해 보도록 하자."

1944년 7월 19일.

소남에 도착했다. 부산에서 출항한 지 한 달 만이었다.
부두는 폐허가 되었고 그 잔해들 위로 적도의 해가 이글
거렸다. 병사들은 중대별로 대열을 갖추고 병영까지 행
군을 했다. 4킬로미터 거리였다.

"우마차부는 먼저 가서 말들을 쉬게 하라!"

나는 말을 몰고 행렬 선두에 섰다. 적도의 더위에 익숙하지 않은 말들은 나무만 보면 튀어 가서 허리를 비벼댔다. 약골인 나는 거대한 말과 싸우느라 거의 녹초가 되었다. 어떻게 병영에 도착했는지 모르겠다. 마구간에 말을 묶어놓고 군장도 벗지 못한 채 구석에 쓰러져 잠이 들었다. 형이 항고(군용 반합)에 밥을 담아 와서 나를 깨운 것은 해가 진 뒤였다.

"두 가지 소식이 있다. 첫째는 우리가 갈 전장은 뉴기니 쪽이 아닌 버마(미얀마)라는 것, 둘째는 우리 앞에 출발했던 수송선들은 거의 격침되고 우리 배만 무사히 도착했다는 것이다."

잠이 확 달아났다.

"뭐라고? 앞서 떠난 학병들이 2500명이나 되는데, 모두 침몰당했단 말이야?"

"2500명? 언제 떠났는데?"

"작년 겨울."

"아니야, 이 몇 달 사이 중국에 주둔했던 군사들이 남양으로 이동하면서 격침당했다고 했어."

다시 잠이 쏟아졌고 형은 나를 자리에 눕혀주고 떠났다.

나의 임무는 말의 상태를 최상으로 유지하는 것이다. 수건에 물을 적셔 털을 닦아주고 똥 색깔은 좋은지 나쁜지, 기분은 어떤지 세세히 살펴야 했다. 날이 흐린 날은 피를 빨아대는 작은 파리들이 기승을 부려 잠도 자지 않고 파리를 쫓았다. 소남에 주둔한 지 보름째 되는 날이었다. 갈라진 입술에서 피가 멈추지 않아 의무실로 갔다. 간호원이 연고를 발라주는 사이에도 나는 꾸벅꾸벅 졸았다.

"내일 한 번 더 와요!"

간호원에게 떠밀려 밖으로 나왔다. 해가 화살처럼 나를 쏘았다. 현기증에 잠시 멈췄다가 비슬거리며 걷고 있는데 누군가가 달려와 군홧발로 내 가슴을 걷어찼다. 데라다 하사였다. 상관이 불렀는데 무시했다는 것이었다. 내가 쓰러졌다가 몸을 일으키자 그는 내 얼굴과 가슴과 복부에 주먹을 질러댔다. 조선인들에겐 야차라고 알려진 인간 말종이었다. 어린 수영이가 아프다고 소리 질렀다 해서 죽도록 얻어맞아 지금도 누워 있다. 나는 터져 나오는 비명을 꾹꾹 삼켰다. 그의 발과 주먹이 연속으로 날아와서 비명을 지를 여유도 없었다. 그가 구타를 멈추었을 때 내 얼굴은 찐빵처럼 부풀어 있었고 입과 코에서 피가 줄줄 흘렀다. 놈은 이미 저만치 사라져 갔고 나는 울면서 형의 막사로 갔다. 형이 내 얼굴을 보고 경악했다.

"어떻게 된 거냐? 맞았어? 널 이렇게 만든 자가 누구냐?"

"데라다 하사."

형과 함께 있던 학병 선배들이 벌떡벌떡 몸을 일으켰다.

"전쟁터에 가기 전에 린치로 다 죽겠다. 가자."

형들이 어디론가 몰려갔고 나는 마구간으로 돌아와 바닥에 앉아 바깥을 바라보았다. 바람에 흔들리는 야자나무가 푸른 하늘을 찢고 있었다. 아, 내가 무슨 짓을 한 거야? 형들을 그 야차한테 보낸 거야? 좀 맞았다고 형들까지 지옥으로 몰아댄 거야? 다시는 사람을 괴롭히는 일은 하지 않겠다고 맹세했는데 또 막둥이 병이 도진 거야? 신이시여, 우리 형들을 구해주세요. 제 형은 그런 무지막지한 놈한테 얻어맞을 인물이 아니니 부디 보호해 주소서…… 자책과 함께 눈물, 콧물, 핏물까지 쏟아내고 있는데 형이 연고를 들고 왔다. 나는 얼른 눈물을 닦아내고 "얼마나 맞았느냐"고 물었다.

"약 바르게 입 다물고 있을래?"

형은 연고를 발라준 뒤 갈비뼈까지 꼼꼼하게 만져봤다.

"다행이다. 수영이는 갈비뼈가 부러졌는데 넌 괜찮아."

"형, 나는 구제 불능이야, 처신을 잘못해서 형들까지 괴롭히고. 미안해."

"인마, 걱정 마. 이번 일은 아주 조금이지만 그래도 뒤집은 거야."

"뒤집어? 어떻게?"

"지혜의 신이 출동하셨다고 할까."

"지혜의 신? 어서 말해봐!"

형들이 참모실에 몰려갔더니 소령 혼자 앉아 있었다. 형이 예의를 갖춰 데라다의 폭력에 대해 설명하면서 시정을 요구했다. 소령은 비웃음을 입꼬리에 달고 그것이 부당하다는 거냐고 되물었다. 형이 대답했다.

"그렇습니다. 피해 군사는 말을 지키느라 잠을 자지 못해 상관에게 경례를 할 정신이 없었습니다."

"피해 군사? 노예가 피해 군사다?"

"우리는 노예가 아닙니다!"

"너흰 노예들이야. 우린 돈을 주고 조선을 샀거든! 보통은 전쟁을 통해서 나라를 빼앗지. 지금처럼 말이야. 하지만 조선은 수고스러운 전쟁도 없이 헐값에 사들인 거야. 잘 들어둬. 너희 고관대작들이 조선을 팔 때 너희들을 노예로 끼워 팔았어. 그래서 조선은 세계 침략사에서도 없는 나라, 국가를 판 나라로 기록되는 거야!"

그리고 소령은 노예의 반란이라면서 오동나무 칼로 형의 어깨를 후려쳤다. 소령이 거듭 치려고 할 때 와세다 대학생 박현종이 '보도반원' 완장을 쳐들면서 말했다.

"천황 폐하께서는 내선일체, 황국신민을 강조하셨습니다. 그런데 소령께서는 조선인을 노예라고 하셨습니다. 내일은 본국으로 기사를 띄우는 날인데 소령께서 하신 말씀 그대로 보도해도 되겠습니까?"

"뭐야, 기사? 조센징이 기자라고?"

"와세다대학 4학년입니다. 졸업하면 요미우리신문사에 입사할 것입니다."

소령은 오동나무 칼을 거두면서 모두 꺼지라고 소리쳤다.

"그게 정말이야?" 내가 물었다.

"정말이고말고. 박현종이 왜놈 장교를 제압했을 때 말이야, 배에서 본 날치가 생각나는 거야. 그 날치들이 모두 뒤돌아서서 거대한 가오리를 엎어치기 하는 것! 과장이 너무 심했나? 아, 그래. 거대한 스모 선수를 우리 씨름꾼이 엎어뜨렸다! 그렇게 표현할 수 있겠군."

"그런다고 뭐가 달라져?"

"내가 얘기했잖아? 달라짐, 그러니까 변화의 진짜 몸통은 미래의 어느 갈피에서 우리를 기다리고 있다고. 박현종의 그런 제압도 미래의 어느 갈피를 위한 일종의 준비라고 할 수 있지. 이렇게도 말할 수 있겠군. 세상엔 영원한 것이 없다, 영원함을 깨부술 복병은 항상 대기하고 있다!"

"……."

"일본은 로마의 '팍스로마나'를 흉내 내려고 대동아공영권 어쩌고 하면서 태평양 전체를 먹으려고 했지만 그 욕망이 자기 함정을 판 거지. 잠자는 호랑이 코털을 제대로 건드리면서 말이야."

그것도 수레에 실린 변화 작용이냐고 물으려다가 입을 다물었다.

1944년 8월 17일.

이동 명령이 내려졌다. 소남에 도착한 지 한 달 만이었다. 목적지는 버마, 버마에서도 최북단, 미트키나와 중국 국경 완팅 전선이었다. 완팅 쪽은 애초 장개석 정부로 가는 미국의 보급로였다. 보급로 차단이 시급했던 일본군은 버마를 점령하자마자 중국 쪽 노강과 운남성(윈난성), 티베트에 걸쳐 견고한 진지를 구축했다. 지금 전투가 벌어진 곳은 중국 쪽이 아닌 인도 쪽 미트키나로 늑대사단 전원이 지원 출전을 한다는 것이다.

이날 나는 말의 시중꾼에서 해방되었다. 우리 단열 중대는 화물칸에 오르려고 줄을 서 있었다. 화물칸은 좁은데 병사는 많아 고개를 들 수 있다는 점만 빼면 수송선을 탔을 때와 크게 다르지 않았다.

8월 18일에는 말레이시아에서 태국 국경을 넘었고 31일에는 태국에서 버마 국경을 통과했다. 태국에서 버마 국경을 향해 달려갈 때 폭격기가 나타났다. 열차가 멈추자 우리는 완전군장을 하고 200~300미터 밖으로 피신했다. 그날 이후부터 폭격기가 하루에도 몇 차례씩 출몰해 폭탄을 떨어뜨리거나 기총사격을 했다. 찌는 듯한 더위에 수면 부족까지 겹친 병사들은 너나없이 제정신이 아니었다.

태국에서 버마 국경으로 들어선 지 두 시간쯤 후였다. 기차가 급정거를 했다. 병사들이 또 내리느냐, 그렇게 여러 번 피신했지만 기차에 폭탄이 떨어진 적은 없다, 설령 폭격을 당한다 해도 더 이상 나가지 않겠다고 떠들어대고 있자 분대장이 화물차 벽을 치면서 "열차가 탈선했다. 모두 내려!"라고 소리쳤다. 열차 바퀴 세 개가 탈선하면서 무수한 침목을 헤집어놓았고 10미터 전방이 철교였다. 버마 민족 게릴라들이 선로 하나를 빼놓은 결과였다. 게릴라들은 조직적으로 움직이며 일본군 행로를 방해하거나 큰 타격을 준다는 것도 그날 알았다. 선로를 복구하고 바퀴를 제자리에 올린 것은 그로부터 네 시간 후였다.

8월 26일. 모울메인에 도착했다.

병사들은 민가를 점령하고 짐을 풀었다. 저녁 식사 후 잠에 곯아떨어졌을 때 야간공습이 시작되었다. 방공호로 달려갔으나 이미 만원이었다. 방공호에 들어가지 못한 일본인 병사가 입구에 엎드려 있었다. 하늘 곳곳에서 조명탄이 터졌다. 나는 일본인 병사의 발치에 앉아 하늘을 쳐다보았다. 커다란 촛불 같은 것들이 낙하산을 타고 둥둥 떠내려오는가 싶더니 사방에서 폭음이 진동했다. 폭탄이었다. 나는 땅에 머리를 박고 두 팔로 감쌌다. 폭격이 끝나고 방공호에서 병사들이 몰려나오는데도 내 앞의 병사는 움직이지 않았다. 예리한 파편 하나가 목에 꽂힌 채 그는 죽어 있었다. 기이한 현상이었다. 자리 배치로 봐서는 분명 내가 더 위험한 위치였다.

8월 28일. 마르타반에 도착했다.

모울메인에서 네 시간쯤 달려가면 버마의 2대 장강인 살윈강이 있고 그 강을 지나면 마르타반이었다. 오후 3시경이었다. 우리는 군장을 풀자마자 부두로 투입되어 군수품을 운반했다. 총알 상자를 메고 이글거리는 태양 아래로 걸어가는데 폭격이 시작되었다. 대대적인 폭격이었다. 나는 상자를 던지고 재빨리 벤치 아래로 기어들었다. 폭격기는 사이렌 소리를 등에 업고 계속해서 폭탄을 쏟아부었다. 사방에서 굉음이 공기를 찢었다. 나는 부들부들 떨면서 벤치 다리만 비틀어댔다. 폭격이 끝났다. 폭격이란 놈이 제 임무 시간을 채워서 끝난 것인가? 형의 말처럼 미래에서 기다리던 변화의 시간이 시작된 것인가? 아귀가 맞지 않는 생각을 하면서 벤치 밖으로 나왔다. 내가 던진 상자가 깨져서 총알들이 사방으로 튀어 나갔고 방수포 자락에는 불까지 붙어 있었다. 불길이 번지면 총알들이 연속적으로 터질 것이다. 달리기 시작했다. 총알 터지는 소리가 뒤따라왔다. 두 팔로 뒤통수를 가리고 숨도 쉬지 않고 달리다가 병영 앞에서 고꾸라졌다. 지나가던 김오중이 누워 있는 나를 보고 "너 총 맞았니?"라고 물었다. 나는 일어나면서 "땅하고 키스 좀 했다, 왜?"라고 대답했다. 김오중이 너도 그런 말을 할 줄 알았냐는 듯 한참이나 쳐다보았다.

그날 밤 데라다가 찾아왔다. 그는 일본에 있는 자기 애인에게 연애편지를 써달라면서 종이와 만년필 그리고 10원짜리 군표를 내밀었다. '거절할 처지가 못 된다면 받아들이라'던 형의 말이 떠올라 "알겠다"고 대답한 후 군표는 돌려주고 종이와 만년필만 받았다. 그 만년필은 애인이 준 것이라 자랑했는데 별로 고급이 아니었다.

9월 5일. 퉁구에서.

퉁구에서 1차 선발대가 선출되었다. 미트키나 북부 임팔 작전[4]에 합류하기 위해서라고 했다. 작전에 선출된 형들이 모임을 가졌다. 야전병원 뒤에 있는 정자에서였다.

"임팔이 무슨 뜻인데?"

"무슨 산악 이름이라는데 거길 넘어서 인도군을 제압하러 간단다."

"미친 거 아냐? 동지나(동중국)와 남지나(남중국)가 거의 패전 상태라면서?"

"보르네오 바다 일대도 연합군 제해권에 들었단다."

"그런데도 계속 침략전을 해?"

"자살골에 맛 들인 거지."

"우리는 빠져나갈 방법이 전혀 없어?"

"특별 감시반을 운영하고 있어. 탈영자는 무조건 사살, 낌새만 보여도 본보기로 처단한단다."

"우리들 신세 참 더럽다!"

"이 전쟁에서 죽으면 우리 모두 영혼으로 뭉치자. 그래서 오적, 칠적 귀신들 낱낱이 찾아내 갈가리 찢어 두 번 세 번 죽이자."

"영혼 그룹, 괜찮은데? 지금 결성하자."

"살아남는 자는?"

"이승에서도 같은 일을 하는 거다!"

그때 취침 방송이 들려왔다. 형이 주머니에서 키니네 약 병을 꺼내 내 손에 들려주며 말했다. "당분간 못 만날 수 도 있다. 몸조심하고, 열이 난다 싶으면 이 약을 먹어라."

1차 선발대는 1500명이었다. 일본군 800명과 조선군 700명이 한밤중에 열차를 타고 떠났다. 새벽에 일어나 돈 50원을 주려고 다시 갔을 때 형들의 막사는 텅 비어 있었다.

우리는 이틀 후 출발 명령을 받았다. 어디로 가는지 아무도 말해주지 않았다. 박현종 같은 보도반원이 곁에 없다는 것이 당장 그렇게 불편했다. 군장을 꾸리고 있을 때 가메다 준위가 찾아와 잉크병과 만년필을 주었다.

"자네 형이 자네에게 필요할 것이라고 했네. 잉크는 마개를 잘 닫아두면 집에 돌아갈 때까지 쓸 수 있을 거네."

"형이 왜 저에게 주라고 했을까요?"

"자넨 기록을 많이 한다면서? 난 필요가 없으니 간직해 두게."

나는 잉크만 받고 만년필은 돌려주었다.

"만년필은 저에게도 있어서요."

"군장 다 꾸렸으면 나오게. 내가 우동 사겠네."

사상의 동지라고 했던가? 짱구에다 눈이 아이처럼 맑아 오히려 내가 대접하고 싶은 얼굴이었다.

"우동 값이라면 저에게도 있어요. 잉크를 받은 은혜도 있으니까요."

"자네 우동은 다음에 먹지."

시가지로 걸어가면서 가메다가 조그맣게 말했다.

"난 국제인이야."

"네?"

"무국적주의자라는 뜻이지."

아나키스트를 그렇게 표현한다는 것을 알았지만 그냥, 아, 네, 라고만 대답했다.

"지금은 전 세계적으로 무국적주의자가 얼마 되지 않지만 차츰 많아질 거네. 그리고 먼 미래에는 일본 조선, 이런 구별 없이 인간 대 인간으로 살아가는 평등세상이 올 거야."

가메다의 이념에 대해 좀 더 연구해 봐야겠다는 생각을 하며 "언제 그런 날이 올까요?"라고 물어보았다.

"어, 이거 통하는데? 난 네가 일본 장교라고 날 경계할까 봐 연막을 쳤던 거야. 저기 우동집이 있군. 열차가 밤에 출발한다지? 든든히 먹어두자고."

"이 군수품 모두 화차에 싣는다!"

산더미처럼 쌓인 포탄과 탄약 상자들을 가리키며 중대장이 지시했다. 어둠이 내릴 때였다. 탄약 몇 상자도 옮기지 않았는데 벌써 다리가 후들거렸다. 약골이라 깔보이지 않으려고 이를 갈아가면서 운반했더니 밤 11시, 끝나는 시간까지 용케도 버텨냈다.

"모두 승차, 승차하라!"

군사들이 화물칸에 오르자 화차(이곳의 기차는 주로 나무를 연료로 하는 화차였다)가 출발했고 그와 동시에 나는 곯아떨어졌다. 이대로 계속 자고 싶은데 몇 시간 지나지 않아 화차가 멈추더니 하사가 "하차! 하차!" 하며 외치고 다녔다. 동이 터오기 직전 역 근처에서였다. 몸에 달라붙은 잠을 떨어낼 수 없어 그대로 자고 있는데 중사가 올라와 나를 끌어 내렸다. 그제야 잠이 떨어져 나갔다. 아침 9시경 군수품을 위장막으로 덮은 후 군사들은 밀림으로 들어갔다. 아침을 지어 먹고 늘어지게 잠을 자거나 개울을 찾아 몸을 씻으며 낮 시간을 보냈다. 해가 지자 하사가 호루라기를 불었다. 군수품 모두를 화차에 다시 실어야 할 시간이었다.

다음 날도 그다음 날도 똑같은 일을 반복했다. 나흘째 되는 날은 철교가 끊어져 있었다. 동이 터올 때였다. 철교 맞은편에도 건너오지 못한 화차가 정지해 있었다.

"일선에서는 장병들이 눈 빠지게 군수품을 기다린다. 한 상자도 빠짐없이 저쪽으로 옮긴다! 어서 빨리 운반하라!"

탄약 상자를 어깨에 올렸다. 물은 깊지 않았지만 여러 차례 왕복하는 일은 내 체력으로는 무리였다. 결국 주저앉고 말았는데 다행히도 강을 다 건너고 나서였다. 운반을 끝내고 모두 화차에 올랐다. 쓰러진 사람이 여럿이었다. 상황이 이럴 때는 나 자신을 위로할 필요가 있다. 나는 형과의 대담을 불러왔다. 미래의 그날, 너의 나라가 온다면 그 나라가 어떤 사회이길 바라나? 부당한 폭력과 억압이 없는 사회, 나쁜 생각이 없는 사람들이 자유롭게 살 수 있는 사회, 나 같은 약골에겐 중노동을 시키지 않는 사회…… 나는 곧 침을 흘리며 잠이 들었다.

다음 날이었다. 화차는 타트콘을 지나 카크세역 근처에서 정차했다. 이른 새벽이었다. 하역 지시가 내려졌지만 지친 병사들은 재바르게 움직이지 못했다. 나 같은 약골은 다리를 질질 끌거나 몇 발짝마다 멈추곤 했다. 두 시간쯤 지났을 때 공습경보가 울렸다. 병사들은 각자 선 자리에서 어깨의 짐을 내려놓고 차폐물 뒤로 달려갔다. 전투기가 왔으나 총격 없이 사라졌다. 다시 하역을 시작해서 한 시간쯤 지났을 때 또 공습경보가 울렸다. 같은 일이 두 차례나 더 반복되었을 때 땅에 주저앉아 "폭격기야, 제발 좀 와서 폭탄을 내려다오. 여긴 수천의 유산탄 상자가 있다, 한 방이면 순식간에 모두 날아간다. 제발 좀 이 고생을 끝내달라"고 기도했다. 건우 형이 들었으면 큰일 날 소리였다. 목숨이 경각에 이르러도 살 생각만 하라는 것이 형의 지시였다. 미래에서 기다리고 있을 그날을 반드시 만나야 하는 것이 우리의 사명이었다.

9월 9일. 만달레이에 도착했다.

버마의 옛 왕도이자 군사 요충지인 이곳엔 제33군 사령본부가 주둔해 있었다. 영내는 출전할 병사들과 후퇴해 온 병사들로 북적였다. 형의 소식을 알아보려고 사령부로 향했다. 야전병원 앞에 부상병들이 나란히 앉아 있었다. 팔다리와 머리에 붕대를 감은 부상자들이 태반이었고 그중 한 사람은 한쪽 볼이 달아나고 없었다. 그는 나를 노려보면서 벌건 잇몸 사이로 이상한 소리를 내뱉었다.

"미안합니다."

나는 괜히 그렇게 사과를 하고 급히 그 자리를 떠났다. 생명이란 참 기묘하다는 생각이 들었다. 죽고 사는 것만이 생명의 영역이 아니었다. 온갖 형태의 부상자들과 그들 몸에 깃들어 있는 것도 거룩한 생명이었다. 군수품 창고 앞에 후퇴병들이 둘러서서 담배를 피우고 있었다. 나는 그들에게 경례를 하고 전투 상황에 대해 물어보았다.

"코끼리와 송아지 싸움이었어. 바퀴가 열 개나 달린 GMC와 대포를 단 탱크들이 줄지어 왔지. 우리는 탱크

해치를 열고 그 속에 수류탄을 까 넣으며 저지하려고 했지만 성공한 것은 스무 대 중에서 단 한 대였어."

"탱크를 까려다가 죽은 전사자가 50명도 넘었다면서?"

"깔려 죽은 사람도 있었고……"

"탱크들이 벙커를 뭉개고 들어오는데, 속수무책이었어. 지상에는 탱크, 머리 위로는 폭격기, 퇴로도 없이 우왕좌왕하는 사이 전사자들만 쌓였지. 지원병이 반격해 주지 않았다면 여기에 있는 누구도 살아남지 못했을 거야."

"지원부대는 산포 대대였습니까?" 내가 물었다.

"아니, 공병대야. 공병대가 탱크 안에 수류탄을 까 넣거나 지뢰를 묻었는데……"

그 전투가 임팔 작전이었느냐고 물어보려고 할 때 저만치서 한 병사가 달려왔다. 형네 부대가 위험에 처했나? 병사가 멈춰 서서 숨을 몰아쉬었다.

"우리 군이 제5수용소에 있던 백인 포로 전원을 사살했답니다! 경고용으로 말입니다! 연합군이 자꾸 밀고 오면 다른 수용소 포로들도 차례로 죽일 거랍니다!"

전쟁 초기 필리핀에서는 수만 명의 포로를 학살했다. 끌고 다니기가 힘들다는 이유에서였다. 국제법에는 그런 일이 용인되는지 국제인 가메다에게 물어봐야겠다. 사령부에도 형의 소식은 접수된 것이 없었다.

9월 13일. 메이묘에 도착했다.

메이묘는 버마 동쪽 샨 고원 지방의 명소로 영국인들의 피서지다. 영국인 메이가 개척한 도읍이라 하여 그 명칭이 메이묘가 되었다고 했다. 기후와 경치가 좋고 큰 호수가 있어 별장들도 많았다. 유럽풍으로 멋지게 지은 그 별장들에 지금은 일본 귀족이나 군수업자가 살고 있다고 했다.

아침부터 열차에 실린 유산탄 상자를 하역했다. 점심 식사 후에는 방수포, 천막, 의약품 등 일반 군수품을 내렸다. 군수품은 마대 포장에 노끈으로 묶여 있었는데 그중 하나가 끈이 풀려 있었다. 다시 묶으면서 보니 상자 겉면에 돌격 1번이라고 쓰여 있었다. 상병 오무라가 다가와 나를 밀어내고 포장을 도로 풀었다. 돌격 1번이라고 쓰인 큰 상자 속에 작은 상자들이 차곡차곡 쟁여져 있었다. 오무라가 작은 상자 세 개를 슬쩍 빼내고는 나에게 표 나지 않게 재포장하라고 지시했다. 그 옆의 마대를 풀어보던 오무라가 휘파람을 불었다. 마대 속 상자에 담배가 들어 있었다. 담배는 현지인들이 가장 좋아하는 인기 품목이었다. 그는 담배 네 보루를 꺼낸 다음 감쪽같이 재포장했다. 나에게는 돌격 1번이라고 쓰인 작은 상자 하나와 담배 한 보루를 던져주었는데 돌격 1번은 콘돔이었다. 작업이 끝났을 때 오무라가 물건들을 군장에 숨겨 넣고 자기를 따라오라고 했다. 왜놈들은 무식할수록 졸병을 하대하는 버릇이 있었다. 거절하면 트집 잡힐 것 같아 순순히 따라갔더니 시장이었다. 그가 시장 입구로 들어서자 현지인들이 몰려왔다. 밀매꾼들이었다. 그는 그들과 흥정해서 훔친 담배와 콘돔 모두를 팔아 군표로 30원을 챙겼다.

"넌?"

배낭에서 콘돔 상자만 꺼내자 그가 "담배는?" 하고 물었다. 나는 고개를 저었다. 담배는 형의 몫이다. 담배를 받는 순간 이미 그렇게 정했다.

"우동과 모찌, 뭘 먹을래?"

나는 고개를 저었다. 콘돔 값으로 받은 3원을 도둑놈과 같이 쓰고 싶지 않았다. 먼저 가겠다고 인사를 하고 돌아서는데 그가 오늘은 자기가 산다면서 우동집으로 이끌었다. 식사 후에도 그는 좋은 곳이 있다면서 나를 창문이 다닥다닥 붙어 있는 위안소로 데려갔다.

"새로 온 조센삐들이 많다더라."

우리는 누구나 조센삐들에 대한 소문을 알고 있었다. 군수공장, 옷공장에 취직시켜 준다고 모집해서 그 일부를 남태평양 곳곳에 위안부로 넘겼다는 것도, 서울의 부민회관에서 정신대 동원을 위해 유명 인사들이 강연했다는 것도, 몇몇 처녀들은 조센삐로 끌려온 것이 분해서 자살했다는 사실도…… 왜놈들이 붙인 이름 '삐'는 영어로 창녀를 뜻하는 프로스티튜트prostitute의 앞 글자 '피P'를 따온 말인 것도 아는데 내가 어떻게 그들을 죄의식 없이 마주할 것인가. 쳐다보는 것만으로도 서로 모욕이 된다면 보지 않는 것이 예의다. 그가 표를 사러 들어간 사이 나는 줄행랑을 쳤다.

그날 저녁에 가메다가 찾아왔다.

"너 뭐든 기록한다고 했지?"

"뭐든지는 아니고 제가 보고 겪은 것만요."

"따라와, 흥미로운 것을 보여줄 테니까."

그가 데려간 곳은 〈청명장〉이라는 간판이 붙은 요정집 앞이었다. 영국인이 버리고 간 별장을 요정으로 개조했다는데 마당에는 고급 승용차 두 대가 나란히 세워져 있었다.

"저 차들도 영국인이 두고 간 거야. 지금은 이곳 사단 간
부들이 저 차를 자가용으로 사용하고 있어."
술에 취한 장교들의 노랫소리가 들리고 기모노에 흰 버
선을 신은 기생들이 쟁반에 양주를 들고 드나들었다. 잠
시 후 도착한 또 한 대의 차에서 서너 명의 장교가 내리
자 기생들이 달려 나와 그들을 맞았다.
"더 있으면 들킬 테니까 이만 돌아가지."
그곳을 떠나면서 가메다가 말했다.
"고향의 아내들은 몸뻬 차림으로 생활고에 시달리는데
남편들은 주지육림에 빠져 허우적거리고 있으니…… 이
전쟁의 결말이 보이지 않나?"⁵

9월 22일. 시포를 떠나며.
버마의 철도 노선은 남부에서 한길로 올라오다가 메이묘
에서 두 갈래로 갈라진다. 한 노선은 서북쪽을 관통해서
최북단 미트키나에, 다른 노선은 동북쪽을 관통해서 종
점인 라시오에 닿는다. 우리가 갈 곳은 라시오라고 했다.
시포에서 저녁을 먹고 지붕 없는 화차에 탄약 상자들을
실었다. 기관실 바로 뒤칸이었다. 오늘 내 짝은 2전짜리
엽서로 홋카이도에서 불려온 소년병 단노였다. 탄약 상

자들을 천막으로 덮은 후 바람에 날아가지 않도록 단노와 내가 앞과 뒤에 앉았다. 완전히 캄캄해졌을 때 화차가 출발했다. 기관사들이 화구에 쉬지 않고 장작을 던져 넣었고 그때마다 불티가 튀어 올랐다. 어느 소설에 이와 비슷한 장면이 있었다. 제목은 떠오르지 않았지만 유랑적인 장면이었는데…… 나는 픽 웃으며 단노를 살펴보았다. 단노는 의지할 난간도 없는데 구부정하게 웅크리고 앉아 있었다. 위태로워 보였다. 화차가 갑자기 멈추거나 방향을 틀면 굴러떨어질 수도 있어 조심하라고 일렀다. 열여덟 살, 얼굴이 약간 얽은 단노가 알았다고 대답한 후 자세를 바로잡았다. 예의 바른 소년병이었다. 열차는 불티를 날리며 어둠 속을 달리고 나의 생각은 순서도 없이 펼쳐지거나 접히기를 계속했다. 형은 어디에서 싸우고 있는가. 총은 어떻게 다루고 있을까. 이화여전을 다닌다는 형의 애인은 이 소식을 알고 있는가. 연로하신 내 아버지와 어머니, 형님들…… 나는 돌아가서 부모 형제를 만나고 다시 대학생이 될 수 있을까.

"불똥이, 불똥이 튀었어요!"

단노가 외쳤다. 기관실에서 날아온 불티가 탄약 상자에 덮어둔 천막으로 옮겨붙은 것이다. 단노가 천막을 밟아댔으나 불길은 옆으로 번져갔다. 내가 상의를 벗어 들고 휘갈겨도 불길은 비죽비죽 새어 나가기만 했다. 단노가 오줌, 오줌, 하고 소리쳤다. 우리는 바지를 내리고 불길을 향해 오줌을 갈겨댔다. 불길은 고약한 냄새를 풍기면서 사그라들었다. 단노의 순발력이 없었다면 지금 나는 수천 조각의 낙진이 되어 바람에 날아다닐 것이다.

"라시오에 도착하면 우동과 모찌를 사주마."

단노는 뭐든지 잘 먹는 소년이었다. 시장에 가서 맛난 것은 모두 사 먹이겠다, 사람은 치사랑 내리사랑 다 해보아야 참사랑을 안다고 했다, 나에게 없었던 내리사랑, 단노를 통해서 실현해 보는 거다. 선량하다면 적이라도 품어주는 인간, 나 광수는 괜찮은 사람, 대한의 남아, 선비의 얼이 깃든 대한의 건아가 되는 것이다. 나는 스스로를 그렇게 치켜세우면서 또 피식 웃었다.

9월 27일. 라시오에서.

동북선 종점 라시오에 도착했다. 다른 사단에서 차출된 출전병들이 떠날 채비를 하고 있었다. 중국 쪽 전투에 지원병으로 간다고 했다. 북단 전황이 전반적으로 좋지 않다는데 형은 무사한가? 나는 두 손을 모으고 기도했다.

"무사해야 합니다. 형은 조선에 꼭 필요한 종자 같은 청년입니다. 무엇보다도 변혁의 수레를 안내할 조선 청년들의 지도자입니다. 이곳에 계신 수많은 부처님들, 제발 우리 형을 수호해 주소서……"

우리 중대 쪽에서 집합하라는 소리가 들려왔다.

우리 사단에서도 2차 출전병을 선발했다. 작전지대는 완팅, 기차가 없어 트럭을 탄다는데 나는 이번에도 제외되었다. 출전병들이 수십 대의 트럭을 타고 떠나자 중대장은 남은 병사들에게 편지를 쓰라고 지시했다.

"가족에게 편지를 쓴다. 황군의 최후 승리를 위해 날마다 잘 싸우고 있다! 이 말을 반드시 기입하도록!"

한 병사가 물었다.

"우리는 언제 출전합니까?"

"내일이다."

"우리도 트럭을 탑니까?"

"그건 내일 알 수 있다. 이상이다!"

병사들이 서로 물어댔다. 편지를 쓰라는 이유가 뭐냐, 유서를 남기라는 것이다, 우리 같은 약골도 출전한다니 일선 상황이 매우 다급한 것이다. 시내에 나가서 남은 비상금을 다 쓰고 오겠다는 사람도 있었다. 나는 생각이 정리되지 않아 형의 어록을 떠올렸다.

"매 순간 생각을 심어라. 일이 클 때는 생각을 더 심화시켜서 분석해라."

내가 전사한 뒤에 가족들이 내 편지를 받는다면 그걸 바라보는 내 영혼이 슬플 것이다. 그래, 무소식이 희소식이다. 나는 편지를 쓰지 않았다.

9월 28일. 라시오에서 완팅으로.

완팅은 중국과 국경지대에 있다. 그곳까지는 수백 리, 우리에겐 트럭도 배당되지 않아 걸어서 간다고 했다. 오후 3시경 병사들에게 식량이 지급되었다. 각자 열흘 치였다. 10일을 걸어가야 한다는 뜻이다. 저녁을 먹고 대열을 갖추자 호각 소리가 들렸다. 출발 신호였다.

10월 2일. 밀림에서 센위 고개로.

밤에는 행군을 하고 낮에는 밀림이나 민가에서 잠을 잤다. 사흘째 되는 날이었다. 동이 터오자 밤새 걸었던 병사들이 절뚝거리며 밀림으로 들어갔다. 각자 항고에 밥을 지어 먹은 후 잠을 자거나 발에 생긴 물집을 터뜨리거나 화톳불을 피워놓고 이를 잡았다. 한 병사가 이를 잡아 항고 뚜껑 위에 놓고 손톱으로 꾹꾹 눌렀다. 보통학교 후배 임종수가 잔인하다고 투덜거리더니 옷을 벗어 불 위에 털었다. 이가 떨어지면서 노린내가 진동했다. 나는 노래기 냄새를 거의 증오했는데 지금 바로 그와 비슷한 냄새가 오장육부를 뒤집어서 빽 소리를 질렀다.

"인마, 꼭 내 코앞에서 이래야겠어?"

"죄송합니다, 형."

그가 얼른 옷을 입었다. 종수는 동지나대학에 유학 갔다가 휴교령으로 귀국하던 중 부산항에서 붙잡혔다고 했다. 저녁을 지어 먹을 때 소대장이 병사들을 주목시켰다.

"오늘 밤에는 센위 고개를 넘어야 한다. 이 고개는 장장 60리 길이다. 뒤처지고 싶지 않으면 짐을 최대한 줄여라."

분대장이 부연 설명을 했다.

"센위 고개는 '지옥가도'로도 불린다. 한번 가면 되돌아오기 어렵다 해서 붙여진 이름이다."

모두들 군장을 정리했다. 병사들 태반이 밀림에서 입거나 쓰는 판초와 방독면과 철모를 버렸다. 나는 큰형이 넣어준 일어판 『섹스피어 이야기』를 먼저 버린 후, 방독면과 소남에서 구한 『마사제요馬事提要』와 건우 형이 준 스벤 헤딘의 『극에서 극으로』를 두고 고심하다가 방독면을 버렸다.

센위 고개는 지옥가도란 별칭이 무색하지 않게 가파르고 미끄럽고 험준했다. 바위지대를 지나면 깎아지른 비탈이고 비탈을 지나면 나무뿌리들이 길 위에 엉켜 있었다. 나무뿌리들 위로 발을 올리면 착지되지 않고 죽죽 미끄러졌다. 그나마 달빛에 사물을 구별할 수 있다는 것이 다행이었다. 앞질러 가는 병사들과 보조를 맞추려고 나도 안간힘을 다했지만 결국 맨 꼴찌가 되고 말았다. 나는 버마의 부처님들을 다시 불러 혼자 버려지지 않게 해달라고 애원하면서 간신히 고개를 넘었다. 달이 서쪽으로 바짝 기울었을 때였다. 나는 그 자리에 눕고 말았는데 좀 떨어진 곳에서 코 고는 소리가 들려왔다. 니시다 이병이었다. 그가 군장까지 벗어놓고 잠들어 있기에 나도 가까이 가서 누웠다. 그때 또 한 병사가 비틀거리며 다가왔다. 하세가와 이병이었다. 그도 쓰러져 누웠고 우리 셋은 대자로 뻗어서 삼중주로 코를 골아댔다.

눈을 떴을 때는 햇살이 바람을 몰고 와서 얼굴을 어루만졌다. 우리가 낙오되었다는 사실을 인식하는 데는 그리 오래 걸리지 않았다. 니시다가 밥은 지어 먹고 가자면서 나에게 나무를 주워 오라고 했다. 계급이 같은데도 나를 부리려고 하는 것은 내가 조선인임을 알았거나 내 몸피가 왜소해서일 것이다. 나는 정확한 일본어 발음으로 똑똑히 말했다.

"난 배고프지 않아."

군장을 메고 앞서 걸었다. 내가 생쌀을 씹으며 큰길로 걸을 때 그들도 내 꽁무니를 따라왔다. 그들은 내가 길을 잘 안다고 믿은 모양이었다. 나는 걸으면서 두 가지 방향을 생각해 보았다. 만약 혼자 낙오돼서 원주민을 만난다면, 우리가 일본말을 잘할 수 있듯이 그들 또한 영국 식민지인으로 영어를 잘한다면, 그들은 나를 도와 연합군에게 넘겨줄까? 그게 내가 가질 수 있는 최고의 행운일까? 만약 그렇다면 뒤따라오는 두 사람을 따돌리고……

그때였다. 폭격기 한 대가 날아왔다. 우리는 재빨리 도랑으로 뛰어내렸다. 폭격기 날개에는 청천백일기靑天白日旗가 그려져 있었다. 중국기였다. 그 폭격기가 길바닥을 훑듯이 기총소사를 하고는 멀어져 가더니 다시 돌아와 포탄을 떨어뜨렸다. 이제 죽었구나 싶었는데 포탄이 떨어진 곳은 20~30미터 저쪽이었다. 대낮의 행군은 아무래도 무리였다. 우리는 밀림으로 들어가 군장을 풀었다.

잠에서 깨어보니 니시다와 하세가와가 사라지고 없었다. 공포가 엄습해 왔다. 이처럼 혼자가 된 것은 태어나서 처음이었다. 어쨌든 이곳에서 벗어나야 한다. 군장을 챙겨 메고 큰길을 따라 걷기 시작했다. 노을도 없이 해가 졌다. 달을 보면서 걸었다. 고개가 아프면 땅바닥을 보았다. 주저앉아 쉬고 싶은 유혹이 발목을 잡았지만 그랬다가는 영원히 미아가 될 수도 있었다. 스물세 살 배광수에게 참 가지가지 고생도 주어진다 싶어 피식 웃음을 날리기도 했다. 졸면서 걷다가 돌부리에 걸려 넘어지면 그대로 누운 채 생각을 펼쳤다. 여기서 낙오병이 되면 어떤 삶이 주어질까? 착한 원주민을 만나 도움을 받을까? 아니면 민족 게릴라들을 만나 사정을 설명하기도 전에 죽게 될까? 군인으로 왔으면 그래도 전쟁터에서 죽는 것이 흔적이라도 남길 수 있겠다 싶어 몸을 일으켰다.

한참 걸어가자 저 멀리서 희미한 불빛이 보였다. 불빛이면 군사들이 있다는 신호다! 본대가 정말 거기에 있었고 병사들은 출발 준비를 하는 중이었다. 나는 반가워서 눈물 콧물을 흘리며 "여기가 어딥니까?"라고 물었다.

"쿠트카이 평원, 자넨 열병 환잔가?"

앞쪽에서 분대장 요코다가 소리쳤다.

"지금 막 기어든 놈 누구야? 이리 나와!"

군도를 총처럼 어깨에 멘 그가 나에게 신경질적으로 물었다.

"니시다와 하세가와는?"

"모릅니다."

요코다가 가죽 칼집으로 내 머리를 후려쳤다. 두 번째 내려쳤을 때 내가 주저앉자 임종수가 뛰어나와 나를 부축해 주었다. 대열로 들어가는데 니시다와 하세가와가 대열 뒤로 몸을 숨기는 것이 보였다. 그들이 여기 있다고 소리치고 싶었으나 그런다고 달라질 것이 없어 입을 다물었다.

10월 20일. 만판 산지에서.

후배 임종수가 말라리아에 걸렸다. 이곳은 남녘처럼 크게 덥지도 않은데 말라리아로 군사들이 죽어갔다. 더 이해할 수 없는 일은 건우 형이 주고 간 내 키니네 약병이 어디론가 사라졌다는 것이었다. 의무실에 가서 키니네 한 알을 얻어 와 종수에게 먹였다. 종수는 고열에 시달리면서도 노역에 불려 다니다가 길에서 주저앉아 그대로 숨을 거두었다. 종수에게 노역 명령을 내린 자는 분대장

요코다였다. 놈은 아픈 종수를 노역으로 내몰아 기어이 죽게 했다. 그놈으로부터 나를 구해준 후배는 죽고 못난 선배는 땅바닥만 차댔다. 산비탈에 무덤을 파고 판초를 깔았다. 김상기와 박희동이 종수의 시신을 뉘고 판초 자락으로 감싼 뒤 흙을 덮었다. 나는 차마 그럴 수 없어 고개를 돌렸다.

다음 날은 단노가 지팡이를 짚고 왔다. 그는 의무실에 가서 키니네를 얻어 먹어야겠는데 다리에 힘이 없으니 좀 부축해 달라고 했다. 얼굴색이 이미 납빛이었다. 의무실에서 키니네를 얻어 먹이기도 전에 단노가 딸꾹질을 시작했다. 몸도 불덩이 같은 것이 죽음이 임박했다는 징후였다. 응달로 데려가서 바닥에 앉히자 그가 내 어깨로 머리를 기대왔다.

"라시오에서 사주신 우동 말이에요, 제 고향 홋카이도 우동보다 맛났어요. 제가 나으면⋯⋯"

단노가 덜덜 떨기 시작했다. 몇 초 후면 단노도 죽을 것이다. 나는 그의 죽음을 지켜보고 싶지 않았다. 나보다 젊은 것들이 차례로 죽어가는 이런 상황이 견딜 수가 없는데 단노는 내 어깨에 기댄 채 숨을 거두었다. 눈물이 쏟아졌다. 나는 눈물을 닦고 가메다를 찾아가서 비목碑木을 부탁했다. 가메다는 종수의 비목까지 만들어 와서 무덤 앞에 차례로 박아 세웠다. 하나는 임종수林種秀, 또 하나는 육군 일등병 단노 에이메이지 묘였다. 종수의 이름을 본명으로 써준 것은 국제인 가메다의 신념이자 예의였다.

"이제 저녁 먹으러 가지."

"저는 좀 더 있다 가겠으니 준위님 먼저 가세요."

무덤 앞에 한참 앉아 있다가 일어서면서 그들에게 약속했다.

"종수야, 단노야, 내가 살아서 돌아가면 반드시 찾으러 오마."

이튿날 낮부터 몸에 열이 올랐다. 몸살 같았다. 의무실에 가서 해열제를 받아 먹은 후로 좀 나아진 것 같았는데 저녁 행군 시간이 되자 또 열이 치솟았다. 얼마 가지 않아 온몸이 후들거렸다. 말라리아 같았다. 입에서 단내가 나고 숨도 가빠졌다. 행군 도중 이 병에 걸리면 길가로 물러나 혼자 앓거나 죽어야 했다. 학병 친구 박희동이 나를 부축해 주었다. 나는 내 총만 부탁하고 대열 뒤로 물러났다. 행군 대열이 멀어져 갔고 빈 거리엔 괴괴한 정적만이 감돌았다. 나는 군장에서 담요를 꺼내 둘둘 감고 길가에 드러누웠다. 고열이 혼수 같은 잠을 몰고 왔다.

다음 날 새벽이었다. 정신이 맑아졌고 열도 내린 것 같았다. 담요를 펼치고 군장이며 철모, 방독면을 싸고 멜빵을 만들어 짊어진 뒤 걷기 시작했다. 종일 쉬다가 걷기를 반복하다가 해 질 무렵 난파칸에 이르렀다. 길에 앉아 있는데 화물트럭 몇 대가 줄지어 달려왔다. 나는 손을 들었고 마지막 트럭이 멈춰주었다.

"저는 완팅으로 가야 합니다."

"우선 타게."

화물차는 낭떠러지 산길을 밤새껏 달렸다. 동이 틀 무렵 초소가 보였다. 나는 그곳에 내려 보초병에게 물었다.

"나는 늑대의 산포병인데 완팅으로 갑니다."

"완팅으로 가는 트럭은 저녁에 올 거니 그걸 타게. 여긴 바모라는 곳이고 완팅과는 정반대 방향이야."

나는 초소 안으로 들어가 모닥불 앞에 앉았다. 몸이 더워지면서 졸음이 쏟아졌다. 아침에 눈을 떴을 때 보초병들은 사라지고 없었다.

대낮에 폭격이 시작되었다. 맞은편 숲속에서 "바꾸온! 바꾸온!" 하고 외치는 소리가 들려왔다. 폭격이 점점 더 심해지면서 하늘과 땅을 폭음으로 뒤덮었다. 폭격은 한

참 더 계속되며 초소 안으로 더운 공기를 확확 밀어 넣었다. 초소 전체가 부르르 떨리면서 천창과 네 벽 구석에서 먼지가 뽀얗게 일어나자 실내는 퀴퀴한 냄새로 가득 찼다. 갑자기 목이 탔다. 폭탄이 산소와 습기를 다 빨아들인 탓이었다. 나는 항고를 들고 밖으로 뛰어나갔다. 몇몇 병사들이 항고를 들고 어디론가 달려갔다. 그들을 따라가 보니 샘이 있었다. 흙탕물이었으나 나도 병사들을 따라서 그 물을 담아 미친 듯이 마셨다. 상공에서 로키드 폭격기가 편대를 지어 날아왔다. 병사들은 사방으로 쏜살같이 숨어들었지만 나는 로키드의 폭격이 끝날 때까지 나무 밑에 그냥 앉아 있었다.

어둠이 내릴 때 배추를 실은 트럭이 왔다. 운전병이 "배추 뒤쪽에 공간이 있으니 거기에 타라"고 했다. 트럭에 담요를 깔고 눕자마자 배가 뒤틀렸다. 설사가 쏟아질 것 같았다. 낮에 흙탕물을 마신 게 탈이 난 모양이었다. 달리는 차를 세울 수도, 설사를 참을 수도 없어 나는 바지를 내린 후 트럭 난간을 부여잡고 궁둥이를 차 밖으로 내밀었다. 설사가 죽죽 쏟아졌고 그 설사가 바람에 흩어지나 싶더니 트럭이 커브를 돌 때 역풍을 만나 배추 위로 날아왔다. 나는 똥 묻은 배춧잎을 한 장 한 장 뜯어서 밖으로 던졌다. 매우 미안했지만 내가 할 수 있는 것은 그 일밖에 없었다.

만판 부락이었다. 운전병이 말했다.

"내려! 여기 자네 중대 본부가 있어."

트럭에서 뛰어내렸지만 걸을 힘조차 없었다. 바닥에 누웠다가 팔다리로 기다가 가만히 누워 하늘을 보았다. 별들이 축구공만 해 보였다. '형, 이 현상은 내 눈 활량이 커져서 그런 거야? 눈 활량이나 뇌 활량 말고 이 약골 활량을 크게 키우는 방법은 없어? 시시때때로 벌벌 기는 이 육신에 나도 이제 질렸어.' 영내에서 누군가가 소리를 내질렀다. 나는 다시 기어서 야전병원에 도착했다.

군의가 구석진 침대를 가리키면서 "입원!"이라고 말했다. 병명이 뭔지도 모른 채 이틀간 비몽사몽으로 지냈다. 사흘째 되는 날 나는 침대에 앉아 이곳까지 오게 된 경로를 더듬어보았다. 아무것도 떠오르는 게 없었다. 내 '생각'이 죽은 건가? 몸은 아직 살아 있고 생각과 기억만 죽은 건가? 그다음에는 몸이 죽는 건가? 머리에서 이가 떨어졌다. 검은색이다. 이 검은 이를 몸에 넣으면 흰 이가 될까? 웃통을 벗었다. 이가 끓고 있었다. 그 속에 검은 이를 놓아보았다. 검은 이는 흰 이와 함께 솔기 속으로 몸을 숨기려고 바둥거렸다. 그때 누군가가 나를 불렀다. 요코다 군조였다. 나는 벌떡 일어나 경례를 붙였다. 내가 그렇게 발 빠르게 행동하다니, 믿기지 않았다. 요코다가 말했다.

"기동할 만하군. 어서 너의 중대로 돌아가!"

저 새끼한테 내가 경례를 했어? 심사가 꼬였다. 이건 무슨 증세? 아, 그래 생각이 돌아오고 있는 거야. 형이 "생각을 깊이 하고 깊은 생각을 분석하라"고 한 그 생각법도 작동한 거야.

단열 대대가 도착해 있었다. 우리 분대를 찾아갈 때 중대 본부에 있던 박석중 선배가 나를 불렀다. 선배가 말했다. "박태영 있지? 미트키나, 인도군과의 전투에서 후퇴 도중 폭격으로 죽었어."

박태영 선배는 신혼 방에서 잡혀 와 그렇게 허망하게 죽었다. 나는 형들이 말한 '영혼 그룹'을 떠올렸다.

"신원 확인에 입회한 사람은 조선인으로는 내가 유일했어. 정성껏 무덤을 만들어주고 우리가 떠날 때까지 매일 꽃을 가져다 놓았어. 그의 새색시가 꽃을 좋아한다고 했거든. 참 많이 울었네. 이곳에서는 내 유일한 친구였는데……"

"저도 명복을 빌게요."

내가 할 수 있는 말은 그것뿐이었다.

1944년 11월 2일. 무세.

인도군과 전투를 했던 56용사단은 대패했고 지금은 바모와 완팅을 연결하는 제2의 루트를 사수하려고 필사적으로 항전하는 중이라고 했다. 만약 이곳까지 빼앗긴다면 일본군은 사실상 모든 전쟁에서 참패하는 것이었다. 이곳에서 우리는 하루 동안 대기했다. 목적지는 완팅이지만 바모에서 지원병을 요청하면 그쪽으로 가야 할 상황이었다. 그날 밤 행군 명령이 떨어졌다.

"우리의 목적지는 완팅이다. 군장을 챙겨라!"

야전 창고에 풀었던 군장을 다시 짊어지고 행군을 시작했다.

1944년 11월 4일.

완팅에 도착했다. 후퇴병과 전출병으로 영내가 북적거렸다. 형의 생사를 확인하기 위해 사령부로 가는 도중 보도반원 박현종 형이 학병들에게 둘러싸여 이야기를 하고 있었다.

"그 유명한 임팔 작전은 7월에 이미 끝났던 거야. 참패로 말이지. 그 사실을 비밀로 해서 우리는 몰랐던 거야."

내가 임팔 작전이 뭔지 설명 좀 해달라고 부탁했다.

"일본군은 미국의 중국 지원 루트를 차단하려고 운남성과 티베트에 견고한 진지를 구축했다. 2년에 걸친 공사로 말이지. 진지를 구축하고 보니 이번엔 인도령이 걱정인 거야. 이곳 버마나 인도가 모두 영국령이 아닌가. 영국군이 인도를 앞세워 쳐들어올 확률이 컸던 거지. 15사단 총사령관 무타구치가 지휘관 야마우치에게 인도 침략, 즉 선제공격을 제안했어. 지휘관은 험준한 산악지대를 넘어야 한다, 무기와 식량을 한꺼번에 운반하는 것이 무리다, 침략보다 철통 방비 또는 수비 전략이 유리하다고 조언했는데 사령관은 지휘관을 가와베로 갈아치우고 3월말경 침략 작전을 개시했어. 병력 9만 2000명, 소 3만 마리, 말과 노새 1만 필을 징발해서 무기와 식량을 싣고 말이야. 대포 같은 큰 무기는 분해해서 병사들이 어깨에 짊어지고 3주가 넘게 행군으로 운반했다더군. 진격로는 아라칸산맥을 넘는다는 것이었는데 그것부터가 문제였다. 일찍이 인간이 밟지 못했던 험준한 산악이었거든. 짐승들은 고지에서 주저앉았고, 걷지 못하는 소나 말들은 식

량과 탄약을 실은 채 낭떠러지로 밀어 떨어뜨렸단다. 소
와 말의 비통한 울음소리가 산악에 메아리쳤다지. 그렇
게 고지를 막 넘어갈 때 영국군, 인도군이 M3라는 중소
형 탱크를 앞세우고 산으로 진격해 온 거야. 이로써 전사
자 6만 명, 부상자 3만 명으로 15사단 전원이 궤멸된 것
이지."

"그 전투가 7월에 끝났다고 했지요? 제 선배 박태영의 전
사는 그보다 훨씬 뒤였습니다."

"침략을 당할 뻔했는데 영국군이나 인도군이 물러났겠
어? 빼앗긴 것을 되찾아야 하지 않겠어? 그길로 계속해
서 밀고 내려왔던 거야."

"그럼 바모전은요?"

"2루트 바모전에서도 연합군, 인도군에 의해 패했고, 3루
트가 완팅에서 운남성인데 중국군 5만 명이 한꺼번에 밀
어닥쳤다고 한다. 그러니까 내일 여기 병사들은 운남성
으로 지원 출전을 하는 것이다."

김상기가 물었다. "내일은 어느 정도의 병력이 출전합니
까?"

"여기 있는 병사 전원이네."

"막아낼 승산은 있습니까?"

"없어. 그 사실은 참모들도 알고 있어."

"그런데도 출전합니까?"

"자기들이 벌인 일, 자멸로 결산하자는 꼴이네. 자살 특공대와 인간 폭탄까지 만들어가면서 말이야."

"인간 폭탄이라면?"

"가미카제 특공대들, 전투기에 250킬로그램의 폭탄을 싣고 미 항공모함을 향해 돌진하면서 함께 자폭한다네. 항공모함 몇 대 격침시킨다고 기울어진 전세를 되돌릴 수 있겠어? 대만에서는 공중전과 자살 특공대를 병행했다가 항공기 500대만 잃었다네. 남태평양 전쟁, 완전 패전이야. 여기 버마라도 지키겠다고 발악은 한다만……"

그때 보도부 병사가 달려오면서 박현종 보도반원에게 사령부에서 찾는다고 소리쳤다. 박희동이 급하게 "우리는 탈출하는 게 좋을까요?"라고 물었다.

"탈영병은 사살한다는 방침이야. 그래도 모험하고 싶다면 이따 나한테 와서 지도를 가져가게."

박현종은 형과 함께 1차로 떠난 보도반원이다. 그런데 형은 이 자리에 없다. 무슨 의미일까? 다리에 힘이 빠져 비틀거리는데 가메다가 다가와 말했다.

"사령부에 가서 형을 찾는 일은 그만둬."

"무슨 말이에요?"

"별일 없을 거네. 그렇게만 알고 있게."

탈출을 결심한 사람은 징병자 둘까지 합쳐 아홉 명이었다. 산으로 피신했다가 연합군 부대를 찾아 항복한다는 것이 1차 목표였다. 지도를 얻으러 갔던 희동이가 돌아와서 운남성이 무너졌다, 패잔병들이 밀려온다고 알렸다.

"출전 계획은?"

"패잔병들이 도착하면 모두 함께 후퇴한단다."

"그럼 우리는?"

"일단 후퇴 대열에 합류하래. 그 방법이 가장 안전하다고 했어."

우리는 다시 영내로 돌아왔다. 사령부 앞에는 벌써 많은 병사가 몰려나와 있었다. 모두 자기 소속으로 돌아가 집결하라고 재촉하는 소리가 확성기에서 울려 퍼졌다. 여기저기서 "산포!" "보병!" "공병!" "단열!" 하고 외쳐댔다. 그때 후퇴병들이 밀어닥쳤다. 들것에 실리거나 붕대를 감은 부상자가 반 이상이었다. 한영우와 이종실이 짐을 잔뜩 실은 소 두 마리를 끌고 와서 나에게 고삐를 쥐여주고는 그 자리에서 곤드라졌다. 며칠간 자지 않고 걸어왔다는 그들은 바닥에 등을 대자마자 코를 골았다. 후퇴병들 속에 낯익은 얼굴도 있었다. 데라다 하사였다. 나는 그의 눈에 띄지 않으려고 얼굴을 돌렸다. 그때 분대장이 각자에게 임무를 재배치했다. 나에겐 소가 맡겨졌는데 친구들이 운남성에서부터 몰고 온 소들 중 한 마리였다. 말에서 소, 하긴 내 주특기는 우마차, 소와 말의 관리였다. 소 등에 포탄 여섯 발을 올리고 그 위에 식량과 무거운 짐까지 올리자 소가 싫다고 뻗댔다. 이놈들도 먼 길을 오느라 지쳤겠지만 내가 대신 짊어질 수는 없는 일, 억지로 모두 실은 후 곯아떨어진 친구들을 깨웠다.

"종실이 영우, 일어나!"

호루라기가 울렸다. 출발 신호였다. 산포를 실은 마차가 선두로, 소를 끄는 우리가 그 뒤를 따랐다. 중대장 아야노 대위는 말을 타고 선두와 후미를 오가며 "적에게 꼬리를 잡히고 싶지 않으면 빨리 걸으라"고 재촉했다.

산과 도로, 들을 가리지 않고 밤낮없이 걸었다. 나는 소와 싸우느라 거의 탈진 상태였다. 가파른 산길을 오를 때는 무거운 짐을 진 소를 끌어 올리는 데 초인적인 인내가 필요했고 내리막길에서는 소가 구르지 않도록 꼬리를 잡아야 했다. 잠깐씩 쉴 때는 소 등의 짐을 모두 내렸다가 출발할 때는 다시 올리는 일을 반복했다.

1944년 11월 25일.
이날이 25일인지 26일인지 확실치 않다. 완팅에서부터 밤낮없이 걸었다가 민가에서 쉬고 있을 때 연합군 탱크가 지축을 흔들며 밀려왔다. 지휘관들이 "퇴각! 퇴각!" 하고 외쳐댔고 뒤이어 중대장이 "산길로! 산길로!" 하면서 뛰어다녔다. 대열이 방향을 잡아 산길로 퇴각했다. 대열 꽁무니를 따라 허둥지둥 산등성이를 오르는데 소 등에 올렸던 포탄들이 모두 굴러떨어졌다. 나무에 고삐를 묶어두고 포탄을 메고 와서는 다시 차례대로 올렸다. 마지막 포탄을 올릴 때 소가 이리저리 몸을 빼며 한사코 거부했다. 이 소들에겐 이름이 있었다. 허리가 유독 긴 느림보는 노라쿠, 내가 맡은 소는 다로였다. 다로는 똘똘한 놈이었는데 뺀질이도 그런 뺀질이가 없었다. 네가 아무리 그래봐야 소용없다, 기운 빼지 말자고 달래가며 겨우 포탄을 올렸다. 그때 놈이 꼬리로 내 얼굴을 쳤고 그 바람에 포탄들이 다시 떨어져 대굴대굴 굴러 내렸다. 나는 참을 수 없어 놈을 걷어차고 주먹으로 때렸다. 오, 맙소

사, 놈이 몸을 휙 돌리더니 뒷발로 나를 걷어찼다. 나는 나가떨어져 헐떡거리면서도 약이 올라 악을 썼다.

"이 소 새끼야, 네가 나와 해보겠다는 거냐, 그래봐야 니는 총 한 방에 뒈지는 소 새끼다, 이 개새끼야!"

그때 아래쪽에서 누군가가 내 이름을 부르며 올라왔다. 데라다였다. 나는 총대를 잡고 손을 부들부들 떨면서 총알을 넣었다. 난 단 한 번도 총을 쏴본 적이 없었다. 쏜다 해도 맞힌다는 보장도 없었다. 그럼에도 나에겐 놈을 더이상 참아줄 인내가 없었다. 데라다는 포탄 하나를 걸머지고 올라와서는 "소를 붙들라"고 말했다. 내가 망연하게 서 있자 그가 재촉했다.

"어서 붙잡아!"

소를 붙들어 주자 그가 말했다.

"비스듬히 서서 올려야 하는 거야."

그는 포탄을 올려준 후, 지체할 시간이 없으니 어서 내려가서 마저 옮기자고 말했다. 다로 녀석도 사람을 알아보는지 순순히 등을 허락했다. 불쾌감과 놀라움으로 감정이 엉켜 아무 생각도 할 수가 없었다.

산등성이를 향해 올라갈 때 건너편 산에서 뭔가 슈룽슈룽 소리를 내며 날아왔다. 박격포였다. 연합군이 앞산을 가로막고 공격을 시작한 것이었다. 지휘관들이 다급하게 소리쳤다.

"포수들, 산꼭대기로 올라가라! 포신을 설치하고 대응하라! 단열, 단열은 어디 있나? 어서 포수들에게 포탄을 가져다줘!"

소를 나무에 묶고 포탄 두 개를 양어깨에 졌다. 다섯 발짝쯤 올라갔을 때 박격포가 날아와 앞뒤에서 터졌다. 흙과 파편들이 치솟자 가까이 있던 말들이 놀라 비명을 질러댔다. 병사들은 우왕좌왕하고 포수들은 어서 포탄을 가져오라고 소리쳤다. 남은 포탄을 가지러 내려갔을 때 아래쪽에서 보병들이 떼 지어 올라왔다.

"적이 추격해 온다!"

대포와 총 소리, 병사들의 발소리까지 더해지자 소와 말들이 흥분해서 길길이 날뛰었다. 나는 소 등에서 포탄을 내리고 식량과 짐만 실은 뒤 산 위로 몰았다. 이번에는 산꼭대기에서 산포 포수들이 구르듯이 내려왔다.

"적이다! 포위됐다!"

"서쪽 계곡이다! 그쪽으로 피하라!"

보병과 포병, 짐승 모두가 홍수에 휩쓸리듯 계곡 쪽으로 내려갔다. 포탄과 총성이 바짝 따라왔다. 병사들의 몸이 여기저기서 공중으로 날아갔고 포탄을 피한 병사들은 서로 밀거나 미끄러지거나 철모와 총을 떨어뜨리면서 가파른 계곡으로 뛰어내려 갔다. 나의 소 다로가 우왕좌왕 몸을 흔들었다. 굴러떨어지면 그 책임은 나에게 돌아온다. 꼬리를 잡는 순간 흙이 무너지면서 놈과 함께 미끄러져 내려갔다. 영리한 다로는 순발력도 있어 나무 두 그루 사이에 자기 몸을 걸쳐 멈추게 했다. 다행히 녀석도 나도 다친 데가 없었다. 폭탄이 계곡에까지 따라왔다.

"도로로 나간다! 도로! 도로!"

퇴로가 도로변으로 바뀌었다. 대포를 피할 수 없다면 산속은 이미 피신 장소가 아니었다. 1000여 명의 후퇴병들이 도로를 가득 메우고 행군을 했다. 다로도 산길보다는 편한지 걸음걸이가 안정되었다. 이제 놈을 괴롭히지 않겠다고 작심했는데 5분도 지나지 않아 말을 탄 중대장이 뒤에서 "구보! 구보!" 하고 외쳤다. 연합군이 추격해 온다는 것이었다. 한 시간쯤 지나자 구보를 하던 병사들이 지쳐서 픽픽 쓰러졌다. 대놓고 길가에 퍼질러 앉는 군사들도 많았다. 퇴각로가 또다시 산으로 바뀌었다.

"산으로! 산으로!"

밤낮없이 뛰는 우리 뒤를 연합군은 쉬는 시간도 주지 않고 추격해 왔다. 더 이상 구보를 할 수 없거나 배를 채워야 할 때는 퇴각을 멈추고 진지를 구축한 후 밥을 지어 먹었다. 적기가 나타나면 대응 사격을 했지만 그것이 더 큰 폭격을 불러왔다. 인명 피해는 갈수록 늘어났고 병사들의 시신은 여기저기에 방치되었다. 배를 채우고 아무 데서나 용변을 처리한 후 다시 대열을 지어 구보를 했다. 병사들은 뛰면서 잠을 잤다. 더 견딜 수 없으면 길가로 나가 곤드라졌고 중대장 아야노는 대나무 장대로 그들을 두들겨 깨웠다. 다로가 아예 주저앉았을 때 나는 놈의 꼬리를 잡은 채 잠이 들었다.

1945년 1월 중순.
퇴각의 나날이었다. 지옥가도라는 센위 고개로 다시 넘어와 한밤중 라시오를 통과해 시포를 지나서 메이묘에 도착했다. 군장을 풀자마자 다로를 끌고 풀을 먹이러 나갔다. 다로는 신선한 풀을 좋아했다. 녀석은 해가 져도 쉬기만 하면 풀밭으로 가려고 했다. 바람이 불어왔다. 바람이 참 달다는 느낌이 생각으로 전환되면서 형의 어록들이 떠올랐다. 그 어록들을 되새기지 못한 것이 몇 달째인지 모르겠다. 좌쪽 뇌를 많이 써라, 그건 이성을 담당한다. 집에 가면 우뇌를 많이 써라. 그쪽은 감성이고, 감성은 여성을 불러 장가를 들게 한다. 나는 장가를 들 수 있을까? 나에게도 아이를 가져보는 그런 시간이 주어질까? 내 미래는 어디까지일까. 전투력도 없는 존재가 전장으로 끌려다니며 갖가지 공포에 시달리는 것이 내 운명일까. 운명의 다리가 미래의 어느 날까지 이어질까? 미래의 그날, 형이 말한 그날에 나는 도착할 수 있을까? 이 전장에서 살아남기는 할까? 학병들의 전사가 많다는데 나도 그 명단에 포함되지 않을까…… 생각이 방향을 틀었다. 다른 병사들 상태는 온전한가? 아니다. 지금 군사들은 너나없이 생각다운 '생각'을 상실했다. 달리고 먹고 쫓기는 본능뿐이다. 그런 몸에는 생각이 깃들 틈이 없다…… 인간의 정신은 생각에 의해 형성된다……

갑자기 하늘이 갈라지는 소리가 들려왔다. 무스탕 폭격기였다. 사방에 폭탄이 터지고 소이탄이 우박처럼 떨어졌다. 주위를 돌아보며 피해 상황을 살피고 있을 때 또 폭격기 한 대가 날아와 포탄을 쏟아부었다. 곳곳에서 불길이 치솟았다. 나는 다로를 몰고 숙소로 달려갔다. 말 두 마리가 쓰러져 있었다. 소이탄에 거멓게 그을려 죽어가는 그 짐승들은 내가 수송선에서부터 돌봤던 말들이었다. 나보다 백 배나 비싼 말들이 슬픈 눈으로 나를 바라보았다. 나는 다가가 그들의 눈을 감겨주었다. 짐승들은 죽을 때 눈을 감지 않는다고 했는데 그 말들은 눈이 감긴 채 숨을 거두었다.

여기저기서 호루라기 소리가 삑삑거렸다. 모두 집합하라는 신호였다.

"해가 지면 메이크틸라로 이동한다. 미리 군장을 갖추고 대기하라!"

연합군들은 퇴각해 오는 일본군들을 전멸시키기 위해 지금 중남부 메이크틸라로 향하고 있다고 했다.

"그런데 왜 우리가 그쪽으로 가나?"

"연합군들이 중부전선을 차단하면 일본군은 가운데 갇혀 몰살할 수밖에 없으니까 그 전에 도착해서 방어진지를 구축하겠다는 것이지."

그 역시 섶을 지고 불구덩이로 뛰어드는 격이다. 일본군의 무모한 작전은 청일전쟁에서 숙원을 풀고부터 전운이 열렸다고 착각한 때문이라고 했다. 임진왜란 때 도요토미 히데요시의 궁극적 목적지는 명나라였다. 그때는 교두보로 여겼던 조선하고만 죽도록 싸우다가 중단되었는데 이번에는 조선이 튼튼한 교두보가 되어주어 청나라와 러시아를 이겼다. 마지막으로 미국까지 제압하면 현대에서 가장 강한 국가가 되어 필요한 석유를 몽땅 차지할 수 있다는 것이 일본군의 계산이었다. 만약 미국을 건드리지 않았다면 남태평양 침략이 성공했을까? 필리핀은 미국 식민지였고 버마는 영국에 속해 있었으니 일본은 필리핀과 버마 침략만으로도 네 나라를 건드린 꼴이었다. 거기에 호주령 뉴기니까지 삼키려 했으니 네덜란드, 중국과 인도까지 도합 6~7개국과 동시전을 벌이고 있는 셈이었다. 일본군의 무모함은 자국의 멸망뿐만 아니라 이웃 나라들까지 파탄시키는 것이므로 국제법에 의해 가중처벌을 해야 한다고, 가메다가 말했다.

모든 사단 병력이 중부전선 메이크틸라로 향했다. 산포 중·소대는 기차나 트럭으로 떠났고 보병과 우리 단열은 우마차를 끌고 도보로 뒤를 따랐다. 들판에 묻은 수백 구의 무덤들을 돌아보았다. 이번 폭격에 당한 전사자들이었다.

1945년 2월 25일.

중부전선은 증발했다. 메이크틸라에 도착해서 한 달이 넘도록 헤매고 다녔으나 본대가 어디로 갔는지 흔적도

없었다. 무전병들 또한 단 한 가닥의 수신도 잡지 못했
고 포탄을 실은 마차는 무게를 견디지 못해 바퀴가 내려
앉았다. 병장기 수리가 급해 구메 마을 인근에 짐을 풀었
다. 닷새째 되는 날이었다. 마을에 다녀온 이종실이 한영
우와 나를 후미진 곳으로 이끌고 갔다.

"장교들의 밀담을 엿들었어. 연합군이 남북 양쪽에서 이
미 진격해 오고 있단다. 탱크와 전투기로 입체 작전을 펼
쳐 일본군을 전멸시킬 거란다."

"전멸시킬 일본군이 대체 어디 있다는 거야?"

"우리를 두고 하는 말 같았어. 만달레이 북쪽에도 낙하산
부대를 착륙시켰다는데 구메까지는 사흘도 걸리지 않는
다고 했어."

그때 호루라기 소리가 들렸다. 이동 명령인 것 같았다.
군사들이 집결하자 중대장이 평상에 올라가서 비장한
얼굴로 말했다.

"적이 사방에서 조여오고 있다. 사태가 급박하다. 우리는
즉시 마르타반으로 간다. 부두로 가면 선박이 대기하고
있다. 모두 그걸 타도록 하라! 어떤 경우에도 포로가 되
지 말라! 만약 그럴 처지가 되면 자살을 하라!"

분대장이 자살용으로 수류탄을 하나씩 나눠주었다. 이종

실이 내 귀에 대고 "퇴로는 사막이다, 거기서 탈출한다"
라고 속삭였다.

퇴각이 시작되었다. 소를 몰려고 가보니 느림보 노라쿠
만 남아 있었다. 노라쿠 담당자가 나의 소 다로로 바꿔
간 것이었다. 나는 대열을 놓치지 않으려고 노라쿠의 엉
덩이를 갈겨대며 바짝 따라붙었다. 후퇴로가 사막으로
바뀌었다. 연합군을 따돌리기 위한 전략이었는데 사막의
거리가 50리였다. 사막은 밤인데도 바람이 뜨거웠다. 입
을 꾹 다물고 걸었는데도 혓바닥에 흙먼지가 버석거렸
다. 20여 리쯤 왔을 때 한영우와 이종실이 이쯤에서 돌아
가자고 했다.

"어디로?"

"구메로. 거기서 연합군을 기다렸다가 투항하자."

형이 무사하다는 소식을 들은 이후부터 나는 탈출을 결
심했다. 꿈에서도 매번 탈출을 시도했다. 그러나 나는 소
를 몰고 있다. 소가 혼자 돌아다니면 금방 발각된다. 게
다가 나는 약골이었다. 내가 말했다.

"냉정하게 생각하자. 소를 몰고 있잖아. 금방 들통이 난
다는 거지. 배낭은 소 등에 올려두고 너희끼리 가."

망설이던 친구들이 배낭을 소 등에 올리고 나를 얼싸안

왔다.

"조국에서 보자."

날이 밝아올 때 병사들은 정글로 들어가 아침밥을 지었다. 친구들의 소대를 살펴보았지만 아무도 그들의 행방에 대해 관심이 없었다. 한잠 자고 나서 친구들의 배낭을 정리했다. 한영우의 배낭에는 중국 운남성에서 챙겼다는 『당시선唐詩選』과 두보의 『빈교행貧交行』이 들어 있었고 이종실의 배낭에는 옷가지와 판초만 들어 있었다. 영우 것은 챙기고 종실이 것은 배낭째 버렸다.

1945년 3월 20일.

타트콘을 지났다. 연합군의 포격과 추격에 의해 피해를 입기도, 따돌리기도 하면서 200여 리를 내려왔다. 배가 있다는 마르타반까지는 700여 리가 더 남아 있었다. 퇴각병들에게는 이미 거리 개념이 없었다. 반드시 도착해서 배를 타겠다는 신념보다는 단 하루라도 배불리 먹고 실컷 자는 것이 소망이었고 또 그런 생각뿐이었다. 나는 생각을 불씨처럼 살려두려고 잠자기 전에 부모님, 형님들, 사촌 형을 한 사람씩 불러다가 이야기를 나누겠다고 계획했으나 잠자기도 바빠 전혀 이행하지 못했다.

행군이 다시 시작되었다. 제법 앞줄에서 출발했음에도 반 시간도 지나지 않아 꽁무니에 와 있었다. 어서 좀 가자고 노라쿠의 엉덩이를 때리고 있을 때 군용트럭 한 대가 질주해 오며 급보를 알렸다.

"적군의 전차가 오고 있다. 후방 4킬로미터 지점이다!"

노라쿠의 걸음이 더 느려졌다. 마음이 조급해져 채찍질을 했다. 그래도 걸음이 빨라지지 않아 코뚜레가 터지도록 당겼더니 큰 눈을 부라리며 되레 꽁무니를 빼고 갈지자로 걸었다. 10미터, 20미터…… 대열과의 간격이 벌어졌다. 발바닥에서 지축이 흔들리는 것이 감지되었다.

"이 소 새끼야, 우리 뒤통수에 총알이, 대포알이 날아오고 있단 말이다! 나는 무서워서 오장육부가 녹아내리는데 네놈은……"

그때 녀석의 몸에서 유유자적하게 흔들리는 커다란 불알이 보였다. 나는 군홧발로 녀석의 불알을 걷어찼다. 소가 놀라서 껑충 뛰어오르더니 쏜살같이 달렸다. 효과 만점이었다. 걸음이 느려질 때마다 똑같이 차대는 사이 행군 대열이 방향을 틀어 좁은 길로 들어서고 있었다.

다음 날 아침 우리는 마을로 들어가 아침을 지어 먹었다.

식량이 떨어진 군사는 민가로 침입해 식량을 강탈해 왔다. 한참 밥들을 짓고 있을 때 정찰기 한 대가 날아왔다. 하사가 쏜 총알이 적중했는지 정찰기는 날개에 연기를 뿜으며 사라져 갔다. 병사들은 통쾌하다고 박수들을 쳤지만 그것은 곧 부메랑이 되어 돌아왔다. 폭격기가 날아와 사방에 기관포를 쏟아부었고 탱크가 뒤를 이었다. 나는 먹던 밥통을 그대로 쑤셔 넣으며 노라쿠를 이끌고 정글로 뛰었다. 포탄 소리에 녀석도 놀랐는지 나보다 먼저 달려갔다. 정글에 주저앉아 숨을 돌리려는 순간 폭격기가 정글 위에서 포탄을 떨어뜨렸다. 우리는 다시 뛰기 시작했다. 폭격기가 오면 숨고 사라지면 다시 내달리는 사이 낯선 곳에 노라쿠와 나만 서 있었다. 소속 분대를 놓친 것이었다. 큰길로 나가면서 계산해 보았다. 나는 소를 몰고 있다. 혼자서 소를 모는 군사에게 폭격이나 포탄을 때리지는 않을 것이다. 그러니까 탱크가 오면 내가 먼저 손을 들고 항복을 하는 거다. 누렇게 전 속셔츠를 벗어 항복기를 만들면 어떨까? 큰길로 한 시간쯤 걸었을 때 아군이 보였다. 도로변 무너진 건물 앞에 각기 병과가 다른 100여 명의 병사들이 모여 있었다. 우리 중대와 말을 끄는 조선인 상병도 거기서 만났다. 중위가 어두워지

기 전에 부대를 찾아야 한다면서 퇴각로를 새로이 편성
했다.

벼락에 콩을 볶는 날이 있다면 그날이 바로 그랬다. 30분
도 지나지 않아 포탄이 날아오더니 200미터쯤 후방에는
탱크가 시커먼 포문을 열고 다가오고 있었다.

"탱크다! 갈대숲으로 피하라!"

부대원 모두가 갈대숲으로 뛰어들었다. 빽빽하게 들어찬
굵은 갈대들을 노라쿠가 헤치고 나가면서 길을 터주었다.
갈대밭을 빠져나오자 정찰기가 쫓아와서 머리 위를 선회
했고 탱크의 바퀴 소리까지 왕벌처럼 윙윙거렸다. 중위
가 지도를 살피더니 앞장서면서 따라오라고 했다. 우리
는 일렬로 서서 그의 뒤를 따랐다. 100여 명의 초라한 낙
오병들이 가엾어서였을까. 밀림으로 들어가기까지 탱크
는 쫓아오지 않았다. 어쩌면 굳이 포탄을 사용하지 않아
도 지리멸렬한 군상들이니 무시하자는 계산이었는지도
모르겠다. 숲속에서 중위가 혁신적인 지시를 내렸다.

"우마는 여기서 버린다. 군장도 최대한 줄여라. 본대를
찾을 때까지 쉬지 않고 행군할 것이다."

말과 소를 버리란다. 완팅에서부터 수천 리를 함께해 온
짐승이라 내 몸의 일부 같은데 그걸 떼내어 버리란다. 그

상황이 현실 같지 않았지만 어쨌든 나는 짐을 내려주고 노라쿠의 엉덩이를 밀었다. 소는 주저하지 않고 뚜벅뚜벅 걸어갔다. 잠깐 동안 달려가서 잡아야 한다는 충동이 일었다. 습관이 일으킨 착각이었다. 15리쯤 걸었다. 발소리가 나서 돌아보니 상병이 줘주었던 말이 따라오고 있었다. 나는 자꾸 뒤를 돌아보았으나 다음 날까지도 노라쿠는 보이지 않았다.

1945년 4월 7일.
우리는 핀마나에서 본대를 만나 버마 남쪽의 퉁구 영내로 들어갔다. 최북단 전선에서 약 3500리를 걸어온 셈이다. 시가지에는 밀려든 패잔병들이 곳곳에 모여 전시 상황을 알려주고 있었다. 모질고 잔인하다는 늑대사단이 중부전선을 사수하겠다고 떠났다가 메이크틸라 전투에서 전멸했다. 용산 26부대에서 출정하던 날 남방의 적들을 처단하러 간다고 호언하던 대장도, 연대장도, 대대장도 모두 전사했고, 말을 타고 다니던 대위도 버마의 중부 산악에 시신을 뉘었다고 했다. 우리가 본대를 찾아 헤매는 사이 그들은 그렇게 죽어갔다는 것이다. 나는 사령부로 달려가 전사자 명단을 살폈다. 형과 보도반원 박현종

그곳에 엄마가 있었어

은 실종자로 등록되어 있었다. 어디서부터인가 놓쳐버린 가메다는 어느 쪽에도 이름이 없었다. 저녁 식사를 끝냈을 때 경보가 울렸다.

"적이다! 남쪽과 북쪽에서 동시에 몰려온다! 퇴각하라! 지체할 시간이 없다, 어서 집결해서 퇴각하라!"

시간이 미친 듯 널뛰는구나. 발 들여놓은 지 몇 시간이 지났다고 또 퇴각하라는 것인가? 가는 곳마다 연합군이 있는데 어디로 간단 말인가? 병사들 또한 입이 부어 투덜거리면서도 행렬 대열에 섰다. 앞 열에서 "동쪽! 동쪽!" 하는 말이 연이어 넘어왔다. 밤새껏 걸어 마을에 도착하면 정찰기가 뜨고, 밀림에 들어가면 소이탄을 쏟아붓고, 한길로 나가면 탱크에 쫓겼고, 트럭부대가 오면 강에 뛰어들었다. 그 퇴각은 피로와 굶주림 앞에 사람이 어떻게 변해가나 시험해 보는 시험장 같았다. 우리 모두는 이미 추잡한 짐승들이 되어 마을을 습격해 물건을 훔치고 가축을 잡아먹었으며 해가 지면 다시 밤길을 걸었다. 정신은 이미 달아났고 육신은 극도로 피폐해졌다. 군복은 때와 땀에 절어 너덜거렸으며, 군화도 없이 맨발로 걷는 병사가 태반이었다. 열병에 시달려 눈에 초점도 없이 걷는 군사도 여럿이었다.

열흘쯤 그렇게 걸었을까? 아니면 스무 날? 꾸벅꾸벅 졸면서 걷는데 비가 내렸다. 군모로 흘러내리는 비가 입으로 흘러들어도 그냥 삼켰고, 터진 군화 밑창으로 쥐가 밟혀도 내처 걸었다. 날이 밝아 마을에 도착했다. 마을은 텅 비어 있었다. 주민들은 패잔병들의 노략질에 견딜 수 없어 피신한 것이었다. 남겨둔 곡식도, 가축도 없었다. 우리는 모두 사탕수수밭으로 몰려가 수숫대를 꺾어 씹어 먹었다. 감자밭을 발견하면 그 감자밭 전체가 몽땅 파헤쳐졌다. 태어나서 처음 보는 노란 가지나 열대 열매도 닥치는 대로 먹었다. 오후가 되면서 머리가 쑤시고 몸이 으슬으슬하더니 전신에 소름이 돋았다. 말라리아 같았다. 약도 위생반도 없는 부대에서 내가 할 수 있는 일은 죽거나 홀로 극복해 내는 길밖에 없었다. 행군이 시작되었다. 대나무 지팡이에 몸을 의지했는데도 관절이 쑤시고 무릎이 흐느적거렸다. 더 이상 걸을 수 없어 갓길로 나와 주저앉아 멀어져 가는 행렬을 바라보았다. 나는 그들을 부를 수가 없었다. 부를 만한 친구가 있다 해도 이럴 경우는 조용히 낙오되어 주는 것이 예의였다. 열이 머리로 솟구치면서 혼절 같은 잠이 쏟아졌다……

바퀴 소리가 들려왔다. 부상자를 후송하는 달구지였다.

사람의 본능은 이악해서 자기부터 챙기는 것이 습성인지 나는 부상자들을 밀치고 그 옆에 올라 하늘을 보고 누웠다. 별이 보였다. 남의 나라 낯선 별들에 물어보았다. 내가 죽을 것 같나? 언제 어디서 어떤 모습으로 죽게 되나? 길에서? 진창에서? 숲에서? 의식이 있을 때 숨이 멎나, 아니면 무의식? 의식하에 죽는다면 내 영혼은 살아서 고국으로 가는 거냐, 아니면 곧장 저승으로? 달구지가 멈췄다. 부상병 둘이서 달구지 앞을 가로막고 있었다.

"태워주세요. 걸을 수 없어요. 제발 태워주세요."

한쪽 발에 붕대를 감고 지팡이를 든 병사가 붕대를 풀더니 코끼리 발처럼 커다랗게 부은 발을 내보이며 탱크에 밟혀서 그렇게 되었다고 말했다. 그 옆 병사는 성냥을 켜서 어깨에 끓어대는 구더기를 달구지꾼에게 보여주었다. 총상이 곪아서 그렇다고 했다. 솔직히 내 상태가 너희보다 더 나쁜 거야, 나는 못 본 척 돌아누웠다.

"일어나!"

어깨에 구더기를 모시고 다니는 병사가 나에게 총을 겨누었다. 내가 내려주자 그들이 허겁지겁 달구지에 올랐다. 사라지는 그들을 바라보며 소 새끼, 개새끼 하고 욕설을 퍼부을 때 가슴이 뜨거워졌다. 또 발열이었다.

길 한복판에서 잠이 깼다. 날도 훤히 밝아 있었다. 열은 가라앉았지만 이제 배가 고파 죽을 지경이었다. 마을로 가자! 순순히 먹을 것을 주지 않을 테니 총을 겨누고 닭을 삶아라, 개를 잡으라고 협박할 것이다. 나는 총이 아닌 수류탄을 들고 마을로 들어갔다. 빈 마을이었다. 부엌을 뒤져 먹을 것을 찾았다. 두 번째 집 문 앞에 여러 켤레의 신발이 있었다. 나는 샌들을 집어 발에 꿰었다. 약간 컸지만 끈을 조이자 신을 만했다. 세 번째 집 부엌에서 나무통에 든 쌀을 발견했다. 생쌀로 먼저 배를 채운 후 나머지는 배낭에 쓸어 넣었다. 한잠 자고 가려고 방문을 열었다가 털썩 주저앉았다. 한 여자가 맞은편 벽에 기대앉아 나를 쳐다보고 있었다. 아름다운 여인이었다. 『마르코 폴로의 모험』에 나오는 쿠빌라이 칸의 공주가 거기 앉아 있는 것 같았다. 방 안에는 포터블 축음기가 놓인 것이 귀부인이 틀림없었다. 나는 꾸벅 절을 하면서 일본말로 안녕하세요, 라고 인사했다. 여인은 대답도 없이 몽환적인 눈으로 바라보기만 했다. 내 상식으로는 풀 수 없는 수수께끼 같은 표정이었다. 나는 영어로 고쳐 말했다.
"캔 유 스피크 잉글리시?"
그래도 대답하지 않아 방 안으로 들어가 그녀 앞에 앉았다. 여전히 여인은 꼼짝하지 않았다. 죽어 있었다. 털외투로 상체를 덮어둔 것으로 보아 말라리아로 죽은 것 같았다. 일본군 무법자들을 피해 급히 집을 떠나면서 죽은 여인을 그대로 남겨둔 것으로 짐작되었다. 몸에 소름이 끼치면서 한기가 엄습했다. 나는 여인의 털외투를 벗겨 뒤집어쓰고 그 집을 나와 텅 빈 길 한가운데 주저앉았다. 열이 올랐다. 이글거리는 태양이 나의 뇌수를 빨아들이는 것 같았다. 무릎관절에서도 수분이 깡그리 빠져나가는 느낌이었다. 여인의 코트를 벗고 한길에 드러누웠다. 이제 정말 죽겠구나. 태양 아래서 죽으면 일사병 때문인가, 말라리아 때문인가. 정신 줄을 잡으려고 숫자를 세고 있을 때 상등병 두 사람이 다가왔다. 한 사람이 내 군장을 벗겨 자기가 짊어지고 한 사람은 나를 부축했다. 여기저기 주저앉은 낙오병들을 그렇게 찾아다닌다고 했다. 그들이 나를 데려간 곳은 강당과 같은 창고였다. 낯선 분대들이 군장을 풀고 누웠거나 앉아 있었다. 그들 사이에 끼어서 눕자 열이 내리기 시작했다.

1945년 5월 하순.
도모야스 하사가 징발 조를 불러 모았다. 징발이 아닌 약탈을 가는 것이었다. 나도 소총을 챙겨 들고 그 조에 합류했다. 두 번 거절했다가 이틀을 굶은 결과였다. 강 건너 마을로 들어서자 개들이 몰려나와 짖어댔다. 우리는 개들의 주둥이를 차대며 마을 안으로 진입했다.

첫 번째 집은 처마에 고급 차양을 단, 마을 유지의 집 같았는데 평상에 앉았던 남자가 벌떡 일어나 칼을 들고 덤볐다. 나는 늑대사단의 굶은 개였다. 얼굴에 소총을 들이대고 쏠 듯이 째려보자 남자가 칼을 놓았다. 남자를 방에 가두고 부엌에 들어가 쌀을 군장에 담았다. 두 번째 집으로 갔다. 일본군 일등병이 권총을 겨누고 노파로부터 지갑을 빼앗는 중이었다. 세 번째 집으로 갔다. 빨랫줄에 걸린 남자 옷들을 자루에 쑤셔 넣고 방문을 열었다. 여자 셋이 앉아 모두가 손사래를 치며 "피오레, 피오레 마스터, 무깜부" 하고 말했다. 가운데 앉은 나이 든 여자는 '무깜부'란 말만 반복했다. '무깜부'는 노 굿 또는 나쁘다는 말이라고 징발을 시작할 때 하사가 일러준 버마어였다. 그러나 뭐가 나쁘다는 말인가? 여자를 탐하지 말라는 것인가, 약탈이 나쁘다는 것인가? 자루에 넣은 옷들을 도로 털어놓고 나오는데 길에 주민들이 몰려나와 웅성대고 있었다.

"뒷길로 빠져나간다. 너, 일병, 이병 둘이서 뒤를 막아."

지갑을 빼앗던 병사와 내가 주민들에게 총대를 겨누었다. 그럼에도 다가오자 겁먹은 일병이 공포탄을 쐈다. 주민들이 물러났고 우리는 무사히 강을 건넜다.

그날 저녁 헌병 두 명과 버마인 남자가 우리 숙소로 찾아왔다. 헌병이 종이를 들고 우리가 낮에 약탈한 물품을 길게 나열했다. 버마 옷인 론지와 뭔지 모르겠는 엔지다이, 창 그리고 수십만 원의 돈이었다. 우리는 약탈한 모든 것을 돌려주어야 했다. 내가 군장에 넣어둔 쌀을 가져다주자 버마인이 고개를 저었고 헌병이 "그냥 처먹어"라고 말했다.

저녁을 먹고 누웠는데 헌병대 연락병이 왔다. 보고를 받은 중대장이 약탈자들을 다시 불러 모았다.

"약탈당한 마을들이 연합해서 약탈자 처벌을 요구하고 있다. 내일 다리목에서 주민들이 보는 앞에 재판을 열라는 요청이다. 민족 게릴라들이 그들을 조종하고 있다. 얼마 전 인넨에 주둔한 부대에서 염탐꾼을 저격해 죽인 일이 있었다. 주민들이 몰려와서 그는 학교 선생이었다, 선생을 죽인 당자를 처벌해 달라고 요구했으나 그걸 무시했더니 우리 병사가 살해되었다. 게릴라들이 보복전을 펼치고 있으니 얼굴이 알려진 너희들은 여기서 떠나는 것이 상책이다. 모두 짐을 꾸리고 당장 떠나도록 하라."

짐을 꾸렸을 때 중대장이 말했다.

"산을 타고 20킬로미터쯤 내려가면 임시 독립부대가 있다, 거기 합류하라!"

1945년 6월 초순.

우리는 산 능선을 타고 아래쪽으로 내려갔다. 20킬로미터쯤 가면 있다던 부대는 어디에도 없었다. 너무 많이 내려간 것 같아 다시 올라와 출발점에 도착했다. 우리는 여기서 잠깐 중대로 돌아가자, 우리가 사라진 줄 알면 주민들도 포기할 것이라는 말을 주고받았다. 모두 버림받은 기분이 들었던 것이다. 하사가 말했다.

"우리는 얼굴이 알려져서 돌아갈 수 없다. 독립단 게릴라들이 얼마나 지독한 놈들인지 아느냐? 놈들이 주목한다면 언제든 죽게 된다. 우리가 몸담을 곳은 임시 독립부대밖에 없다. 어두워지기 전에 다시 출발하자."

이튿날 오후였다. 산 아래에 일본군들이 보였다. 드디어 찾은 것이다. 반가워서 뛰어내려 가려던 찰나에 하사가 저지했다.

"뭔가 이상해! 좀 더 지켜보자."

총을 멘 병사들이 간격을 두고 빙 둘러섰고, 그 가운데로 줄지어 선 병사들이 여자들을 앞세우고 토굴로 들어갔다. 사방에 흙이 산더미처럼 쌓인 것이 방공호로 파둔 것 같았다. 느릿느릿 걸어가는 모습으로 보아 폭격기를 피하기 위해서는 아닌 것 같았다. 내가 하사에게 물었다.

"우리도 내려가야 하지 않습니까?"

"아니야, 기다려."

토굴 앞쪽 계곡 건너에는 여기저기 초막이 세워졌고 화덕 자리도 군데군데 만들어져 있었다. 초막 앞에 한 병사가 엎드려 있자, 총 멘 병사가 일으켜 세워 토굴로 보냈다. 병사들이 모두 들어가자 사령관이 총 멘 병사들에게 뭔가를 나눠주었다. 수류탄 같았다. 수류탄을 든 병사들과 사령관이 토굴로 들어간 잠시 후 "천황 폐하 만세!"라는 소리가 들렸고 뒤이어 수류탄이 동시다발로 터지면서 산이 무너져 내렸다.

"어서 떠나자."

하사의 뒤를 따라 산 바깥쪽 길로 내려가는데 중턱에서 연락병이 올라오고 있었다. 그가 말했다.

"타톤이라는 곳에서 식량 지원을 해주기로 했어요. 어서 올라갑시다."

하사가 고개를 저었다.

"모두 옥쇄玉碎했다네. 이곳 부대 이름은 뭐며 몇 명의 군인이 여기 있었고 옥쇄한 이유가 뭔가?"

"여긴 임시 독립 제2부대입니다. 병사는 많은데 오래전에 부식과 의약품이 떨어져 우리는 풀뿌리를 캐 먹으며 연명했습니다. 병사는 300~400명입니다. 풀뿌리도 금방 동이 났고 굶주린 병사가 인육까지 먹는다는 소문이 나돌았습니다."

"인육이라면?"

"허약한 사람을 끌고 가서 살을 발라 구워 먹는다, 병든 사람도 그렇게 처리한다, 행방불명자가 발생하면 그렇게 잡아먹힌 거라는 등등……"

자살 특공대, 인간 폭탄, 가미카제, 옥쇄, 인육…… 살아서 돌아간다면 이들 인종에 대해 한번 연구해 보겠다는 생각을 했다. 연락병이 계속해서 말했다.

"우리 참모대령님, 대대로 장군 집안의 자손이었습니다. 그분이 옥쇄를 선택하셨다면 인간의 마지막 자존심, 인간의 존엄을 지키기 위해서일 것입니다."

"여성들도 있는 것 같았는데요?" 내가 말했다.

"조센삐들이네. 퇴각 때 따라왔는데 30명쯤 되었어. 덕분에 심심하지는 않았지. 그 여자들 말이야, 멍청이들이었어. 군표가 휴지가 된 것도 모르고 잘도 챙겨 넣더군. 그것들 참 악착같았는데 결국 휴지를 안고 죽었겠네."

나는 총의 노리쇠를 당기고 싶었다. 하지만 총알이 장전되어 있지 않았다. 아니다. 총알이 장전되어 있었다 해도 나는 총을 쏘지 못했을 것이다. 허약한 사람은 잡아먹힌다고 했다. 이들도 굶주리면 가장 먼저 내가 희생될 수 있다…… 나는 팔뚝에 돋아난 소름을 문지르면서 그들 앞에서가 아닌 뒤를 따라 걸었다.

우리 일행은 사령부가 있다는 타톤으로 향했다. 연락병이 말한 그간의 전황에 따르면 중부전선 메이크틸라에 투입된 병력은 5000명이었다. 이들은 도착 즉시 엄폐물을 팠는데 적들이 기다렸다는 듯 공격해 왔고, 아군은 이틀을 버티지 못하고 산 쪽으로 밀려갔다. 지휘부는 진영이라도 지키려고 죽을힘을 다해 저항했으나 포탄과 총알이 동이 난 데다 통신마저 두절되었다. 그런 상황에서도 지휘관들은 필사 항전을 외치며 온몸으로 총알을 받았다. 대장, 연대장, 대대장이 전사하고 남은 장교들은 중령과 소령 몇 명이었는데 그들이 각각 독립부대를 만들어

산속으로 도피했고 오늘 옥쇄한 제2 외에도 제1, 제3이 어딘가에 잔류해 있다는 것이었다……

'잔류해 있다는 것이었다……'

이 뒷부분부터는 찢겨 나갔고 내가 읽을 수 있는 내용도 여기까지였다. 일기장을 덮고 내용을 정리해 보았다. 가장 먼저 떠오른 캐릭터는 그 남자의 고종사촌이었다. 그 사촌 형의 일본 친구 가메다는 내 소설 『일본 총독……』에 국제인으로 써먹어도 좋을 것 같았다. 읽은 내용들을 한 번 더 돌이켜 보았다. 가메다가 건네준 잉크와 만년필에서 나는 문득 내가 썼던 '지우개와 칼'이 떠올랐다. 중학교 1학년 때였다. 그날 나는 청소 당번이었는데 청소를 끝낸 후 지우개를 있는 대로 꺼내놓고 칼로 잘랐다. 그즈음 나는 돈만 있으면 지우개를 사서 칼로 자르곤 했다. 청소 검사를 하러 왔던 담임이 내 앞에 섰다. 지우개 잔해를 쓸어서 가방에 넣었지만 이미 늦었다.

"문하야, 이렇게 한번 생각해 볼래? 너와 지우개의 처지를 바꿔보는 거야. 그리고 그 과정을 글로 써봐. 잘 쓰면 올해 교우지에도 실어줄게, 알았지?"

담임이 시키는 대로 지우개의 입장이 되어 글을 썼다. 칼에 잘린 지우개가 울부짖는다. 아파 죽겠다, 다른 주인들은 잘못을 지우는 일에만 나를 사용하는데 내 주인은 왜 나를 이렇게 학대만 하는가…… 그 글을 쓰면서부터 내가 증오했던 엄마가 달라 보였다. 엄마의 남루는 죄가 아님을 글을 쓰면서 깨달았다.

사실 소년 배문하는 엄마를 지나치게 경멸하고 미워했다. 동래온천과 금강공원 일대가 상춘객으로 넘칠 때 떡함지를 놓고 떡장사를 한 엄마. 새벽이면 재첩국 장사를 한 엄마. 기생들의 버선과 피 묻은 개짐까지 삯빨래를 했던 엄마. 학교에 찾아올 때는 그런 일과는 전혀 무관한 사람처럼 말쑥하게 차려입은 그 가짜 모습이 더 역겨웠던, 내 엄마…… 그런 데다 괴물 같은 남자를 골라 아버지라고 우겼다. 그런 미움들을 폭발시킨 기폭제는 영화 〈항구의 일야〉였다. 극장 앞에는 늘 같은 자리에서 담배를 피우는 껄렁패 형들이 있었다. 그날 몹시 우울했던 나는 형들이 피우다 버린 꽁초라도 주워서 피워보려고 극장 앞으로 갔다. 형들은 간판에 그려진 배우 전옥과 최무룡을 보면서 시시덕거리고 있었다.

"저 여자, 남자들한테 몸 파는 갈보야."

그 순간 하필이면 그 남자가 내뱉고 간 말, '갈보'가 떠올랐다. 갈보는 이 남자 저 남자와 그 짓을 한다, 이 세상에서 가장 더러운 여자다, 그런 여자는 내 엄마가 될 수 없다, 주정뱅이 그 남자가 내 아버지라는 것도 말이 안 된다, 나는 깨끗한 부모를 가지고 싶다, 이참에 부모를 바꿔야 한다! 그런 기상천외한 생각을 했던 날은 그 남자가 다녀간 지 두 달 후인 6학년 여름방학 때였다. 엄마의 지갑을 털었다. 밤 열차를 타고 서울역에 내린 것은 이튿날 이른 아침이었다. 역 광장 옆에는 꿀꿀이죽을 파는 드럼통들이 많았다. 우선 죽으로 배를 채운 뒤 빈 그릇을 돌려주면서 주인아저씨에게 말했다.

"저는 고아입니더. 아들이 필요한 사람은 어디로 가야 만날 수 있습니꺼?"

죽 장사 아저씨는 죽 팔기에 바빠서 내 말은 안중에도 없었다. 역 광장을 어슬렁거렸다. 한 아저씨가 주황색의 공중전화 수화기를 들고 누군가와 이야기하고 있었다. 다정한 서울 말씨였다. 저 아저씨가 아버지라면 창수 아버지처럼 나를 목욕탕에도 데려가고 권투도 가르쳐줄 것이다. 아저씨가 전화를 끊고 어디론가 급하게 걸었다. 나는 저 아저씨의 아들이 되어야 한다. 아자씨요! 아니지, 서울말로 아저씨! 내가 부르기도 전에 아저씨는 전차를 타고 떠나버렸다. 비어 있던 역 앞이 사람들로 붐비기 시작했다. 한 아저씨가 나타나서 굴렁쇠를 굴렸다. 뺑뺑이 돌리기 아저씨, 뽑기 장수, 야바위꾼들이 모여들었다. 갑자기 모두가 너무 바빠서 누구한테 말을 걸어야 할지 판단이 서지 않았다. 역 입구에 한 소년이 쪼그려 앉아 뭔가를 줍고 있었다. 내 또래 같았다. 서울 아이들은 다 부자라고 들었는데 그 소년은 담배꽁초를 주웠다. 내가 물었다.

"니 아부지가 니한테 담배꽁다리 주워 오라 카시나?"

소년은 한참 있다가 말했다.

"고아원이 싫어서 탈출했는데 별로 좋지 않은 오야붕을 만났어. 거기서는 이렇게 담배꽁초를 주워 가야 밥을 주고 재워줘. 내가 좀 더 크면 소매치기 훈련을 시킨다고 했는데……"

서울은 괜찮은 부모를 찾을 수 있는 그런 곳이 아니었다. 역 광장에도 아버지감으로 마땅한 사람이 없었다. 소년의 말대로 뺑뺑이 돌리기 아저씨는 코흘리개 돈도 후려먹었다. 나는 야바위꾼들로부터 나를 보호해 준 소년이 고마워서 떡과 빵, 콩국, 아이스케키를 사서 나눠 먹었고 부산행 밤 열차를 탈 때까지 함께 담배꽁초도 주웠다. 내가 우리 집 주소를 적어주면서 편지를 하자고 했더니 소년이 자기가 사는 데는 주소가 없다고 말했다.

이른 아침 부산역에 내렸다. 부스스한 얼굴로 역사를 나갔을 때, 거기 엄마가 기다리고 있었다. 생전 나무랄 줄도 몰랐던 바보 같은 엄마는 웃으며 평소 그대로 "배고프제? 저기 식당 문 열었던데 국밥 묵고 갈래?"라고 물었다.

"차표 좀 봅시다."

지평역이 지나가고 있다. 30~40분 후면 청량리에 도착한다. 일기장을 덮고 광목 주머니를 연다. 때 묻은 광목 주머니에서 어떤 기억들이 꼬리를 물고 떠오른다. '큰형이 내 소지품을 광목 주머니에 넣어서 주었다, 시숙은 도량이 깊은 분이셨다, 그이는 늦둥이에 약골이라 큰형이 업어 키웠다더라……' 일기장 속 등장인물들을 다시금 돌이켜 본다. 건우 형, 가메다, 단노, 데라다, 한영우……

내가 『일본 총독……』을 구상하면서부터 병행한 것은 캐릭터 수집이었다. 소설에는 반드시 등장인물이 있어야 한다. 앞으로 나는 주로 장편소설을 쓸 것이며, 대하소설까지 감안해서 50명의 캐릭터는 만들어두어야 한다. 지금껏 수집해 둔 인물은 로맨티스트, 지성인, 예술가, 폭군, 군인 등이다. 그들은 내가 책에서 읽거나 보거나 듣거나 겪었던 사람들 속에서 골라 새로 다듬어둔 인물들로, 그 수는 대략 15명이었다. 독특한 신분의 스파이를 재창조하기 위해서는 그런 내용의 소설, 영화, 만화까지 뒤적였다. 일반적으로 가장 먼저 응용할 수 있는 할아버지, 할머니, 부친, 친가, 외가, 삼촌, 이모…… 이런 유형은 하나도 전형화시키지 못했다. 내 인생에 그런 인물들이 없기 때문이었다.

열차가 도착한다. 집에 가면 어머니가 장례 절차를 물어 올 것이다. 당연히 매장을 했겠지? 장지는 어디냐? 오늘 밤에는 그에 대한 대답을 할 자신이 없다. 먼저 논설위원을 만나보는 거다. 그리고 어떻게 대답해야 할지는 그 뒤에 결정하자.

4

그 남자의
친구

수화기 너머로 논설위원 한영우 씨가 말했다.

"광수 조카라고? 3시쯤 시간이 나는데 신문사로 오게. 건물 9층에 커피숍이 있네."

목소리가 친절한 것이 경계심을 갖지 않아도 될 것 같다. 나는 책방에 들러서 내 소설이 실린 계간지를 집어 든다. 이 소설에서 그 남자가 죽는다, 죽는 남자는 논설위원의 친구다. 나는 책을 놓고 나와 약속 시간 10분 전까지 거리를 배회한다. 그 논설위원은 어떤 사람일까? 목소리가 친절했다는 것은 만나보기 전까지는 선입견이다. 논설위원이라면 지식인이다. 신문사에서 글을 쓰는 사람이니 날카롭고 예민할 수도 있다. 그 남자에 대해 꼬치꼬치 물어보면 뭐라고 말하지? 날마다 술만 마셨다? 그보다 자주 만나지 않아 자세히는 모른다고 대답하는 것이 무난하다.

엘리베이터를 타자마자 심장이 뛰기 시작한다. 신경증세인가? 진폭이 확장되지 않는 것이 그 증세는 아니다. 두려움인가? 긴장 탓이다. 9층에 내려 먼저 화장실로 간다. 내가 왜 이 사람을 만나고 싶었는지 이유가 생각나지 않는다. 어쨌든 이야기는 해야 한다. 실마리를 찾기 위해 그 남자의 일기장을 돌이켜 본다. '자기를 내세우기 전에 남의 말부터 들어라⋯⋯' 이건 기억의 오류야, 그의 형은 그런 뜻으로 말하지 않았다. 책을 읽으면서 줄을 긋거나 문장을 외워두곤 했던 내 습관적 기억 환기다. 만난 적은커녕 얼굴도 모르는 사람에게 질문할 생각부터 하다니⋯⋯ 시계를 본다. 3시 1분 전. 내가 한영우 씨에게 꼭 해야 할 말은 그 남자의 부고다.

한영우 씨는 먼저 와서 기다리고 있었다. 은발에 양복을 입은 그가 "삼촌은 어떻게 지내느냐"고 물어온다.

"돌아가셨습니다. 며칠 전에요."

그가 고개를 숙인다. 눈꼬리에 깊은 주름을 새기며 침묵으로 들어간다. 그는 지금 개인적인 기억과 조의弔意에 대한 예의적인 언어를 두고 저울질하고 있을 것이다. 그가 저

144 ❖ 145

울질에서 벗어나도록 내가 도와주어야 한다.

"제가 그분, 아니 삼촌의 일기장을 봤습니다. 학병 일기였는데 선생님도 함께 가셨더군요."

"일기장? 잃어버렸다고 했는데 간직하고 있었군. 그렇다네. 우리 모두 같은 날 수송선을 탔다네."

"일기는 1945년 6월 이후부터는 없었습니다. 일본이 항복한 날에도 거기 계셨을 텐데 어디서 종전을 맞으셨고 귀국은 언제 하셨는지 궁금했습니다."

"일본이 항복한 날은 우리가 알고 있는 날짜와 같을 것이네. 귀국선은 포로들에 따라 상황이 달랐는데 나는 마지막 수송선을 탔지. 1946년 7월, 아마 그쯤이었을 거야. 그 배에는 종실이와 나, 광수의 형이 있었어. 광수의 고종사촌 형인데 자네도 알겠군."

"삼촌도 함께 탔던 것은 아니었군요."

"우린 포로 인계 등 마무리 작업까지 돕고 오느라 늦었던 거지."

일기장에 있던 내용을 술술 언급하고 있다니 나도 참 능청스러운 인간이군. 능청이 신뢰감을 구축한다면 나쁠 것도 없다.

"퇴각길 사막에서 삼촌과 선생님은 헤어지셨다고……"

"그랬지, 우리만 탈출했어. 광수를 남겨두고 말이네. 꼭 같이 오고 싶었는데, 그 친구가 약골이어서 자기는 남아야 한다고 고집을 꺾지 않았네."

"구메라는 마을로 되돌아가셨다지요? 일기에서 지역들이 언급될 때마다 거기가 버마 어디쯤인지 궁금했습니다."

"맞아, 구메였어. 그 마을 지리 조건이 좀 특이했지. 밀림 속에 마을이 있었거든. 가만, 이름이 뭐였더라? 이와라디인가 이와라다인가 아마 그런 이름의 강인데 구메는 그 강의 상류와 맞닿아 있었어."

"탈출 이야기를 듣고 싶습니다. 시간이 괜찮으시다면요."

"종실이와 나는, 종실이도 자네 삼촌과 절친한 친구였네. 우린 구메로 돌아가서 인도인 메논 씨를 만났어. 메논 씨는 마을에 나갔을 때 가게에서 만난 사람인데 사업차 랑군에 왔다가 억류돼서 구메로 피신했다더군. 그가 연합군이 곧 들이닥칠 거라고 알려주었어. 그래서 탈출 계획을 세웠던 거지."

"연합군은 바로 만나셨습니까?"

"연합군은 이틀 후에 왔지. 호주 부대였는데 메논 씨가 '탈주 투항자'이고 학도병이라고 소개해 주자 호주 부대 대장이 우리를 영국군에 넘겨주었어. 거기서 바퀴가 가득 달린 대형 GMC와 커다란 대포를 단 탱크를 봤지. 소의 등에 포탄을 싣고 운반하느라 쩔쩔매던 광수가 생각났어. 하루 빨리 그를 구해야겠기에 종실이와 나는 일본군 동태를 살피는 탐색대에 들어갔다네."

탐색대…… 스파이, 내 의식은 그 말의 의미를 향해 쫓아갈 준비를 하는데 논설위원의 말이 내 생각을 앞지른다.

"그런데 그 부대 정보과에 광수의 형이 있었어. 박건우형, 그 형이 먼저 합류해서 활동하고 있었지."

가메다가 네 형은 살아 있다고 말한 그 사람, 그 사촌 형이름이 박건우였던가?

"광수는 그 형을 형이 아닌 스승처럼 존경했다네. 자기에게 멋진 미래를 선사할 신 같은 존재라고도 했어. 그런데 우리가, 광수를 남겨놓고 온 우리가 먼저 그 형을 만났단 말이네."

죄스러운 기분에 오래 빠져 있으면 이야기가 산만해질 수 있다. 내가 얼른 물었다.

"사촌 형이라는 분, 그분도 투항했던 모양이지요?"

"북쪽 바모 전투 때 탈주 투항을 한 후 연합군 통역관이 되었다지 아마. 광수 소식을 알리고 백방으로 수소문을 했다, 지금 어디 있느냐고 다그쳐 묻더군. 우린 사실대로 말한 후 다시 광수 찾기를 시작했어. 핀마나와 퉁구, 시탕, 모울메인까지 패잔병이 있는 곳은 거의 뒤져보았지만 산포 부대의 행방을 아는 사람은 아무도 없었어. 사단 자체가 분산되어 저마다 헤매고 다녔다는데 그런 부대를 우리가 어디서 찾아낼 수 있었겠어?"

"그럼 버마에서는 못 만나셨습니까?"

"만나긴 했어. 아주 뒤늦게, 그 약골이 온갖 고생을 다 하고서야 말이네."

"일기에는 소규모 부대원들이 함께 헤매고 다녔다고 했는데 그때 만났습니까?"

"포로가 되었을 때 만났는데, 거기까지 살아서 왔다는 것이 기적이었어. 건우 형은 몇 시간을 울더군. 그간 얼마나 애태웠으면 그렇게 눈물로 쏟아졌겠어. 매우 이성적인 형이었는데 말이네."

"그렇게 만나서 함께 귀국하셨던 거로군요."

"아닐세. 자네 삼촌은 우리보다 한 달 일찍 수송선을 탔다네. 1946년 6월, 아마 그때였을 거야."

"삼촌은 술을 많이 드셨어요. 구사일생으로 돌아오셨는데 왜 그렇게 술만 마셨을까요?"

"……건우 형의 죽음 때문이었어. 광수에겐 수호신이었

는데 그런 분이 돌아가셨으니 그 충격, 어떠했겠나?"

"그분, 함께 귀국선을 탔다고 하지 않았습니까?"

"함께 귀국했지. 귀국하자마자 그 형님은 반민특위 일을 했어. 친일파들을 조사했는데 어느 날 테러를 당했다네. 대한민국 앞날을 열어가야 할 우리의 수호신이 그렇게 허망하게 당했으니……"

한영우는 고개를 앞으로 당겨오며 나직이 뒷말을 잇는다.

"이놈의 나라는 해방이 되지 못했던 거야."

"……."

"미국이 일본 통치 기구를 그 방식 그대로 미군에 인계하라고 했다는 것 아는가? 소련을 견제해야 하니까 한국을 일본과 미국을 지키는 반공의 앞마당으로 삼을 속셈이었던 거지. 참 질기지 않나? 정조 왕을 괴롭힌 노론, 노론의 거두 이완용과 윤덕영의 영향력 참 오래도 가지 않나? 내가 보기엔 앞으로도 친일 세력 쉽게 무너질 것 같지 않네."

나는 슬며시 말머리를 돌린다.

"삼촌이 6·25에도 참전하셨던가요? 팔을 다치신 것 같았는데……"

"통역관으로 참전했는데 가만, 팔을 다친 까닭이…… 아, 그래 인민군 쪽으로 뛰어들어서 그랬다더군. 그때 이미 정신이 오락가락했던 거지."

"정신에 문제가 있었습니까?"

"몰랐던가? 머리에 벌이 들어와서 자꾸만 앵앵댄다는 거야. 술을 마시지 않으면 그 소리가 사라지지 않는다던가, 분열증도 좀 있었던 것 같았는데…… 자네 숙모, 참 훌륭하신 분이네. 그런 남자를 평생 품어주었으니 말이네."

정신이상? 분열증? 그것으로 그 남자를 이해하거나 달리 생각해야 한다는 것인가? 아니다. 나에겐 그를 이해해줘야 할 근거가 없다. 그 남자는 젖혀두고 이 논설위원은 내 인맥으로 묶어두어야 한다. 신문 논설위원, 나에겐 중요한 캐릭터가 된다.

"가끔 연락을 드려도 될까요?"

"물론이네. 친구와 술 마시다가 돈 떨어지면 나에게 오게."

술 마시다가 돈 떨어지면…… 그럴 경우 나는 으스대면서 말할 수 있다. 그 논설위원 내 친척이야, 기다려, 술값 얻어 올 테니……

"전화받으시기 편한 시간은 언제인지요?"

"저녁 6시까지는 언제든지 괜찮네."

그가 안주머니에서 봉투를 꺼내주며 덧붙인다.

"광수는 내 아픈 손가락이었네. 그에게 주려고 했는데……
그의 부인에게 전해주게."

몸을 일으키는 그의 눈이 붉어져 있다. 숭고한 우정의 표
현인 것 같다. 그 괴물이 이처럼 귀한 것도 가졌던가? 나는
화장실로 가서 거울을 본다. 내 얼굴에 새겨진 음흉함을 논
설위원도 읽었을까? 그 남자에 대한 기억이 내 머릿속에 고
스란히 남아 있는 한 표정 관리가 어려울 것이다. 이 사람을
맑은 얼굴로 만나자면 우선 그 남자에 대한 기억들부터 정
리해야 한다. 지독한 것은 지우고 써먹을 만한 것은 남겨두
고.

건물 밖으로 나온다. 돈 봉투는 내일 우체국에 가서 전신
환으로 부쳐주면 되겠지. 큰길 건너 다방으로 들어가 보니
사람들이 북적거린다. 기억을 정리하자면 한적하거나 조용
한 곳으로 가야 한다. 한강 변으로 나가? 한강보다는 호수
가 낫지. 석촌호수가 있는 집 방향의 버스를 탄다. 자리를
잡고 앉자 일기장에 있던 문장들이 떠오른다. 창밖으로 고
개를 돌린다. 보이는 것은 각도마다 형태가 다르다. 거기,
거리에 머리를 양 갈래로 땋은 아이가 지나간다. 판판한 정
수리, 땋은 머리, 양 갈래 머리, 뒤에서 보면 쌍갈래……

옥이도 어릴 때는 쌍갈래 머리였다. 그 아이를 만난 것은 아주 어릴 때였다. 두 살 때였나, 아님 세 살? 기억나는 것은 여섯 살 무렵 유치원에서였다. 내가 태어나고 자란 동래 온천장에는 일제 때부터 유치원이 있었다. 일본 사람들이 온천장을 개발하고 목욕탕과 여관과 요릿집을 짓고 그들 자녀들을 위해 유치원과 국민학교를 세웠다. 옥이와 나는 그들이 지은 유치원과 국민학교를 함께 다닌 동창이었다. 옥이는 항상 예쁘게 치장하고 다녔는데 그런 아이가 유치원에서 똥을 쌌다. 아이들이 옥이를 놀렸고 나 또한 눈을 흘겨가면서 똥내 난다고 옆에 가지도 않았다.

그 짓궂은 마음이 연심으로 돌아온 것은 중학교 3학년 때였다. 그 애네 학교 예술제에서 〈원술랑〉 연극을 했는데 주인공 원술이가 옥이였다. 세상에, 계집애가 화랑 옷을 입고 여자 주인공을 안으면서 굵은 목소리로 "진달래, 나는 그대를 사랑하오만 지금은 내 조국이 먼저요," 어쩌고 할 때 마력의 동아줄이 달려와 나를 묶은 것이었다. 나는 전차 종점에서 기다리다가 우연을 가장해 퉁명스럽게 물었다.

"니 요즘 꽃밭에 노느라 정신 없제?"

옥이는 "맞다, 가시나들이 내한테 편지를 억수로 보낸다"라고 대답했다. "내도 니한테 편지 주까? 그라믄 답장해 줄래?"라고 묻자 "편지 내용 봐서"라고 대답했다. 나는 편지를 썼고, 금강공원에서 만났고, 부산대학 앞 코스모스밭으로 그 애를 데리고 가서 손을 잡았다. 그 애 아버지는 춤꾼으로 그 애도 춤을 잘 추었고 나는 글을 잘 썼으니 우리는 천생 연분이었다.

그런데 열여덟 살이 되던 그해 가을, 그 남자에게 술을 사주고 그 대가로 폭탄을 선물받았던 그날, 나는 귀갓길 열차에서 옥이에게 이별의 엽서를 썼다. 나는 너를 더 이상 만날 수 없다, 나는 쪽발이 자식이란다. 그러므로 너의 부탁을 들어줄 수 없다, 부탁을 들어줄 자격이 없다, 감상이 아니다. 그런 것이 개입할 틈이 없을 만큼 엄혹한 진실은 너는, 너는…… 동래학춤 전수자의 딸인 너는…… 개천예술제에서 춤으로 장원을 한 너는…… 쓰던 엽서를 찢어버렸다. 나는 그 애를 잃고 싶지 않았다. 그 애는 나의 생명수였다. 그러나 그 생명수는 이제 더 이상 마실 수가 없다.

"문하야, 니 동래성 비극 모리제? 임진왜란 때 백성과 성주가 끝까지 저항하다 몰살당한 기라. 우리 아부지캉 나는 성주였던 도호부사 송상현의 자손인 기라. 그때 다섯 살배기 아이들까지 기왓장을 깨서 적들에게 던진 기라. 관기들과 아줌마, 아가씨, 할매들까지 모두모두 낫과 호미를 들고 싸웠는 기라. 당시 상황에 대해 우리 선조가 쓴 글이 우리 아부지한테 있는데 거기에 자세한 이약 다 있다. 니 그거로 소설 써라…… 그라고 문하야, 망미루 안 있나? 금강공원 올라가는 초입에 있는 정자 같은 그것 말이다. 울 아부지가 그라는데 그거 동래성에 있는 것을 왜놈들이 금강공원을 만들면서 옮겨놓았다 카더라. 울 아부지 보름달 뜨는 날이면 거기 올라가서 학춤을 추신다. 거기서 조상의 혼을 만나신단다."

그 애는, 내 첫사랑 옥이는 이야기의 보고였다. 그 애는 내가 모르는 세상을 많이 알고 있었고, 내게 보여주고 싶은 장소는 어디든지 나를 데리고 다녔다. 그중에서도 학춤 연습장 견학은 그때의 나에겐 최고의 백미였다.

학춤연구원에서 일곱 명의 무수舞袖들이 교습을 받고 있었다. 원장인 옥이 아버지는 매우 정돈된 목소리로 구령을 했다.

"시작 자세!"

창밖에서 함께 구경을 하던 옥이가 나직이 설명했다.

"저 춤사위는 팔을 110도로 올려야 하는 기라. 그란데 저기 봐라, 하늘로 팔을 치켜든 사람이 몇이고? 셋이제?"

그 순간 연습장 안에서 옥이 아버지의 말이 쩡하고 울려 나왔다.

"이 벅수들이 귀에 소케(솜)를 처박았나, 눈에 명태껍데기를 처발랐나, 보고 듣는 거이 우찌 그리 한심하노?"

내가 입을 가리고 킥킥대는데 연습장 안의 원장은 "날음새!" 하고 정돈된 목소리로 구령을 했다. 수련생들이 활갯짓을 하며 앞으로 경중경중 날아올랐다.

"덧뵈기!"

동작들이 어설펐고 시키지도 않은 자세를 가지각색으로 연출하고 있었다. 내가 옥이에게 "저 사람들 제각각이네?" 하고 말하자 옥이가 "쉿!" 하고 입을 막았다. 원장의 말소리가 다시 튕겨 올랐다.

"너그들 촉새가, 까불이 새가? 사나 새끼 어깨가 우찌 그리 오도방정이고?"

까불이 촉새, 내 입에서 웃음이 터져 나오는데 원장은 다시 목소리를 눅이고 설명을 했다.

"학은 모든 새들 중에서 우아하기가 으뜸이다. 먹이를 먹을 때도 품위를 지킨다. 정신 똑바로 차리고, 외발서기!"

외발로 서던 한 사람이 넘어졌다. 그가 가랑이를 쩍 벌리고 버둥거리는 꼴이 가관이자 원장 선생은 기다리라고 말한 후 밖으로 나갔다.

"너네 아부지 어디 가시노?"

"정신교육 하실랑 갑다."

"몽둥이 가지러 나가셨나?"

"춤꾼이 깡패가 몽둥이로 다스리게?"

잠시 후에 옥이 아버지가 두루마기를 입은 어른을 모시고 연습장으로 들어갔다. 학춤 대무수 선생님이라고 옥이가 일러주었다. 원장이 무수들에게 말했다.

"너희들은 기량보다 먼저 춤의 정신부터 배워야겠다. 오늘 마침 대무수 선생님께서 오셨으니 선생님 말씀을 정신 똑바로 차리고 새겨들어라."

대무수 선생께서 설명했다.

"학춤은 고구려, 고려 시대에도 있었다. 복식은 학의 형상, 주로 나례의식儺禮儀式에서 역귀를 쫓는 신조 역할을 했고 조선 시대에 와서는 청학과 백학 또는 청홍학으로 구성되어 조용하면서도 화려한 정중동과 동중정을 표현했다. 그러나 동래학춤은 기존의 전통 학춤과 많이 다르다. 주술, 종교의식, 해학, 풍자도 없다. 우아함은 격조 높은 선비의 자태지만 불쑥불쑥 날개를 펼쳐 활개를 치는 것은 장수의 기개다. 그러니까 이 춤의 특징은 한 몸에 선비와 장수가 깃들어 함께 춤을 추는 것이며 그렇게 된 내력은……" 대무수 선생은 잠시 숨을 고르고 다시 말을 이었다. "옛날 임진년 왜란 때 동래성 싸움에서 장수와 선비, 군사, 주민 모두가 몰살을 당하셨다. 그때 학들이 일제히 성을 바라보며 울었다고 한다. 동래학춤은 돌아가신 장수와 선비들의 넋이 학으로 부활하셔서 못다 한 인생놀이를 그렇게 펼치시는 것이다!"

아파트 앞에 내렸다. 집을 떠난 지 3일, 어머니는 장례 절차에 대해 이것저것 물어올 것이다. 장지는 어디더냐, 문상객들은 많더냐…… 207동 우리 집은 저 안쪽에 있다. 우리가 아파트살이를 시작한 것은 이곳이 처음이다. 어머니는 방앗간이 있는 상계동 쪽을 원했지만 나는 석촌호수를 고집했다. 나는 부산 출신, 바다 대신 호수라도 가까이 두고 싶어서였다. 제트기가 지나가면서 하늘에 긴 띠를 걸어둔다. 석양이 저 띠를 덮으려면 좀 더 있어야 한다. 어머니는 밤에 만나는 것이 낫겠다. 나는 석촌호수 쪽으로 발길을 돌린다.

한적한 곳에 자리 잡고 앉자마자 한영우 논설위원의 말이 달려온다. 몰랐던가? 머리에 벌이 들어와 자꾸만 앵앵대서 술을 마신다는 거야, 분열증도 좀 있었던 것 같고…… 건우 형의 죽음 때문이었어. 그 형이 광수의 '수호신'이었거든…… 나는 벌떡 일어났다가 도로 앉는다. 생각이 순서를 파괴하고 있어. 그 남자가 정신이상이든 말든 그게 나와 무슨 상관인가? 그 남자의 주장대로 나는 그의 인생과는 아무 관계가 없으니 기억 갈피에 남아 있는 그에 대한 의심의 찌꺼기도 다 지워내야 한다. 그렇게 한다면 어머니의 집념은? 한사코 그 남자에게 묶여 있기를 원하는 어머니의 수수께끼 같은 그 집념은 어떻게 풀고 정리할 것인가? 오래도록 시달려온 그 수수께끼의 본질도 그 남자와의 엮임에 있고, 어머니에 대한 내 생각을 탁하게 흐리거나 왜곡으로 몰아간 원인도 바로 그 엮임에 있었다. 이제 나는 투명해지고 싶다. 손을 자주 씻는 버릇은 불순물이 다 제거되지 않았다는 내 강박증에서 비롯된 것이다. 이제 수수께끼를 풀어야 할 시간, 그 해답은 어머니만 알고 있다. 당신의 고백만이 그 해답이다.

호수 건너편에서 누군가가 소리친다. 악악! 저 사람은 속에 꽉 찬 답답함을 호수에 토해내고 싶은가? 나도 소리 지르면 이 찜찜함을 토해낼 수 있나? 스스로는 토해낼 수 없고, 어머니에게 실토를 강요할 수도 없는 것이 나의 문제다. 오늘 밤을 넘기면 영원한 미제로 남을 테고 그렇게 되면 이 연막은 평생 지병처럼 달고 살아야 한다. 그건 사양하고 싶으니 다시 생각을 가다듬고 어머니에게 할 이야기의 순서를 정해보자. 먼저 어머니가 당부한 장례 절차에서 이행한 것은 술잔과 절을 올린 것밖에 없다. 어머니, 곡을 안 올리고 상복도 입지 않았던 건…… 아니다, 그런 세부적인 얘기까진 할 필요 없다. 화장하고 낙동강에 유골을 뿌린 것까지 보고한 다음 의심쩍은 호적의 경위를 묻는 거다. 열여덟 살 때 들었던 그 얘기, 그 남자의 일기장에도 친구의 얘기에서도 아들에 대한 언급은 없었다. 어머니, 자 이제 사실대로 말씀하시지요, 난 이미 오래전부터 짐작하고 있었으나 규명을 미루어온 것은 그 남자에게 저를 붙들어 매는 것이 어머니의 신앙 같아 감히 재촉할 수가 없었기 때문입니다. 하지만 이제 한쪽이 없어졌잖아요. 신념이 아무리 새 빨랫줄처럼 단단해도 감아 맬 기둥이 없다는 것은…… 그때 먼 과거로부터 기억 하나가 달려온다.

"문하야, 너와 지우개의 처지를 바꿔보는 거야. 그 과정을 글로 써볼래?"

상대편 입장이 되어보라…… 어머니의 마음을 고려하지 못했다. 그러니까 당신께서는 죽을 때까지 밝히고 싶지 않을 수도 있다. 왜냐면 여긴 한국, 일본을 원수로 아는 이 지대에 자식을 벌거벗길 수가 없기 때문이다. 그것이 어머니 방식의 모성애다. 절대로 드러나지 않아야 할 비밀을 아들이 알고 있었다는 것을 알게 된다면 당신은 변명의 구실이 없어서 내 곁을 떠날 수도 있다. 그런데 너는 너 자신의 입장만 생각해 왔다. 정체성 운운하면서 한사코 어머니의 속내를 해부하고 싶어 했다. 그 일이 어머니를 잃어가면서까지 밝혀야 할 만큼 네 인생에서 그토록 중요한가? 동래성 이야기를 쓰지 못한 것이, 옥이를 잃은 것이 그토록 억울한가? 아니면 이제 일본 독립군 이야기를 맘 놓고 쓰고 싶어서인가? 친일, 반일, 언제나 그래왔듯이 해결도 문제도 없이 잘 살아가면서 이벤트용으로 판을 갈라대는 이 사회를 맘 놓고 우롱하고 싶어서인가? 아니다, 입장만 바꾼다고 정답이 나오는 것은 아니니 먼저 각자의 대립 축을 살펴보자. 나에 대한 엄마의 정의는 비밀을 지키는 것이고 엄마에 대한 나의 정의는 진실을 밝혀 내 정체성을 확립하는 것이다. 이 대립 축은 너무 팽팽해서 타협점을 찾을 수 없다. 나는 어머니가 진실을 밝혀주는 것이 옳은 일이라고 생각하지만, 나의 옳음이 엄마에게도 옳음이 되는가? 완벽한 정의론이 모든 사람에게 동일하게 적용될 수 없듯이 진정한 정의나 올바름은 개인이나 사회 통념의 잣대가 아닌 상대의 기준에 맞춰져야 한다. 어머니의 신념이 당신의 비밀을 지키는 것이라면 내가 모른 척해주는 것이 도리일 수 있다. 그럼 나는? 이제부터 나는 어떻게 살아야 하는가? 몇 해 전에 읽은 책 제목이 엽서처럼 날아온다.

"『비류백제와 일본의 국가기원』!"

일본 왕도 고백했다. 나는 백제 후손이다! 나는 그 책 저자의 서문을 내 자료장에 베껴 적었다.

고대의 한일관계를 기록한 『일본서기』(AD720)에는 남한 지역이 천왕가의 영지처럼 되어 있다. 이에 근거한 학설이 바로 일본 사학이 주장해 온 '남선경영론南鮮經營論'으로서, 일제의 한반도 강점은 침략이 아니라 옛 땅을 되찾은 복구라는 것이다.

따라서 일본 교과서 왜곡 문제는 현실의 문제인 동시에 고대사의 문제이기도 하다. 그럼에도 불구하고 우리의 고대사학계가 식민사관의 진원인 『일본서기』를 연구하지 않은 채 일제사학자들이 만들어놓은 『삼국사기』의 왜곡적 해석 방식을 그대로 답습해 왔다는 것은 의도적인 것이 아니라 해도 놀랄 일이 아닐 수 없다. 따라서 이 연구는 비록 일본사에 관한 것이지만 일본 사학자들처럼 이웃 나라를 괴롭히거나 모욕하기 위해서가 아니라 『삼국사기』와 『일본서기』의 양쪽 기록을 일원론적으로 복원함으로써 고대 한일관계를 재조명해 보려는 한국사 자체의 반성이다.

나를 현혹한 대목은 '남한 지역이 천왕의 영지처럼 되어 있다'와 '일제의 한반도 침략은 옛 땅을 되찾은 복구'라는 것이었다. 그 뒤를 이은 '그들이 수백 년간 지배해 왔다는 남한 지역에는 그들이 사용했던 유물과 유적이 전혀 발견되지 않은 반면 일본에서는 수만 점의 한반도계 유물, 유적이 발견되었다'와 '천왕이 말한 백제 후손이란 남선경영이 아닌 광개토대왕에게 정복당한 비류백제계로서 그들이 한반도 백제 영토에 내려와 잠깐 머물렀다가 일본으로 건너가서 나라[奈良]에서 나라를 세운 것이다'라는 내용은 의도적으로 무시했다. 내 자의적 해석은 비류백제든 그냥 백제든 백제인은 한 종족이라는 것이었다. 광개토대왕이 비류백제를 친 것은 고구려가 신라와 백제를 친 것과 다르지 않았다. 고구려나 신라 백제가 다 같이 고조선의 후예, 동이족 일파라고 한다면 결국은 한 종족끼리 치고받으며 싸워 왔던 것이 되므로 일제 침략도 그런 차원이라는 것이다. 그러므로 일본을 조선의 식민지로 가정하고 일본국이 독립운동을 한다는 상상은, 고구려 또한 백제에 의해 망했고 식민지가 된 고구려가 백제에 항전했을 수도 있었다는 상상처럼 아주 불손하다고만 단정 지을 수는 없을 것이다. 하긴 처지나 신분 바꾸기를 이런 식으로 정당화해 간다면 백인도 원조는 흑인이라는, 그것만으로는 전혀 해결되지 않는 결론에 이르게 된다. 인류 역사는 시간에 따라 변해왔듯이 시기와 장소에 따라 형제도 되고 적도 되었다. 6·25가 그렇지 않은가? 그런데도 내가 군이 일본 종자임을 확인받아야 하는가? 확인받는다고 내가 정말 일본인으로 살아갈 수 있는가? 중요한 것은 정체성 확립보다 내 삶이며, 앞으로 살아갈 일이다. 어머니를 내 인생에서 완전히 떼버릴 수 없다면 돌아가실 때까지 그냥저냥 살아주는 것도 아들 된 도리일 것이다. 나는 벌떡 몸을 일으킨다.

포도주 한 병과 통닭 한 마리를 사서 집에 들어갔다. 어머니가 묻는다.

"피곤하지? 밥은?"

나는 통닭과 포도주를 내밀며 "오늘 밤 통닭 파티를 해요"라고 말한다. 어머니가 "파티라니?" 하고 되묻는다.

"한잔하고 싶어서 그래요."

어머니가 쟁반과 술잔을 챙겨 와 닭다리를 내 앞에 놓고, 나는 어머니의 잔을 채운다. 그래, 가끔 이렇게 통닭도 사드리면서 사는 거야.

"엄마, 우리 건배해요."

어머니가 건배를 해주었으나 마시지는 않는다. 하긴 술 마시는 것을 본 적이 없다. 그렇다고 해도 오늘은 새로운 관계로 새롭게 시작하는 날이다.

"오늘은 함께 들고 싶어요."

사정하듯이 말했다. 아버지가 안 계시니 엄마하고라도 함께 한잔하고 싶어요, 그런 뉘앙스를 사용했더니 그게 먹혀든 것 같다.

"그래, 마셔보자. 설마 죽기야 하겠니?"

성공이다. 어머니가 조금씩 마시기 시작한다. 그 틈을 타서 내가 안동 장례에 대한 일을 알린다.

"화장을 했어요, 강에 뿌려드렸고요."

그 여자가 먼저 화장을 했더라는 말은 생략한다. 작은 일에도 대단한 의미를 부여하는 엄마, 오늘은 그 남자에게 묶여 있는 엄마의 의식들을 해방시켜 줄 필요가 있으니 그 남자가 죽기 전에 계단을 굴렀다는 얘기는 삼간다. 어머니가 말한다.

"이제 네가 장가만 들면……"

어머니가 그 남자를 묶어두고 싶었던 기한은 내가 장가들 때까지였을 것이다. 그러므로 어머니는 "네가 장가들 때 아버지가 없어서 어쩌냐"고 말할 것이다. 내가 앞질러 대답을 한다.

"부모 중 한 사람만 있는 신랑도 많아요."

"보고 다니는 처녀는 있고?"

서른여섯이다, 노총각 좋아하는 사람 없다는 말 대신 찾아봐야죠, 라고 대답하며 술잔을 들어 어서 마시라고 재촉한다. 어머니가 재촉에 떠밀려 잔을 비운다. 언제나 그래왔다. 내가 시키는 것이나 해달라는 것은 거절한 적이 없었다. 국민학교 6학년 때, 가출했다가 돌아온 지 얼마 후 내가 내 앉은뱅이책상을 구박하듯 때려대자 엄마는 먼 범내골에 나가서 책상과 의자를 사 왔다. 지게꾼이 내 책상을 지고 온천장까지 걸어왔다면서 인사하라고 했을 때 나는 책상이 크다는 것만 트집을 잡았다. 어머니가 말한다.

"소란 씨 있지? 너 어릴 때 살았던 우리 집 주인 말이다."

소란 씨는 명창이자 권번의 명기며 그 남자가 처음으로 찾아왔던 우리 집의 주인이었다.

"그분이 왜요?"

"온천장 노기들이 바닷가에 집을 짓고 함께 살아가고 있단다. 네가 장가들면 나도 거기 가서 살기로 했는데……"

"아, 그래요? 바닷가, 멋지겠는데요? 제 걱정은 말고 언제든지 가셔요."

"장가부터 들어라. 대를 이어야 제삿밥도 얻어먹는 법이다."

"……."

"안동에서 제사도 받아 왔겠구나."

술기운인지 모르겠다. 그만 발끈하고 말았다.

"저에게 제사까지 지내란 말씀인가요?"

"제사 안 지내는 아들도 있다더냐?"

마음을 가지런히 눕히고 느긋하게, 오늘은 순하고 착한 아들이 되겠다고 다짐했음에도 경박한 내 입이 일을 저지르고 말았다.

"제가 그 사람 아들이긴 한가요?"

"그게 무슨 소리냐?"

"큰아버지란 사람도, 안동 여자도, 친구분도 그 사람에게 아들이 있다고 말한 사람이 없었어요. 그 사람 일기장에서도요. 그 말을 듣고 솔직히 저도 다행이다 싶었어요. 안심도 되었고요."

어머니의 얼굴이 경악으로 일그러진다. 내친김이다. 다 털어버리고 우리 모자는 과거의 비밀로부터 함께 해방되는 거다.

"저 다 알고 있었어요. 제 진짜 아버지는 일본 사람이라는 거……"

어머니의 얼굴이 이제 충격으로 얼어붙는다. 왜 그렇게 놀라세요? 내가 거기까지 알고 있으리라고는 상상도 하지 못했던가요? 어머니가 세수를 하고 오겠다면서 화장실로 간다. 어머니는 지금 화장실에서 실토냐, 계속 부인할 것이냐를 두고 저울질하고 있을 것이다. 만약 실토한다면, 그래, 네 아버지는 일본 사람이다, 라고 한다면 나는 과연 개운하거나 홀가분해질까? 거의 20년이나 그 사실을 간직해 왔지만 진실이 확인된 이후까지는 대비해 두지 못했다. 흥분과 조바심이 심장을 자극한다. 어떤 결과든 나 자신을 괴롭혀서는 안 된다고, 심장과 두뇌가 신경증 폭발에 가세해서도 아니 된다고 단단히 일러둔다. 어머니가 안방에 들러서 명주 수건으로 싼 뭔가를 들고 나와 옆자리에 조심스럽게 놓는다.

"너에게 내 얘기를 들려주고 싶었던 적이 있었다. 처음은 네가 신문에 당선했을 즈음이었을 게다. 그 기간 너는 친구들과 어울려 다니느라 집에 잘 들어오지 않았다. 그때 나는 긁어 부스럼이 될 수도 있는 일, 이대로 묻어두는 것도 괜찮다고 생각을 정리했다. 그리고 2년쯤 후 내가 급성하혈로 병원에 입원했을 때, 수술 도중 죽을 수도 있다고 했을 때 내 얘기를 내 아들이 아닌 소설가 배문하에게 들려주고 싶었다. 나, 김순이가 열일곱 살 때 정신대 근로영서挺身隊勤勞令書를 받았다는 것, 내가 동원된 곳은 고무공장, 직물공장, 군수품공장이 아니었다는 것…… 하지만 너는 그날도 병원에 오지 않았다."

그때는 아마 노벨문학상 시즌이었을 것이다. 수상작이 발표되면 출판사마다 앞다투어 번역 출간을 했다. 하루라도 빨리 책방에 깔아야 하기에 번역은 여러 명에게 나누었고 임시 교정자들까지 여관으로 불러들여 쪽잠을 자가며 교정을 봤다. 정해진 시간에 출퇴근하는 일이 싫었던 나는 주로 기간 알바 같은 임시 교정 일을 했다. 어머니가 묻는다.

"나는 내가 겪었던 일을 빠짐없이 다 얘기하겠지만 듣는 사람은 내 아들이 아닌 소설가여야 한다. 소설가는 이 얘기를 객관적으로 들어줄 것이기 때문이다. 그렇게 하겠니?"

놀라운 발언이다. 소설가는 얘기를 객관적으로 듣는다?

나는 얼결에 고개를 끄덕인다.

"윤주옥이란 여대생이 있었다. 그땐 여대가 아니라 여전이라고 했던 것 같다. 작가가 꿈이었던 주옥 언니는 애국도 하고 현장 체험도 하기 위해 정신대에 지원했다더라. 그 언니가 말했다. 사람에겐 육신과 정신의 주인이 각각인 경우가 있다고, 노예가 바로 그런 경우라고. 하지만 육신의 주인이 다른 사람일지라도 정신만 확고하고, 그 정신이 순결하다면 그 사람은 순결한 사람이라고. 우리는 그 말 하나에 의지하면서 그 지옥을 견뎌냈다."

어머니가 몸자세를 가다듬고 이야기를 시작한다.

"네가 외가는 어디 있느냐고 물었을 때, 에미는 어릴 때부터 고아였다고 대답했지. 나는 고아가 아니었고 집을 떠날 때까지는 양친은 물론 남동생, 여동생도 있었다. 경상남도 진주에……"

어머니는 물을 떠 와서 마신 후 이야기를 계속한다.

5

내 어머니의
고백

I

　　내 고향은 경상남도 진주다. 진주 읍과 면에서
도 정신대 지원자를 모집했다. 신청자가 별로 없자 각 면의 주
재소 주임, 면장, 면서기들이 가가호호 방문을 하면서 처녀 색
출을 해갔다. 우리 집에는 면장이 구장을 앞세우고 왔다. 구장
이 면장에게 보고했다.

　"전날 분명히 '정신대 근로영서'를 전했는데 모른 척하고
있습니더."

　엄마가 급하게 변명했다.

"순이는 고모 집에 애보개로 가기로 했습니더."

면장이 잡기장을 펼치고 나에 대한 신상을 읽었다.

"김순이, 17세, 소작인 김한수의 장녀, 아래로 남동생과 여동생이 있다…… 이 집 살림살이를 보니 애보개로는 안 되겠는데?"

"고모 집에서 곡식을 주기로……"

"규슈에 있는 군대 세탁부로 간다. 불응하면 벌금이 14원이다."

몇 달 전에 할당해 준 쌀 공출을 내지 못했다고 주재소 순사와 면직원이 와서 아버지를 끌고 갔다. 엄마가 장리를 얻어 무마했는데 이번에는 벌금으로 14원을 내라고 한다. 14원이면 우리 식구가 석 달은 먹을 수 있는 식량 값이다. 내가 나섰다.

"지가 가겠습니더."

그때 나는 차라리 잘된 일이라 생각했고 공부할 기회로 여기기도 했다. 읍내 양말공장에 취직하고 싶어도 보통학교 중퇴자는 받아주지 않았다. 일본 공장에서 월급을 받으면 나는 물론 동생들까지 공부를 시키겠다는 결심을 하고 출발 날짜를 기다렸다. 닷새 후였다.

집결 장소는 면사무소 옆 주재소 마당이었다. 모인 처녀들은 나를 합쳐 열일곱 명으로 나이는 15세에서 20세까지, 연

그곳에 엄마가 있었어

장자는 금옥 언니였다. 주재소 순사가 '정신대挺身隊'[6]라고 쓴 수건을 한 장씩 나눠주면서 머리에 두르라고 했다. 주재소 주임의 간단한 훈시를 들은 후 우리는 트럭에 올랐다. 꺼먼 목탄 트럭이었다. 트럭이 면을 빠져나갈 때 건넛마을에서 온 열여덟 살 말자가 말했다.

"나는 우리 오빠가 무서워서 지원했다. 절름발이한테 자꾸 시집가라 안 카나. 왜놈들이 처녀 공출해서 먼 나라에 팔아묵는다 카믄서 말이다. 면에서는 일본 공장에 간다 카던데, 그 말이 맞제?"

금옥 언니만 빼고 우리 모두 고개를 끄덕였다. 얼마나 달렸는지 모르겠다. 트럭이 마산 면사무소 앞에 세워졌다. 조수가 차에서 내려 우리에게 변소에 다녀오라고 했다. 용변을 보고도 한참이 지나도록 트럭은 떠날 채비를 하지 않았다. 나는 은근히 불안했다. 혹시 이 일이 취소되면 내 소망은 물거품이 되고 만다. 나는 정말 공부가 하고 싶었다.

"저기 도라꾸가 오네. 여자들도 타고 있다!"

말자가 말했다. 그 트럭 조수가 여자들을 내리게 해서 우리 쪽으로 이끌고 왔다. 저마다 오랏줄에 묶여 있었다.

"죄수들이다!"

열다섯 살 눔이가 말했다.

"왜 죄수들을 우리 트럭에 태울꼬?"

금옥 언니가 말했다.

"죄수 아닐 끼다. 끌려왔을 끼다. 죽일 놈들!"

조수가 한 사람씩 오랏줄을 풀어 우리 트럭에 올려주었다. 모두 셋으로 한 여성은 머리에 쪽을 쪘고 가슴팍이 흠씬 젖어 있었다. 젖먹이가 있는 애기 엄마 같았다. 트럭이 외곽으로 나와 신작로를 달릴 때 금옥 언니가 쪽 찐 여자에게 물었다.

"애기가 있나 본데 우짜시다가 이리됐습니꺼?"

"시어머니가 설사병이 나서 곶감을 구하러 가는데 사내놈이 다짜고짜로 날 이렇키 집어 태운 기라. 얼라는 지금 울고불고 난리가 났을 낀데, 이 일을 우짤꼬."

새로 태워진 세 사람은 모두 납치[7]를 당했던 것이다. 정신대 지원자 할당을 채우지 못한 면사무소에서는 납치를 해서 숫자를 채웠다. 열여섯이라는 옥분이는 일본인 집에서 애보개를 했는데 읍내에 심부름 갔다가 오던 길에 붙잡혔고, 열네 살 끝순이는 밭을 매다가 다짜고짜로 끌려왔다고 했다. 해가 지고 달이 떴다. 애기 엄마는 달을 보면서 쿨적쿨적 울었다. 그때 트럭이 멈춰 섰다. 엔진이 뜨거워져서 식혀야 한다며 운전사와 조수가 엔진에 물을 붓고 부채질을 했다. 다시 출발하려고 시동을 걸 때 금옥 언니가 운전석에 대고 몇 시쯤 도착하느냐, 오늘 밤에 배를 타느냐고 물었다. 트럭이 덜컹하고 움직일 때 아기 엄마가 트럭에서 뛰어내렸다. 트럭이 멀리 떨어져 왔을 때 납작 엎드려 있던 아기 엄마가 몸을 일으키는 것이 희미하게 보였다. 금옥 언니가 나직이 말했다.

"애기 엄마, 반드시 집에 갈 끼다."

부산 부두에 도착했다. 자정이 가까운 시간이었다. 사방에 전깃불이 켜졌고 창고 앞마다 보초가 서 있었다. 우리 트럭은 대형 창고 앞에 세워졌다. 조수가 우리를 세어보긴 했으나 숫자를 기억하지 못했는지 그냥 창고로 들여보냈다. 창고 안에는 셀 수 없이 많은 여자들이 각자 자기 보따리를 베고 잠들어 있었다.

"기상! 기상!"

아침이었다. 팔에 '애국부인회'라는 완장을 두른 여자들이 "기상!"을 외쳤다. 뒤이어 양동이를 든 여학생들이 줄지어 들어오더니 각자 조를 맡아 주먹밥을 나눠주었다. 옥분이가 여학생에게 우리가 어디로 가는지 아느냐고 물어보았다.

"몰라, 나도 오늘 처음 동원됐다."

"집에 연락 좀 해주면 좋겠는데……"

여학생이 고개를 저었다. 그즈음 학생들은 교실에 앉아 공부할 시간이 없었다. 부족한 전시 물자를 채우느라 해바라기씨, 배추씨, 피마자씨, 수박씨 등을 모았으며 진종일 군복을 깁거나 징용자들에게 주먹밥을 날랐다. 소학교 어린이들도 솔방울을 따거나 송진 모으는 일에 내몰렸고 5학년쯤 되면 괭이로 운동장을 파고 콩 심는 일에 동원되었다. 콩기름을 얻기 위해서였다.

"어서 안 묵고 뭐 하노?"

옥분이가 주먹밥을 먹지 않고 멍하니 앉아 있자 금옥 언니가 일깨웠다. 어제 아기 엄마 탈출을 계획하고 성공시킨 언니였다. 옥분이가 대답했다.

"우리 주인아주머니한테 내 사정을 알리야 합니더. 지가 그 집에 안 가면 우리 아부지가 징용 갑니더."

옥분아, 농사를 지어도 곡식은 공출로 다 빼앗기는 것, 봄이면 쑥과 보릿겨로 개떡을 만들어 배를 채워야 하는 것, 허리를 졸라가며 무명이나 명주를 짜놓으면 면사무소 직원이나 순사가 와서 다 가져가는 것, 공출을 못 내면 잡아가서 징용에 보내는 것, 그건 어느 집이나 겪는 일이다. 그럴수록 우리는…… 그때 옆자리 아가씨가 말을 걸어왔다. 서울 말씨였다.

"집에 연락해 달라고 한 것 같은데?"

"방법이 있습니꺼?"

"부모님한테 알리지도 않고 가출해서 여기 왔니?"

금옥 언니가 나섰다.

"가출 아닙니더. 잡히 온 깁니더. 남자들이 트럭 타고 댕기면서 처자들을 붙잡아 손을 꽁꽁 묶어 트럭에 태운 깁니더. 옥분이도 그 트럭 남자들한테 붙잡히 왔단 말입니더."

아가씨가 고개를 갸웃했다. 믿을 수 없다는 눈치였다. 옥분이가 "참말입니더!" 하고 간절하게 말하자 그녀가 자기 가방을 열고 종이와 연필, 편지 봉투를 꺼냈다.

"집 주소가 어떻게 되니?"

"경남 마산읍 나유리 김월출입니더."

아가씨는 편지 봉투에 주소를 받아 적고 종이를 내밀었다.

"여기 내용을 쓸래?"

옥분이가 글을 쓸 줄 모른다고 고개를 저었다. 다른 사람들도 서로 얼굴만 쳐다보았다. 아가씨가 직접 받아 써준 후 그 편지를 들고 창고 문 쪽으로 가서 막 나가려는 여학생을 잡고 편지를 건네주었다. 뒤따라갔던 금옥 언니가 먼저 돌아와서 "이름은 주옥이, 서울에서 이 뭐라는 여전에 다닌단다"라고 알려주었다. 주옥이가 제자리로 돌아와 자기 가방에서 잡기장을 꺼내 뭐라고 적었다. 이번에는 그 행위가 수상하다고 금옥 언니가 속삭였다.

"저 가시나, 뭐를 일러바칠라꼬 저러는지도 모르니까 조심하자."

다시 애국부인들이 들어와 '정신대'라고 쓴 수건을 나눠주었다. 졸지에 귀한 수건이 두 장이나 생겼다. 집이 가까우면 한 장을 갖다주었으면 좋겠다는 생각을 할 때 옥분이가 주옥에게 물었다.

"여기 이 글자는 뭐라고 쓴 거입니꺼?"

"이건 '정신대'라고 쓴 거란다. 나라에 애국하려고 앞서서 나간다는 뜻이지."

그때 저만치서 애국부인이 손뼉을 탁탁 치며 소리쳤다.

"수건을 머리에 두르고 자기 짐을 들어라!"

정신대 수건을 머리에 두르고 부두로 나갔다. 거기 큰 배가 서 있었는데 요코하마에서 온 군용 수송선이었다. 우리가 줄지어 서자 금빛 견장을 단 경찰서장이 나와서 연설을 했다.

"너희는 황국신민이다. 내선일체의 은덕으로 너희에게도 나라에 충성할 기회를 주는 것이니 모두가 맡은 일에 충성을 다해 보답하라!"

연설이 끝나자 우리는 차례로 배에 올랐다. 갑판에서 해군들이 내려다보며 휘파람을 불어댔다. 내 뒤에 선 금옥 언니가 "멀리 떨어져 있으니 괜찮다, 신경 쓰지 말라"고 엄마처럼 말했다. 창고보다 더 큰 선실에는 먼저 자리를 잡은 여성들이 있었다. 일본에서부터 타고 온 일본 여성들이었다. 머릿수는 100명쯤 되어 보였는데 품행이 방정치 못했다. 덥다고 앞가 슴을 열어놓았는가 하면 술병을 들고 홀짝거렸고 담배를 피우 는 여성들도 있었다. 옥분이가 놀라서 발길을 멈추자 담배를 피우던 여성이 쏘아붙였다.

"너희들 자리는 저 안쪽이니 어서 들어가!"

규슈란 곳이 매우 더운 지방이라 웃통을 벗고 일하는가 싶 어 잔뜩 겁을 먹고 있는데 금옥 언니가 지나가는 주옥이를 붙 잡았다.

"아가씨가 저 일본 여자들한테 이 배가 어디로 가는지 좀 물어봐 줄래요?"

"우리는 규슈로 가잖아요? 다 알고 있는데 굳이 저런 여자 들한테 물어볼 필요가 있겠어요?"

"그래도 물어봐 주면 고맙겠는데."

주옥이가 가서 "댁들도 규슈로 가세요?"라고 물었다.

"우리가 왜 규슈로 가니?"

"이 배는 규슈로 가잖아요?"

여자들이 까르르 웃었다.

"넌 도시 아이 같은데 여태 그것도 몰랐니?"

옆자리 여자가 더 이상 말하지 말라는 듯 입을 막자 그녀는 이렇게 대답했다.

"우리도 어디로 가는지는 잘 몰라. 그렇지만 일본이나 규슈로 가지 않는 것만은 확실해."

주옥의 얼굴이 굳어졌다. 자리에 돌아와서도 말이 없었다. 금옥 언니가 "우리 어디로 간다더냐"고 조심스럽게 물어보았다.

"그건 말해주지 않았어요. 문제는요, 배가 어디로 가느냐가 아니라 어쩌면 우리도 저 일본 여자들과 같은 일을 할지도 모른다는 거예요."

"일본 여자들이 어떤 일을 하는데요?"

"술 마시고 담배 피우는 걸로 봐서 술집 같은 데서 일하지 않겠어요?"

금옥 언니가 다독이듯 말했다.

"보소, 서울 아가씨요, 세상이 아무리 넓다 캐도 공장보다 더 큰 술집이 있겠는기요? 걱정 마이소. 이렇키 많은 여자들이 갈 곳은 공장밖에 없을 낍니더."

배가 출항했다. 간밤에 잠을 설친 우리는 저마다 자기 보따리를 베고 잠이 들었다. 배 안이 찜통 같았다. 눈을 떠보니 옥분이와 금옥 언니는 땀을 줄줄 흘리며 자고 있었다. 나는 참을 수 없어서 갑판으로 나갔다. 해가 지고 있었다. 사방이 붉은 놀로 휘덮인 것이 이승도 저승도 아닌 이상한 세상으로 들어선 기분이었다. 갑판 뒤쪽에서 주옥이가 울고 있었다. 술집으로 갈지도 모른다는 그 걱정을 떨쳐버릴 수 없는 모양이었다. 방해하고 싶지 않아 돌아설 때 저녁 식사를 알리는 방송이 들려왔고 주옥이가 내 옆으로 다가왔다.

식판을 들고 줄을 섰다. 미소국과 밥, 어묵, 단무지를 담은 큰 그릇들이 식당 중간중간에 놓였고 해군들이 서서 여자들이 먹을 만큼 밥과 국과 단무지를 퍼 담아주었다. 주옥이가 우리의 식탁 맨 끝자리에 앉았다.

어머니가 하던 말을 중단하고 주옥에 대한 설명을 한다.

"주옥 언니는 여자대학 2학년 때 정신대에 자원했다더라. 유명 인사들이 학교에 와서 지원하라고 강연을 했는데 그 강연자가 자신의 학교 출신이자 가장 좋아했던 시인이었다더라. 그래서 자기도 친구들에게 지원을 부추겼다는데 그 죄에 대한 벌을 자신의 희생으로 갚으려고 했다. 배운 사람은 지혜도 그렇게 사용한다는 것을 몸소 보여주더구나. 물론 배웠다고 다 그렇다는 건 아니지만 말이다."

이틀이 지났을 때였다. 주옥이가 금옥 언니를 불러 갑판으로 나갔다. 그사이 우리는 주옥에 대한 각자의 생각을 말했다. 말자는 배운 처녀가 왜 공장에 가는지 모르겠다고 했고 옥분이는 그 언니가 우리와 한패가 되었으면 좋겠다고 했다. 눔이는 주옥이가 입은 옷이 예쁘더라고 했고 끝순이는 주옥이가 가진 여러 켤레의 양말이 탐난다고 했다. 나는 주옥이같이 배운 처녀와 함께 공장 일을 한다면 우리는 뒷전이 되거나 불이익을 당할 수도 있겠다는 생각을 했지만 갑판에서 울던 일과 얼굴은 왜 내내 굳어 있는지가 더 궁금했다. 주옥이와 금옥 언니가 얘기를 끝내고 돌아왔다. 금옥 언니가 먼저 "주옥이와 친구 묵었다. 니들도 주옥이한테 언니라 캐라"고 말한 뒤 "주옥이가 지금 중요한 이야기를 할 테니 모두들 귀담아 잘 들으라"고 했다. 주옥 언니가 약간 상기된 얼굴로 입을 열었다.

"나는 두 가지에 대한 의심을 품고 전전긍긍했다. 첫째 납치당한 여성들이 있다는 것, 둘째 목적지가 규슈가 아니라는 것이었다. 그런 차에 어제 먼 친척 아저씨를 만났다. 엄마의 오촌으로 건설 기술자인데 비행장 닦는 일에 차출되어 남양[8]으로 간다고 하셨다. 아저씨가 내릴 곳은 트루크제도[9]라고 하셨고, 우리도 거기서 내린다니까 목적지는 밝혀진 셈이다."

"거기에 공장이 있다 캅니꺼?"

그곳에 엄마가 있었어

"많은 군인들이 주둔하고 있으니 군속 공장은 반드시 있을 것이라고 하셨다."

"공장이 있다 카이 됐습니더."

"납치에 대해서는요?" 옥분이가 말했다.

"그 일에 대한 내 생각은 이렇다. 먼저 모든 여성을 면담하면서 인원수를 파악한 다음 지원자와 납치를 분류하고, 납치자는 경위부터 상세히 알아두는 것이다."

"그라면 어떻키 해결되는데요?"

"납치는 온당한 일이 아니다. 이담에라도 문제 삼을 수 있을 때를 대비해 사실 확인을 미리 해두자는 것이다."

"그라모 어서 시작해 주이소." 옥분이가 보챘다.

"그런데 이 일은 따로 맡아줄 사람이 있어야 하는데……"

"그란데 언니 같은 사람이 와 이런 일을 할라 카는지 그 이유를 물어봐도 되겠는기요?" 말자가 물었다.

"이유……" 주옥은 잠깐 고개를 숙였다가 "솔직히 말하겠다"면서 뒤를 이었다.

"나를 각성시켜 주신 분이 바로 내 친척 아저씨였다. 그분은 조선 실상에 대해 매우 잘 알고 계셨다. 국가 총동원법이 최악에 달해 징용이나 징병, 정신대 동원에 대해 할당이 내려졌다는 것, 학생이든 결혼을 했든 안 했든, 속임수를 쓰든 협박을 하든, 강제로 끌고 오든 사람 수를 채우는 일에 군, 읍, 면, 지서 순사들까지 혈안이 되어 있다는 것, 필요한 인원수가 채워지지 않자 총독부에서 보상금을 내걸고 지원 명령에 따르지 않은 사람을 밀고하라고 부추겼다는 것, 순사들이 명령서를 들고 가서 그 자리에서 체포하듯 데려갔고, 동원영장을 받고도 피하는 사람은 결혼식장이나 새벽에 들이닥쳐 잡아갔다는 것…… 그렇게 포획하듯 잡은 사람들을 열차에 태워 전쟁터나 탄광으로 보냈는데 수많은 사람들이 열차에서 뛰어내려 탈출하는 바람에 그 수가 늘 부족했다는 것, 그래서 고등학생이나 들에서 일하는 젊은이들, 나중에는 노인까지 잡아간 일도 있다는 것…… 이 얘기를 듣고 나는 내 가슴을 치고 싶었다. 난 그간 뭘 했나, 대학까지 다녔으면서 어쩜 그리도 우리 사회에 대해 무식했나…… 나는 왜 일본이 내 나라고 애국을 해야만 내가 지켜진다고 생각했나, 내가 도와야지만 전쟁이 얼른 끝난다고 열변을 토하던 그 시인의 말에 현혹되었나? 나는 왜 내가 조선 사람이라는 것을 이제야 깨달았나…… ”

"잡히 온 사람들이 전수 남자네요? 그란데 여자들은 와 잡아 왔다 캅디꺼?" 다시 옥분이가 물었다.

"내가 실상을 조사해 두어야겠다고 생각한 것은 아저씨도 여자 납치에 대해서는 금시초문이라고 하셨기 때문이다."

그때 내가 나섰다.

"주옥 언니요, 지가 도울꺼요. 지가 우짜면 되는지 갈차 주이소."

조사한 내용을 공책에 적고 숫자를 계산하면 된다고 했고, 금옥 언니도 면담은 자기가 돕겠다고 나섰다.

금옥 언니와 내가 조사한 사람은 1000여 명이었다. 선실에 있던 거의 모두를 면담한 것이었다. 나는 그들의 사연과 경위를 분류, 정리해서 주옥 언니에게 넘겼다. 언니가 숫자를 집중해서 읽어갔다.

"정신대 지원 명령서를 받고 온 처녀들 305명, 자진 지원 71명(이 중에는 일본에 대한 애국심으로 온 사람도 포함되어 있다), 강제 동원 175명, 면장, 주재소 순사, 애국부인회가 마을을 돌며 모은 인원이 280명, 납치된 사람이 170명, 부잣집 처녀 대신으로 온 부엌 아이와 몸종이 5명으로 전체 인원 1006명…… 납치되어서 온 사람이 170명이나 된다는 거니?"

"예, 주로 경상남도 밀양, 진주, 창원, 전라남도 곳곳에서 납치를 당했다 캅디더. 좋은 옷을 입은 처녀들은 부잣집 딸들이었는데 장날 악극단 구경을 갔다가 돌아오는 길에 트럭 한 대가 따라오더니 남자들이 입을 틀어막고 트럭에 태웠다 캅디

더. 내 생각에 경상남도에서는 여러 대의 트럭이 장터와 인근 마을을 돌면서 납치를 한 것 같습니더. 그란데 '황군 위문 정신대'가 뭡니꺼? 그 이름으로 뽑혀 온 처녀들도 다섯 명이 있었는데 그들은 지원자에 더해났습니더."

"위문 정신대? 그건 나도 처음 들어보는데?"

그때 언니의 친구 인수가 왔다. 옷을 잘 차려입은 그녀는 대뜸 "너 여자들 선동해서 뭘 조사하고 다닌다면서? 네가 뭔데 그런 일을 하느냐"고 딱딱거렸다. 언니가 잡기장을 덮으며 말했다.

"이 배가 일본으로 가지 않아. 넌 그게 이상하지 않니?"

"어디로 가든 총독님께서 천황 폐하의 지시를 받들어 하시는 일인데 네가 뭐라고 가타부타 토를 달아?"

"천황님과 총독께서 여자를 납치하라고 하셨니?"

"그 일이 너와 무슨 상관인데?"

"너는 조선 사람이 아니니? 지원하지도 않은 조선 여자가 수백 명이나 납치되어 왔다는 게 아무렇지도 않아?"

"왜 우리가 조선 사람이니? 우린 내선일체, 일본 사람이고 황국신민이야."

"그래서 너는 내가 하는 이 일, 군속한테 이를 거니?"

"나라에 반역하는 일인데 모른 척할 수 없잖아? 당장 그만

두지 않으면 각오해."

인수가 돌아가자 금옥 언니가 물었다.

"그 남양이라는 데까지 앞으로 얼마나 더 가야 한다 카더
노?"

"빠르면 열흘, 적이 방해를 하면 스무 날쯤……"

"그라모 주옥아, 그동안 니가 우리한테 글을 갈치면 어떻겠
노. 우리가 글이라도 알믄 니가 좀 덜 힘들 끼고……"

"좋은 생각이고 의미 있는 일이다. 일본어부터 배워야겠
지? 공장 생활을 수월하게 하려면 말이야."

"조선어도 갈차 주이소." 내가 말했다.

일본어는 초보적인 말부터 시작했다. 처음엔 히라가나, 가
타카나 문자를 가르쳤지만 따라오지 못하는 사람들이 많아 방
법을 바꾼 것이다. 아침 인사, 저녁 인사, 질문, 대답, 화장실
에 가고 싶다, 몸이 아프다 등을 구사할 수 있을 때 한글 공부
를 병행했다. 아침밥을 먹으면 점심시간까지 일본어, 점심 식
사 후에는 한글을 배웠다. 한글 공부 시간이었다. 주옥 언니가
종이에 '마음'이라고 써서 가운데 놓았다. 우리는 손가락으로
바닥에 열 번씩 썼다. 주옥 언니가 종이를 거두고 옥분에게 그
글자를 써보라고 했다. 옥분이는 아주 정확하게 '마음'을 썼

다. 주옥 언니가 '정신'이라고 쓴 종이를 내밀 때 누군가가 감독이 온다고 알려주었다. 주옥 언니가 공책과 글자 종이를 치마 속으로 감췄다. 완장을 찬 군요원이 다가와서 주옥 언니에게 가방을 보자고 했다.

"가방은 왜요?"

"배 안에서 일어난 일, 적고 있는 것 안다. 어서 내놔!"

"무슨 말씀이신지 모르겠는데요?"

"배 안의 일은 모두 군사기밀이다. 어서 이리 내놔!"

"아하, 제 잡기장 말씀이군요. 그건 변소에 갈 때 쓰는 휴진데 벌써 다 써버렸는데요?"

"닥치고 어서 네 짐 가방을 내놔!"

그때 금옥 언니가 자기 보따리를 밀어주면서 그게 주옥이 것이라고 말했다. 군요원이 보따리를 풀다 말고 도로 덮었다. 피 묻은 수건이 들어 있었던 것이다. 그가 재수 없다고 손을 털면서 떠나버렸다. 우리가 궁금해하자 금옥 언니가 말했다.

"그건 어제 코피를 닦은 기다."

주옥 언니가 물었다.

"일본 군인들은 피 묻은 걸 가장 싫어한다던데, 그걸 어떻게 알았니?"

"그렇다더나? 나는 세탁할 물이 없어서 그냥 넣어둔 긴데?"

다음 날부터 우리는 식당 뒤 창고로 공부방을 옮겼다.

II

친척 아저씨를 만나러 갔던 주옥 언니가 선실로 뛰어들며 소리쳤다.

"배가 곧 도착한대. 필리핀이래!"

"필리핀이 어디고?"

"조선에서 한참 남쪽이야. 정상적으로 왔다면 진작 도착했을 테지만 미군 함대가 따라붙어 그걸 피하느라 이제야 도착한 거래."

우리는 서둘러 자기 소지품들을 챙겼다. 뱃멀미에 시달려 온 터라 한시바삐 육지에 내려 흙냄새를 맡고 싶었다. 일본 여자들이 앞서 나가고 우리가 그 뒤를 따르는데 군요원이 빽 소리를 질렀다.

"너희는 아니야!"

그는 이미 나가고 있는 인수까지 덜미를 잡고 안으로 밀어 넣었다. 인수가 자신은 황국신민인데 이런 법이 어디 있느냐, 우리 아버지가 누군지 아느냐, 총독부에서 일한다고 대들었으

188 ✦ 189

나 그는 들은 척도 하지 않았다. 주옥은 인수가 무안해할까 봐 우리를 몰아 먼저 안쪽으로 들여보냈다. 그때 내가 물어보았다.

"그때 군요원이 가방 보자고 한 것 말입니더. 인수 씨가 고자질한 깁니꺼?"

"아마 아닐 거야."

귀국했을 때도 언니는 인수 씨를 기다렸다. 사이판에서 돌아온 위안부들로부터 그녀가 죽었다는 말을 들었을 때 자기 지혜가 부족해서 인수를 죽게 했다고 자책했다. 각성시킬 수 있었는데 그러지 못했다는 것이다.

Ⅲ

배가 트루크제도에 입항했다. 이른 아침이었다. 수많은 군함과 배들이 정박해 있는 매우 큰 해군기지였다. 하선할 사람은 여성 500명과 건설 기술자들이었다. 주옥 언니의 친척 아저씨를 비롯한 기술자들이 먼저 떠난 뒤 우리는 군요원의 지시를 따라 50명씩 나누어 줄을 섰다. 완장을 두른 남자들이 우르르 몰려와 군요원에게 서류를 내밀었다. 군요원이 서류를 보면서 줄 선 우리를 분배했다. 적으면 20명, 많으면 100명씩이었다. 사이판에서 온 남자는 인수까지 해서 60명을 나눠 받았다. 주옥 언니가 인수의 팔을 잡고 "앤 우리 일행이에요. 우리와 함께 가야 해요"라고 했지만, 인수는 그 손을 뿌리치고 사이판으로 떠났다. 다음은 30명이었는데 다행히 우리 모두 한 조가 되었다. 군요원이 우리를 대합실로 데려갔다.

"너희가 탈 배는 저녁에 떠난다. 그동안 여기서 기다려라."

배는 밤에 출항했다. 군인들의 생필품을 나르는 운송선이었는데 제때에 물품 반입이 되지 않아 늦어졌다고 했다. 다음 날 아침 식사 시간에 우리는 군요원과 관리자가 나누는 얘기를 엿들었다.

"여자들이 너무 어린 것 아냐?"

"어릴수록 인기가 있지. 게다가 공짜잖아."

"공짜라니?"

"일본 여자들은 돈을 줘야 데려올 수 있지만 조선 것들은 그냥 끌고 올 수 있거든. 그러니 돈을 더 빨리 벌 수 있지."

주옥 언니의 얼굴이 다시 굳어졌다. 나는 그 뜻을 알지 못했지만 좋은 내용이 아님이 분명했다.

배는 오후 1시경 목적지에 도착했다. 마셜제도라고 했다. 부두에서 기다리던 남자가 다가와서 인사도 생략하고 대뜸 몇 명이냐고 물었다.

"30명이오."

"50명 데려오라고 했잖소?"

"할당 인원이 그것밖에 안 된다고 했소."

"거참, 실망이구려. 이참에 한밑천 잡으려고 했는데."

"우선 이 여자들로 시작하시오. 다음 파수에는 더 데려다주겠소."

주옥 언니는 트럭에 오르면서부터 말이 없었다. 표정도 복잡해 보였다. 트럭이 속력을 올렸고 머리 위에서는 뜨거운 태양이 이글거렸다. 햇볕 때문에 풍경을 보고 있을 수가 없어 눈을 감았다. 트럭은 군부대로 들어가면서 속력을 줄였다. 우리 일행은 휴게소 같은 방으로 안내되었다. 그 방으로 장군이 들어오더니 버럭 소리를 질렀다.

"누가 영내로 여자들을 끌어들이라고 했어?"

관리자가 대답했다.

"본부 사령부에서 황군의 사기를 높이기 위해 위안부를 보낸 것입니다. 지금 당장 위안소를 설치해야 하니 명령을 내려주십시오."

"뭐야? 황군이 여자를 껴안고 전쟁을 해? 그런 일은 병법에도 규율에도 없다. 이 여자들을 데리고 당장 이 섬에서 나가!"

관리자가 더듬거리며 물었다.

"혹시 우리 일본 여성들이 아니어서 그러십니까?"

"무슨 헛소리야? 썩 나가지 못해!"

관리자가 여자들을 데리고 나오면서 중얼거렸다.

"천황의 하사품이라고 말할 걸 그랬나?"

그가 여자들을 세워놓고 한 번 더 설득해 보려고 들어갔으나 그래도 거절당했는지 투덜거리며 나왔다. 주옥 언니의 얼굴에 안심이 깃들었다. 전쟁이 끝나고 수용소에 있을 때 우리는 가끔 그 장군 이야기를 했다. 그는 적이었음에도 존경할 만한 사람이었다고.

우리는 다른 수송선에 태워졌고 남태평양 여기저기를 경유해 보르네오 동쪽에 있는 셀레베스섬으로 들어갔다. 부두에는 여러 여성들이 각자 짐을 들고 서 있었다. 그곳엔 전투가 임박해서 비전투 요원들은 이미 모두 철수했고 마지막으로 그 여성들만 남아 있었다. 배에 오른 그녀들은 위안부들로 중국, 필리핀인을 제외한 대다수가 조선 여성들이었다. 중국에서부터 남양군도 곳곳으로 끌려 다녔다는 그녀들 얼굴은 하나같이 시든 배추 같았다.

수송선은 지체 없이 곧 출항했다. 얼마 가지 않아 사이렌 소리가 들리면서 전투기들이 꼬리를 물고 떠올랐다. 전쟁이 시작된 것이었다.

남태평양이 언급될 때부터 그 남자의 이름이 튀어나올 것 같아 몹시 긴장되었다. 하지만 그 남자가 간 곳은 마셜도 보르네오도 아니었다. 긴장을 늦추는 순간 어머니가 "우리는 몰메인에서 내렸다"라고 말한다. 가만, 몰메인은 모울메인? 그 남자의 일기장에서 읽은 지명들이 나란히 달려와 줄을 섰다. 모울메인, 마르타반, 퉁구, 메이크틸라…… 그리고 그 남자가 언급했던 메이묘…… '창문이 다닥다닥 붙어 있는 그곳에 새로 온 조센삐들이 많다더라. 우리는 누구나 조센삐들에 대한 소문을 알고 있었다. 군수공장, 옷공장에 취직시켜 준다고 모집해서 그 일부를 남태평양 곳곳에 위안부로 넘겼다는 것도, 서울의 부민회관에서 정신대 동원을 위해 유명 인사들이 강연했다는 것도, 몇몇 처녀들은 조센삐로 끌려온 것이 분해서 자살했다는 사실도. 왜놈들이 붙인 이름 '삐'는 영어로 창녀를 뜻하는 프로스티튜트의 앞 글자 '피P'를 따온 말인 것도 아는데 내가 어떻게 그들을 죄의식 없이 마주할 것인가. 쳐다보는 것만으로도 서로 모욕이 된다면 보지 않는 것이 예의다.' 그래, 아니다. 어머니는 거기서 그 남자를 만난 것이 아니다. 그러나 그럼에도 나는 "그만하세요" 하고 어머니 얘기를 중단시키고 싶었다.

며칠 후 몰메인이라는 곳에 도착했다. 필리핀, 중국 여성들과 우리는 각각의 트럭에 나눠 타고 해안도로를 달렸다. 바람조차도 불길처럼 뜨거운 날씨였다. 주옥 언니는 머리가 익겠다면서 수건을 꺼내 정수리를 덮었다. 나도 그러고 싶었으나 숨조차 쉬기 힘들어 꼼짝할 수가 없었다.

트럭이 부대 안으로 들어갔다. 엄청나게 큰 부대였다. 지프를 타고 오가던 군인들이 트럭 위의 우리를 보고는 낄낄거리거나 휘파람을 불어댔다. 우리는 건물 앞에 내려 막사로 들어갔다. 우리보다 먼저 온 조선 여자들이 앉아 있었다. 부산에서 같은 배를 탔던 여성이 아닌 다른 섬에서 온 듯했다. 잠시 후 대장이 들어와 연설을 했다.

"그대들, 정말 잘 왔다. 오는 동안 고생도 많았겠지만 그대들은 그런 것을 고생으로 여기지 않을 것이다. 그렇다! 그대들은 국가를 위해 몸 바치러 온 정신대다. 모쪼록 군사들을 잘 위안해 주기를 바란다."

우리가 고개를 떨구고 있자 대장의 목소리가 점점 더 높아졌다.

"군사들은 그대들의 봉사에 사기가 높아진다. 그대들이야말로 전쟁의 참된 힘이다! 곧장 여자들을 배정하라!"

여자들 배분이 시작되었다. 각지에서 온 군요원들은 자신

들이 원하는 인원수를 배정받았다. 퉁구는 18명, 우리 조에서
는 말자만 뺀 나머지 모두가 퉁구에 포함되어 함께 열차를 탔
다. 차창 밖의 낯선 풍경을 바라보면서 나는 우리가 갈 곳을
상상해 보았다. 틀림없이 술집일 것이었다. 최악의 경우라면
그런 곳밖에 없었다. 정말 그렇다 해도 몸 간수만 잘하면 된
다. 배에서 보았던 일본 여자들처럼 그렇게 추한 처녀는 되지
않겠다고 혼자 다짐을 했다.

Ⅳ

퉁구역에 내리자 역 앞에 큰 군용트럭이 대기하고 있었다.
우리를 태운 트럭은 시내와 밀림을 가로질러 한참 달려가다가
어느 건물 앞에서 멈췄다. 건물은 일자형으로 지어진 세 채짜
리 나무 집이었고 그 옆으로 입장권을 파는 매표소와 식당, 응
접실, 관리자들이 사용하는 안채가 있었다. 그곳의 기존 거주
자들은 영국 여성 2명, 일본 여성 3명, 중국과 인도, 버마, 조
선 여성들이었고 우리까지 모두 35명이었다. 영국 여성들은
버마 휴양지에 왔다가 끌려왔다고 했다. 매표소 앞에는 백인
7원, 일본 5원, 중국, 인도, 조센삐 3원, 버마 2원이라는 가격

표가 걸려 있었다.

군속 관리인이 우리를 응접실로 안내했다. 그곳에서 업주 부부가 각자에게 하늘색 원피스를 두 장씩 나눠주었다. 노란색 하오리를 입은, 몸이 남편보다 큰 부인이 이곳에서의 생활 규칙을 말했다.

"기상은 7시다. 세수를 하고 아침 식사를 한다. 평일은 9시부터, 토요일과 일요일은 8시부터 일을 시작한다. 점심과 저녁 식사는 그때그때 상황 봐가면서 하고, 외출은 보호자가 있을 때만 허용된다."

주옥 언니가 물었다.

"이 옷의 용도가 뭐지요?"

질문을 묵살한 채 곧장 방 배정이 이뤄졌다. 방 벽에는 옷걸개가, 구석 자리에는 나무 상자가 놓여 있었다. 개인용 사물함이었다. 방을 배정받고도 우리는 그 방에서 일본군 성노예가 된다는 사실을 전혀 몰랐다. 열네 살 어린 소녀 끝순이는 자기 방이 생겼다고 좋아했다.

저녁 식사를 마쳤을 때 업주가 우리 중 셋을 불러냈다. 옥분이, 주옥 언니, 다른 조에서 합류한 언년이었다. 이곳에 온 지 오래되었다는 나이 든 선배가 언년이 옷차림을 봐주면서 "죽으라면 죽는 시늉을 해라. 그래야 살아남는다"고 속삭였다.

나중에 들어보니 술 취한 장교가 무서워서 울고불고했던 어린 소녀의 팔을 장검으로 날려버린 것이었다. 업주들은 새 여자들이 올 때마다 부대 대장들에게 뇌물로 숫처녀들을 바쳐 왔는데 소녀도 그런 경우였고 세 처녀들 또한 그날에 바쳐질 뇌물이었다. 잠시 후 지프가 왔다. 지프 운전수는 처녀들을 태우고 사령부로 들어가서 3층 건물 앞에 멈춰 세웠다. 건물 현관에서 대기하던 군인이 다가와서 언년이와 옥분이를 데려갔고 운전수는 다시 차를 몰아 건물 뒤 별채로 갔다. 장군의 거처지였다. 장군의 보좌관이 주옥 언니를 별채 안으로 들여보냈다. 응접실 벽에는 천황 사진과 국기가 걸렸고, 그 앞의 긴 탁자에는 여러 종류의 긴 칼과 단검이 놓였고, 그 옆에도 종류가 다른 장총과 권총들이 늘어서 있었다. 장군은 오른쪽의 큰 방 다탁에 앉아 양주를 마시면서 주옥 언니에게 들어오라고 손짓을 했다.

"이리 와 앉아."

장군은 주옥 언니에게 술을 마시라고 했다. 태어나서 한 번도 먹어본 적이 없는 술을, 그것도 양주를 두 잔이나 마셨다. 삼킬 수 없어 절절매자 물을 타주며 어서 마시라고 재촉했다. 술을 마시자 속에 불이 나는 것 같은데 그는 한 잔을 더 마시게 했고 그러자 몸에서 혼이 빠져나가는 것 같았다. 처녀가 자기 혼을 붙잡으려고 손을 내밀었더니 장군이 그 손을 잡고 하얀 천이 깔린 침대로 데려갔다. 장군이 원피스를 벗겼으나 혼이 없는 빈 몸뚱이는 저항할 힘이 없었다. 장군이 그 짓을 했고 처녀는 비명을 질렀다. 장군은 멈추지 않고 오래도록 그 짓을 했고 장군을 밀어내야 한다고 간신히 힘을 모을 때 그 짓이 끝났다. 장군은 처녀가 누웠던 자리를 살폈고, 기대했던 목적이 달성되었는지 처녀에게 금가락지 하나를 주었다.

장군이 처녀에게 옷을 입혀 문밖으로 내보냈다. 보좌관이 처녀를 부축해서 별채 앞에 대기한 지프에 태웠다. 지프에는 옥분이만 타고 있었다. 얼굴이 퉁퉁 부은 옥분이는 옷을 벗지 않는다고 대령에게 얼굴이 날아가도록 따귀를 맞았다고 말했다. 언년이가 오지 않았는데도 지프는 기다리지 않고 출발했다.

그날 이후로 언년이 소식은 아무도 알지 못했다. 주옥 언니의 추측으로 언년이는 열네 살이고 자궁이 생기지 않았으며 배 속에서 피가 쏟아져 죽었을 것이라고 했다.

장군의 방 묘사가 너무도 생생했다. 본인이 겪지 않았으면 그토록 세세히 기억할 수 없다. 주옥을 지칭할 때 두 번이나 더듬거렸으며 그 뒤로는 처녀라고 표현했다. 그러므로 장군에게 당한 사람은 어머니일 확률이 크다. 장군은 처녀에게 금반지를 줬다. 어느 나라에서나 반지는 결혼을 상징한다. 타국에 홀로 있는 장군 정도면 현지처가 필요했을 수도 있다. 그렇다면 나는 장군의 아들인가? 아니지. 나는 온천장에서 태어났어. 그러나 출생지와 나이는 얼마든지 속일 수 있다.

어머니가 명주 수건으로 싼 것을 무릎에 올려놓고 말한다. "이것이 주옥 언니가 버마 수용소에서, 귀국선에서, 부산 방역소에서 위안부들을 면담하고 기록한 내용들이다. 에미가 겪은 수모도 이 내용과 다르지 않다. 나는 나가서 바람을 쐬고 올 테니 천천히 읽어보도록 해라."

읽고 싶지 않다. 읽기도 두렵다. 그러나 장군에 대한 궁금증이 '그냥 읽어!'라고 재촉해서 보자기를 풀어낸다. 노트 다섯 권이다. 나는 길게 심호흡을 한 후 첫 번째 공책을 펼친다.

. . .

마지막 증언자의 사연을 읽고 있을 때 계단에서 누군가 올라오는 소리가 들린다. 어머니였다. 어머니의 고백도 증언자들 사연과 다르지 않다고 했다. 현재 나의 뇌 용량으로는 같은 이야기를 더 이상 들어줄 여유가 없다. 무엇보다도 이토록 비참한 체험을 어머니 입을 통해 직접 들을 자신이 없다. 공책을 덮고 서둘러 방으로 들어와 자리에 눕는다. 나는 잠든 척 숨소리도 죽이는데 집으로 들어온 어머니가 소파에 앉아 차분한 목소리로 나오라고 말한다.

"피곤해요. 이만 잘게요."

"와서 앉거라. 이제부터가 중요한 얘기다."

억양이 단호한 데다 평생 들어보지 못한 어투다. 거역할 수 없어 거실로 나간다. 어머니는 머뭇거리지도 않고 당신 이야기를 시작한다.

V

옥분이가 미쳤다. 애보개를 하다가 끌려온 옥분이가 미쳐서 돌아다녔다. 달만 뜨면 뛰쳐나가 헛소리를 하면서 걸어 다녔고 달을 딴다고 언덕으로 올라가다가 굴러떨어져 다리를 다쳤다. 업주는 그래도 군인을 들여보냈고 옥분이는 군인에게 군표를 더 내놓으라고 떼를 썼다. 어느 날은 잠든 하사관의 옷을 훔쳐 입고 군병원으로 달려가 총을 든 보초에게 조선으로 보내달라고 애원했다. 옥분이를 알아본 보초가 병원으로 데려가서 진정제를 놓고 위안소에 데려다주었다. 그 애는 틈만 나면 고향 타령이었다. 나무토막을 들고 숙소 옆 작은 개울로 나가 그걸 타고 "아부지, 지가 배를 탔습니더. 쫌만 기다리시면 금세 갈끼요"라고 소리치면서 첨벙거리기도 했다. 주옥 언니가 군의관에게 말해서 옥분이 방 앞에 〈휴가〉를 걸어놓고 2주간 쉬게 했으나 방문을 잠가두면 문을 두드리며 열어달라고 떼를 쓰고 열어주면 뛰쳐나갔다. 찾아다 놓으면 나가고 또 나가곤 하자 업주는 옥분이를 집으로 돌려보내겠다고 했다. 주옥 언니는 그 진의를 믿을 수 없어 거절했고 대신 부대에 치료를 의뢰했다. 군의관 총책임자가 옥분에게 간호보조 군인을 붙여주었다. 선량하고 똘똘했던 간호보조는 옥분이에게 포도당 주사를 봐주고 뜨거운 물수건으로 찜질을 해주고 코를 막고 입을 벌리게 해서 억지로 약을 먹여가며 치료를 하더니 기어이 옥분이를 제정신으로 돌려놓았다. 사람의 올바른 정신에는 그렇게 큰 힘이 있었다.

주옥 언니의 지혜에는 바닥이 없었다. 우리 같은 사람은 상상도 못 할 관찰력과 생각의 깊이를 가졌고 어떤 상황에서든 제때제때 분석하고 판단해서 바르게 이행했다. 우리가 첫 번째로 맞이한 검진 날도 그랬다. 그날 아침, 언니는 식사 시간에 우리 모두에게 그날의 기분과 몸 상태를 물어 공책에 기록했다. 그리고 검진 시간에 군의관에게 기록한 내용을 제출했다. 그게 유용했던지 아니면 그때 마침 간호보조가 필요했던지 군의관은 언니에게 간호보조 일을 맡겼다.

일본 문화에도 해박한 이 영민한 숙녀는 부대의 명물이 되어 교양 있는 장교들이 담소를 청하기도 했다. 사령부에 볼일이 있어서 온 《요미우리신문》 특파원 오다 씨는 언니에게 반해 일주일간 함께 지내면서 뜨거운 사랑을 나누었다. 언니의 넓은 마음의 곳간에 무엇이든 채워주고 싶었던 특파원은 전시 상황에 대한 모든 이야기를 들려주었다.

"북부가 무너지고 있는데 중부와 남부의 사령부 장교들은 밤마다 주색에 빠져 썩어간다." [10]

그리고 떠날 때 특파원은 "일본군은 이제 얼마 남지 않은 것 같다. 종전이 되면 그때 우리 결혼하자"는 약속을 남겼다. 이 말을 들은 언니는 그가 떠난 즉시 가진 돈을 전부 털어 금과 버마 돈으로 바꾸었고 의약품도 알뜰하게 챙겨두었다.

1945년 6월 말쯤이었다. 군인들 발길이 뚝 끊기는가 했더니 군속 관리인들도 오지 않았다. 업주 부부도 부대에 가서 사정을 알아보겠다며 나가서는 돌아오지 않았다. 낌새가 예사롭

지 않아 위안부들은 식당에 모여 대책 회의를 했다. 백인과 인도인의 서툰 일본말은 일본 여성이 통역을 했다. 통역하던 여성 자신 또한 어떻게 해야 할지 모르겠다고, 막 그 말을 하고 있을 때 한 남자가 들어오면서 주옥 언니를 찾았다. 그는 조선인 보도반원 박현종 씨로 오다 특파원의 전언을 가지고 온 것이었다.

"랑군이 점령되었어요. 남쪽과 북쪽이 대패한 것이지요. 남과 북에서 퇴각하는 일본군들은 중부, 메이크틸라로 집결한다는데 그곳은 산악지대입니다. 주옥 씨네는 그런 부대와는 절대로 합류하지 마십시오. 오다 특파원의 당부도 그것입니다."

박현종? 보도반원 박현종은 분명 그 남자의 일기에도 등장했다. 어머니가 작은 공책 하나를 들고 와서 계속한다.

"그날 박현종 씨는 북버마에서 당한 위안부들의 처참한 종말을 얘기해 주었다. 주옥 언니가 다른 공책에 옮겨 적은 후 나에게 준 것이다. 그리 길지 않으니 읽어보아라."

1. 버마 최북단을 점거한 부대는 용龍 56사단이었다. 그들은 산악지대까지 위안부를 데려갔으며 그쪽 곳곳에 배치된 위안부의 총 인원수는 1500명 정도였다.

2. 중국군의 총공격에 더 이상 버틸 수 없을 때 수비대장 가네미쓰 소령이 부서의 위안부들을 안전한 지대로 옮기든가 자유롭게 해방시켜 주라고 지시하자 부관 마나베 대위가 "대장님, 이 여자들을 놓아준다면 비밀이 새어 나갈 수 있습니다. 잡아두어야 합니다"라고 했다." [11] 그리하여 방공호까지 따라 들어간 위안부들은 그들이 터뜨린 수류탄에 의해 죽음의 동반자가 되어야 했다. [12]

3. 일본군은 결사대를 꾸려 중국인 복장을 입히고 적진으로 들여보낼 때도 위안부를 안겨주었다. 그들은 최후까지도 전투와 성행위를 결부시켰다.

4. 바모 진지의 어느 참호 속 위안부들은 탄환을 나르며, 50명이나 되는 환자의 간호를 맡고 주먹밥을 만들었다. 그리고 결국은 함께 옥쇄를 당했다.

5. 라시오가 전멸한 후 지하로 숨어든 일본군들은 곳곳에서 수류탄을 터뜨려 옥쇄했고 조선 위안부 거의가 함께 희생당했다.

6. 운남성의 전前 수도 등월에서는 중국군이 포위, 백병
   전을 벌였고 조선 위안부들은 600명이 넘는 부상자들
   의 식사를 챙기고 대소변을 받아냈다. 오다 수비대장
   은 성 함락 전날 위안부 전원을 옥쇄해야 한다고 결정
   했다. 그녀들이 살아남을 경우 중국군에 투항해 일본
   군의 내막을 폭로할 것이기 때문이었다. 그는 부하 중
   사에게 아무도 모르게 옥쇄시키라고 지시했다. 중사
   는 한밤중 공포와 피로에 절어 잠이 든 위안부들을 향
   해 수류탄 두 개의 핀을 뽑아 공을 굴리듯 차례로 굴려
   넣었다. 그는 참호 밖에서 두 번의 폭음을 확인했다.[13]
   그리고 남은 군사들은 끝까지 싸우다 전원이 전사했
   다. 주둔 병사는 총 2000명이었다.

7. 미트키나 전투에서 밀릴 때 여자들과 비전투 요원은
   철수시키라는 지시에도 불구하고 계속 붙잡아두고 성
   욕을 채웠을 뿐 아니라 군복을 입히고 취사를 시켰고
   탄약 운반과 부상병 간호까지 맡겼다. 전멸이 눈앞에
   닥쳤을 때 수비대 지휘관 미스가미 소장은 생존자들
   을 뗏목으로 후퇴시켰으나 위안부 60명 전원이 급류
   에 휩쓸려 목숨을 잃었다.

보도반원 박현종이 떠나면서 "태국 국경선, 남쪽을 향해 큰 길로만 가라, 패주병을 만나더라도 그들과 쉽게 합류하지 마라, 합류한 패주병들이 산으로 대피할 낌새면 즉시 독립해야 한다. 여럿이 움직이되 각자 식량을 지참하라"는 등의 당부를 남기고 자신은 마르타반으로 가야 한다면서 급하게 떠났다.

우리는 짐을 꾸리는 한편 각자에게 부엌에 있는 쌀을 챙기 도록 했다. 영국 여자도 인도, 중국 여자도 쌀을 나누는데 옥분이가 보이지 않았다. 그 아이는 관리인 사무실에서 군표를 꺼내 보자기에 터질 듯이 쓸어 담아 머리에 이고 나왔다. 현지인도 중국인도 군표를 담았으나 그건 이미 소용없다고 하자 그대로 버리는데 옥분이는 들은 척도 않고 앞서 나갔다. 나는 말라리아로 죽은 끝순이의 유골을 개울에 뿌려준 후 짐을 들었다.

길을 나섰다. 현지인의 집도 남쪽이라고 했다. 하루 반나절 만에 현지인 집에 도착했을 때 주옥 언니는 현지인에게 버마 돈을 주면서 연합군이 올 때까지 백인을 보호해 안전하게 넘겨주라고 부탁했다. 백인 여성은 영국 자기 집 주소를 주면서 전쟁이 끝나면 은혜를 갚고 싶으니 연락해 달라고 말했다.

"주옥 언니가 그 주소를 나에게 준 것 같은데 내가 간수를 잘못했는지 어디로 갔나 모르겠구나."

폭격기가 낮게 떠다녔다. 폭격기 오는 소리가 나면 숨었고 사라지면 다시 걸었다. 비가 올 때도 걷고 땡볕에도 걸었는데 하도 걸어서 발과 종아리가 퉁퉁 부었다. 밤이고 낮이고 한 시간씩 앉았다가 걷고 또 걷고 이레쯤 그렇게 걸었을 때 사방에서 폭탄 터지는 소리가 들리는가 싶더니 패잔병들이 곳곳에서 올라오거나 내려가고 있었다. 우리도 방향감각을 잃고 두어 번 내려갔다 올라갔다를 반복했다. 다시 방향을 잡고 철길을 따라 걸어갈 때 수백 명도 넘는 패주병들이 철길 양옆에 앉아 쉬고 있었다. 그들은 함께 가자, 쉬었다 가라, 우리는 너희들이 필요하다는 등 소리쳐 댔다.[14] 그들을 비켜 가는데 일본 여성 사치코가 자기는 군인들과 함께 있겠다면서 그들 쪽으로 뛰어갔다.

며칠을 걸었는지 모르겠다. 거리마다 널린 일본군 시체에서 코를 찌르는 듯한 썩는 냄새가 진동했다. 원한을 품은 버마인들에게 학살당한 것이었다. 학살지대를 벗어난 그날 민가를 지나 한나절 더 걸어가자 강이 나왔다. 너비가 100미터도 훨씬 넘어 보이는 아주 큰 강인데 그 위에 걸쳐 있던 철교가 끊어져 있었다. 금옥 언니가 강을 가리켰다.

"저기 좀 보거래이!"

일본군 시신들이 떠내려가고 있었다. 위쪽 어디쯤에서 전투가 치열했는지 시체가 연거푸 그렇게 떠내려오고 있었다. 언니가 다시 나루터를 가리켰다.

"저 여자들 보래이!"

100여 명의 위안부들이 서 있었다. 유카타만 걸친 맨발의 여인, 더러운 몸뻬에 얼굴과 머리엔 흙이 엉겨 붙은 여인, 뼈만 앙상한 그녀들은 저마다 군표를 싼 보따리를 허리에 묶고 있었다. 주옥 언니가 탄식했다.

"일본 천황, 이 엄청난 죄악을 어떻게 할 것인가!"

눔이가 소리쳤다.

"여자들이 뗏목을 잡고 간다!"

여러 여자들이 긴 뗏목을 잡고 강으로 들어갔다. 옥분이도 함께 가겠다고 그쪽을 향해 뛰어내려 갔다. 그때 강에서 살려달라는 비명이 들려왔다. 손에 힘이 없어 뗏목을 놓친 그녀들은 군표와 함께 물속으로 수장되었고 그럼에도 여인들은 연신 다음 뗏목을 잡았다.[15] 나는 겨우 옥분이를 잡아 세우고 힘껏 끌어안았다.

강둑에 한 남자가 서 있었다. 손에 염주를 든 그는 스님이었다. 주옥 언니는 스님에게 다가가 현지 위안부로부터 받아둔 쪽지를 보여주었다. 스님은 손짓으로 기다리라고 한 후 근처 민가로 가서 사공을 데리고 왔다. 사공은 세 차례에 걸쳐 남은 여자들 모두 강을 건네주고도 돈을 받지 않았다. 우리 일행은 피골이 상접한 그 위안부들까지 해서 모두 60명이 되었다.

"그날 주옥 언니를 보면서 우리나라 지도자가 저런 인물이면 고통받는 백성은 없겠구나, 그런 생각을 했다. 그렇지 않니? 언니가 없었다면 우리도 모두 강에 수장되거나 일본군을 따라다니다가 함께 죽었을 것이다."

강을 건너 10리쯤 걸어갔을 때였다. 나와 중국 여자가 길바닥에 주저앉았다. 말라리아였다. 우리는 부처님 조각상들이 세워진 빈집으로 들어가 며칠 머물면서 치료를 받았다. 주옥 언니가 나와 중국 여자에게 키니네를 주었다. 나는 이틀 만에 열이 내렸지만 중국 여자는 얼굴이 노랗게 변했다. 언니의 약통에서 키니네를 훔쳐 과다 복용한 것이었는데 간이 녹았는지 숨을 몰아쉬다가 죽었다. 만달레이에서부터 걸어왔다는 여자는 산에서 캔 나무뿌리를 먹었다는데 구토와 동시에 피똥을 싸면서 죽었다. 사람이 그렇게 죽어가자 우리는 서둘러 그곳을 떠났다.

'빌린'이란 곳을 지나 태국 국경선을 향하고 있을 때였다. 창고 같은 건물 앞에 일본군이 모여 앉아 있었다. 우리가 그들을 비켜 갈 때 소위 같은 한 군인이 예의 바르게 물어왔다.

"여기 조선 학도병이 있어요! 발이 부어 걷지 못하는데 혹시 치료해 주실 분이 계실까요?"

그 학도병은 발이 심하게 곪아 있었고 고열까지 겹쳐 의식도 혼미한 것 같았다. 주옥 언니가 치료함을 열어 도구를 꺼내 곪은 부분을 절개하고 고름을 짜냈으나 전부 빠져나오지 않았다. 남겨두면 다시 찬다면서 남은 고름을 입으로 빨아내야 한다기에 내가 그 일을 자청했다. 입으로 말끔히 빨아낸 뒤 소독을 하고 붕대까지 감은 후 페니실린 주사를 놓았다. 환자의 정신이 돌아오자 주옥 언니는 치료함을 챙기면서 소위에게 혹시 《요미우리신문》 특파원 오다를 아느냐고 물어보았다. 그가 이름만 들었다고 하자 다시 박현종 보도반원은 아느냐고 물었다. 소위와 환자 둘 다 매우 놀라더니 그는 지금 어디에 있느냐고 반문했다. 주옥 언니는 그 질문에 대답하기 전에 두 사람의 목적지가 어디냐고 물었다. 소위가 나직하게 말했다.

"우리는 연합군을 만나려고 합니다. 여기 발병이 난 이 사람이 영어를 잘합니다. 그 때문에라도 여기 학도병의 발이 어서 나아야지요."

일본군 소위(사실은 준위)의 이름은 가메다, 발병이 난 사람이 배광수 학병이었다. 수용소에 도착할 때까지 우리는 그들과 함께했다.

가메다와 배광수. 가메다는 그 남자도 몇 차례 언급했으나 퇴각길에는 분명 없었다. 그럼 나중에 다시 만났고 그 사실이 일기장의 뒷부분에 적혀 있었는데 어떤 이유가 있어 찢어버린 걸까? 그 이유란 그 남자가 발의 고름까지 빨아내 준 어머니를 좋아하게 됐는데 가메다가 먼저 어머니와 친밀해졌고, 심적 고통을 느낀 그 남자는 일기장에 적었다가 그 흔적을 남기고 싶지 않았던 것이다? 그렇다면 내 아버지는 가메다인가? 내가 물어보았다.

"수용소에도 함께 갔어요?"

"테나세리움 수용소까지는 함께 갔다. 거긴 일본인들만 수용하는 곳이라 가메다 씨와 일본 군사들은 남고 조선인들은 영국군 객선을 타고 바다를 건너 랑군의 수용소로 옮겨졌다."

'아롱'이라고 불리는 랑군 포로수용소는 영국군과 인도군이 관리했는데 그중에는 조선 출신의 영국 군인도 있었다. 수용소에는 조선 징용자, 학도병, 위안부들이 포로로 있었다. 학교같이 넓은 마당에 큰 건물 두 채가 있었는데 남녀가 각기

다른 건물로 수용되었다. 처음 우리에게 통역해 준 사람은 영국에 유학 갔다가 영국군으로 자원했다는 조선인 남자였다. 그는 우리의 부식에 매우 신경을 써주었는데 말라비틀어진 위안부들에게는 따로 과일을 가져다주기도 했다. 식사는 밥과 채소, 돼지고기, 기름이 둥둥 뜨는 국 같은 수프도 주었다. 우리가 기거하는 건물은 마룻바닥으로 그 위에 돗자리 같은 것을 깔고 나란히 누워서 잠을 잤다. 위안부들이 각지에서 속속 모여들어 그곳을 떠날 때에는 500명쯤 되었다.

이곳에서 학병들은 청년동지회를 조직해 한글 강습회, 강연회, 문예와 체육, 연극 활동을 했고, 《신생新生》이라는 신문을 만들기도 했는데 그 신문 담당이 차주환 씨(차주환은 후에 서울대학교 중국문학과 교수가 되었다)와 배광수 씨였다. 아침마다 태극기를 게양한 사람도 그들 두 사람이었다. 나는 이때 처음으로 애국가를 배웠다. 여기에서 주옥 언니는 한글과 문예를 가르쳤고 청년동지회 회원이 되어 여성들을 위한 모든 일을 대변하고 담당했다.

1946년 3월 여자들이 먼저 싱가포르로 옮겨졌다. 싱가포르 수용소에서 한 달을 지내고 세레타 군항에서 미국 화물선 캠벨호를 탔다. 7000톤급의 엄청나게 큰 배였다. 캠벨호는 보르네오와 남태평양 섬들을 경유하면서 현지에 억류된 포로와 잔류인들을 실은 후 대만 기륭항으로 향했다. 기륭항 주변에는 파선한 배와 무너진 건물들이 그대로 방치되어 있었다. 배가 기착하자 대만인 위안부들과 징용자들이 내렸다. 배가 다시 출항할 때 저만치 높다란 언덕에서 일본 어린이들이 히노마루 기를 흔들며 "사요나라! 사요나라!" 하고 외치고 있었다. 그날 밤 위안부 세 명이 갑판에서 뛰어내렸다. 배가 멈추고 서치라이트로 바다 표면을 샅샅이 훑었지만 투신자는 찾지 못했고 그들이 누구였는지 신원도 밝혀지지 않았다.

"내가 배 이름까지 자세히 말해주는 이유는 이 모든 것이 사실임을 입증하기 위해서란다. 주옥 언니가 그랬다. 일본국에 반드시 책임을 물어야 한다, 그때를 위해서도 정확히 기록해 두는 것이라고."

부산에 도착했다. 관공서에서 사람들이 나와 각자에게 귀가 차비로 1000원[16]씩 주었다. 옥분이와 몇몇은 집으로 가고 남은 사람들이 우두커니 서 있자 주옥 언니가 일단 여인숙으로 가자고 했다. 금옥 언니가 말했다.

"주옥아, 니는 고마 집에 가거라. 우리끼리 방도를 찾아볼 끼다."

주옥 언니는 역전의 여인숙을 잡아주면서 여기서 일주일만 기다리라고 했다. 우리는 언니를 기다리는 동안 귀향객 휴게소와 검역소, 부두를 청소하면서 지냈다. 그러나 주옥 언니는 약속한 날짜에 돌아오지 않았다. 우리는 불안해서 일이 손에 잡히지 않았다. 금옥 언니가 말했다.

"주옥은 부모님한테 붙잡혀서 못 오는 기다. 난 내일부터 식당 일을 찾아볼 끼다. 너거들도 살 방도를 생각해 보거라."

그날 밤 주옥 언니가 돌아왔다. 아흐레 만이었다. 언니는 도착한 즉시 방치된 창고 하나를 허가받아 여러 개의 방과 식당, 휴게실로 실내장식을 했다. 귀국선에서 내린 위안부들이 임시로 머물 수 있는 공간이었다. 그날부터 우리는 참 여러 가지 일을 했다. 주옥 언니는 위안부들에 대한 상담과 기록을 맡았고 우리는 부두의 검역과 잡일을 도왔다. 호열자 발생으로 배에서 내리지 못한 귀환자들에게 음식과 의약품을 들여보냈으며, 배에 시체가 쌓여 썩는 냄새가 진동한다, 제발 좀 치워달라고 그들이 호소하자 우리가 수건으로 입을 가리고 장갑을 끼고 들어가 수습한 적도 있다. 의사들도 꺼리던 일들이었다. 신문에 「귀환 정신대원들의 봉사활동」이라는 기사가 실렸는데 그것이 언니와 우리를 갈라놓는 빌미가 되었다.

나는 배광수, 그 남자의 얘기가 궁금한데 어머니는 계속 딴 이야기만 한다.

5월 하순 어느 날 저녁이었다. 주옥 언니가 숙소로 뛰어왔는데 얼굴이 돌덩이처럼 굳어 있었다. 언니의 오빠가 언니를 데리러 왔다는 것이다. 언니는 기록장과 돈, 장부 등 모든 것을 나에게 맡기면서 당부했다.

"귀국선이 모두 돌아올 때까지 너희들이 이 일을 마무리해야 한다. 그때까지 내가 돌아오지 못하면 내 소지품은 네가 간직하고, 돈은 각자 나누든지, 공동으로 작은 식당이라도 얻어 운영하든지 해라."

언니가 남긴 것은 15만 원 정도의 현금과 금덩이 세 개였다. 그때 문 앞에서 운전수가 언니를 불렀다.

"아가씨, 어서 나오시지요!"

언니가 내 손을 꼭 잡아준 후 간단한 짐을 챙겨 밖으로 나갔다. 부두 한쪽에 세워진 승용차 안에는 중절모를 쓴 신사가 앉아 있었다. 의사인지 법관인지 한다던 언니의 오빠 같았다.

"그 시절에 자가용이라면 대단한 집안이었던 모양이지요?"

"네 아버지가 얘기해 주더구나. 언니의 할아버지가 노론의 거두에다 나라를 판 사람들 중 한 명이라고. 주옥이라는 손녀가 그들의 죄를 조금이라도 지워내고자 애를 썼던 것이라고, 언니 자신이 그렇게 말하더라고."

주옥이란 분에 대해 그 남자가 그처럼 잘 알고 있었다면 두 사람이 제법 가까운 사이였던 것 같다. 학벌을 봐서도 그게 자연스럽다. 그렇다면 나는 정말 누구의 자식이었기에 그 남자가 그토록 나를 거부했던 것일까? 혹시 주옥이란 여자와의 사이에 엄마가 끼어들어 그 남자를 가로챘던 것일까?

"주옥이라는 분은 돌아왔어요?"

"돌아오지 않았다."

가로챈 것이 맞다, 라고 나는 결론을 내린다.

캠벨호가 부산항으로 들어왔다. 6월 초순이었다. 우리를 태워다 주고 돌아간 그 배가 남은 사람들을 싣고 다시 온 것이다. 그 배에는 호열자가 없어서 모두 하선할 수 있었다. 귀국 신고 접수대는 남녀가 따로 있어서 나는 여성 접수대 앞에서 갈 곳 없어 막막해하는 위안부들을 모아 쉼터로 데려가는 일을 했다. 그때 누군가가 등 뒤에서 내 이름을 불렀다. 배광수 씨였다. 그이는 그 배로 내렸다면서 "사촌 형이 다음 배로 온다, 열흘쯤 뒤에 올 것인데 그때까지 부두에서 기다리고 싶다, 마땅한 숙소가 없겠느냐"고 물었다. 내가 쉼터로 데려가자 우리 동지들은 아롱 수용소 동창이 왔다고 만세를 불렀다. 금옥 언니는 막걸리와 떡을 마련해서 환영식을 열어주고 쉼터 방 한 칸을 내줬다.

주옥 언니는 스무 날이 지나도 돌아오지 않았다. 내가 걱정하자 그이가 말해주었다.

"아마 돌아오지 못할 겁니다. 만약 주옥 씨가 조용히 귀가했다면 지난날을 침묵시키고 학교 졸업이나 결혼을 시켰을 겁니다. 하지만 세상 사람들이 정신대 실태를 다 알아버렸는데 정신대로 나간 딸이 정신대 여성들은 피해자다, 그들을 보살펴야 한다, 어쩐다 하고 있었으니 묵인할 수가 없었겠지요. 특히 정신대를 조장한 친일파 집안이니 말입니다."

내가 물었다.

"그럼 주옥 언니는 집에 갇혀 있을까요?"

"집이 아니라 정신병원에 갇혔을 확률이 큽니다."

"정신병원이라니요?"

"집에 가둬두면 누군가가 보게 될 것이고 그럼 또 말이 새어 나갈 수 있지 않겠습니까? 그런 집안에서는 해가 된다면 자식에 대해서도 냉혹하다고 들었습니다."

"무섭네요."

"버마에 있을 때 주옥 씨가 가메다한테 하는 얘길 들었어요. 자기 오빠에겐 잔인성이 있다, 의과대학에 다닐 때 친구들과 함께 숨이 붙어 있는 환자를 죽여서 실험했다는데 그 일을 가족들 앞에서 자랑을 했다, 귀국해서 집에 돌아가기가 무섭다, 그것이 특파원 오다 씨와 결혼하기를 열망하는 이유이기도 하다……"

"그 오빠라는 사람은 어느 병원에 있대요?"

"주옥 씨는 부모나 조부 이름을 끝내 밝히지 않았어요. 그것이 가문을 위한 마지막 배려였을 거라고 생각해요."

그이 추측대로 언니는 돌아오지 않았다. 그이가 기다리던 배는 열흘이 아닌 한 달 후에 도착했고 그이는 귀국선에서 내린 형을 만나 함께 서울로 떠나갔다.

6

그 남자가
내 아버지였다

"네 아버지는 성품이 참 고결했다. 야차 같은 남자들만 겪어온 우리 눈에 그이는 너무도 결이 고운 선비였다. 그이는 우리 같은 여자들이 범접할 수 없는 사람이었고 그 사실을 우리 모두가 알고 있었다. 그럼에도 우리는 저마다 그이를 흠모했고 그런 마음을 감추는 것으로 그이에 대한 예의를 지켰다."

어머니는 지금 그 남자 얘기를 하는 건가? 그의 성품이 고결했다고? 어린 소년의 마음까지 후벼 팠던 그 인격파탄자가 말인가?

"그 누구보다 내가 더 그랬다. 처녀가 자라나는 가슴을 광목으로 동이듯 뜨겁게 회오리치는 마음을 그렇게 단단히 조여 묶었다."

처녀가 자라나는 가슴을 광목천으로 동여매듯이…… 내가 소설가가 된 것은 어머니의 유전자 덕분인가? 한데 이 사람이 정말 내 엄마인가?

"그런 어느 날 금옥 언니가 별안간 술잔치를 열었다. 명목은 우리도 가끔 이런 자리를 가져야 한다는 것이었는데 언니는 그이에게만 거듭해서 술잔을 안겼다. 보기만 해도 약골인데 언니가 왜 저러나 안타까웠지만 내 마음을 보일까 봐 말리지도 못했다. 결국 그이가 취해 비틀거리며 자기 방으로 돌아가자 언니는 나에게 따라 들어가라고 눈짓을 했다. 아무도 모른다고 생각했던 내 마음을 언니는 물론 동료들도 알고 있었던지 그들 또한 소리 없는 말로 어서 들어가 보라고 재촉했다. 하지만 내가 어떻게 그 방에 들어갈 수 있겠니? 밖으로 나와버리자 금옥 언니가 따라와서 "그 사람도 너를 바라보는 눈빛이 달랐다. 이제 떠나면 다시는 볼 수도 없는 사람, 하룻밤만이라도 연을 맺어보라"고 설득했다. 나는 "고결한 사람에게 왜 험을 주라는 것이냐"고 단호하게 거절했다. 다시 언니가 말했다.

"누가 너한테 그의 아내가 되라 카나? 그 사람을 후려서 소유하라 카나? 그냥 그이를 사랑하라는 기다. 그가 여기 있는 동안만이라도 사람다운 사람을 맘껏 사랑해 보라는 기다. 물론 그는 떠날 사람이다. 그래도 니는 참사랑 하나는 간직할 수 있는 기다. 짧은 사랑도 참사랑으로 간직하면 살아가는 데 보석이 된단 말이다……"

어머니는 물잔을 당겨 물을 마시고 가슴을 쓸어내린 후 계속한다.

"나야말로 그이를 탐하고 싶었다. 주옥 언니같이 배운 여성도 아닌 감히 내가, 위안부 경력밖에 없는 내가 잠든 사람까지 깨워서 유혹하고 싶었다. 가만히 그이 옆에 눕자 손과 마음이 불타올랐다. 그러나 그럼에도 나는 잠든 사람을 깨울 수가 없었다. 나는 그이의 숨소리를 헤아리다 잠이 들었다. 술을 마신 것도 아닌 내가 그이 옆에서 아이처럼 곤하게 잠을 잤다."

소설 한 대목을 읽는 것 같다. 흠모하는 마음도 상대에게 흠이 될까 봐 마음을 친친 동여맸다는 어머니. 참사랑은 살아가는 데 보석이 된다는 그 말처럼 어머니가 홀로 나를 키워온 힘은, 단 한 번도 허튼 일을 한 적 없이 오롯이 나에게만 집중해 온 그 힘의 원천은 그 남자였나?

"새벽에 그이 방에서 나왔다. 언니도 동료들도 아무것도 묻지 않았고 내색도 하지 않았다. 나도 침묵하고 있었는데 그날 저녁 그이가 동료들 앞에서 나와 함께 바람 쐬고 오겠다고 알리더구나. 그런 후 그이와 나는 버스를 타고 태종대로 갔다.”

“…….”

“땅거미가 내리는 바닷가에서 바람과 갈매기와 파도 소리를 들으며 그가 내게로 파고들었다. 그리고 열흘 후 그이가 떠났다. 배가 도착했던 것이지. 형을 만나 서울로 떠나면서 나에게 집 주소를 주고 갔다. 나는 그이의 주소가 전혀 필요하지 않았는데 말이다.”

“필요하지 않았다고요?”

“부두 일이 끝나면 절로 들어갈 작정이었다. 스님 될 자격이 없다면 절간 부엌일을 하면서 평생 사랑 하나를 어루만지고 잘 간직하면서 그렇게 살아갈 생각이었다. 그런데……”

“그런데 제가 들어섰던가요?”

“나에겐 기적 같은 선물이 아니냐? 기쁨이 가슴속에서 꽃처럼 만개했어. 큰 보물을 잘 지키겠다고 결심했다. 먼저 권번 기생 소란 씨를 찾았다. 나에 대해 아무것도 모르는 사람들, 낯선 사람들 속에서 너를 낳고 싶었거든.”

"소란이라면 온천장 명기, 내가 어릴 때 살던 그 집 주인 말이군요."

"그래, 그이였다. 일본으로 세탁 일을 하러 간 동생을 기다린다면서 거의 매일 부두로 나왔는데 마지막 귀국선에도 동생은 돌아오지 않았다."

"그래서요?"

"내가 '아이를 가졌다, 이 아이를 잘 키우자면 방 한 칸과 일거리가 필요한데 온천장에 그런 곳이 없겠느냐'고 물었다. 그이가 '동생이 돌아오지 않았으니 자기 집 뒷방을 쓰면 된다, 온천장에는 권번과 요릿집이 많으니 술 소비가 많다, 해장국으로 아침에 잠깐 재첩국을 팔아도 수입이 되고 숙박업소 이불 빨래나 기생들 버선을 세탁해도 아이 하나는 키워낼 수 있다'고 했다. 그래서 주옥 언니가 남긴 돈은 금옥 언니에게 넘겨주고 나는 소란 씨를 따라 온천장으로 갔던 것이다. 소란 씨는 새로운 세상에서 만난 내 첫 번째 은인이었다."

얘기가 거의 끝난 것 같다. 학도병과 위안부, 결과로 보면 그 남자는 정신적 피해의식에 빠져서 헤어나지 못했고 내 어머니는 피해의식을 극복한 것인가? 어머니 당신이 겪었을 비참한 얘기를 직접 들려주지 않은 것도 자식을 위한 배려였는가? 머리가 터질 것 같아 그만 일어서려는데 어머니가 또 붙잡는다.

"네가 태어났을 때 나도 엄마로 새롭게 태어났다. 아이를 잘 키워낼 자신이 있었고 그것이면 다 해결되는 줄 알았다. 그러나 자식이란 에미 혼자서 지탱되는 존재가 아니었다. 직접 만날 일이 전혀 없을 것으로 마음을 굳혔던 네 아버지, 그이를 찾아간 것은⋯⋯"

"알고 있어요. 내 호적 때문이었다는 것⋯⋯"

"그렇다면 이 얘기도 해주어야겠구나. 6·25전쟁이 일어나기 전해였다. 백록관[17]에 빨랫감을 가지러 갔을 때 박현종 씨를 만났다. 결혼해서 신혼여행을 왔더구나. 그가 그이 형이 무슨 일인가를 하다가 죽임을 당했고 그 충격으로 네 아버지가 좀 이상해졌다고 했다. 그러니까 네 아버지는 심하게 정신을 다치셨던 것이다."

논설위원도 사촌 형의 죽음을 말했고 6·25 때는 인민군 쪽으로 뛰어들어 총상을 입었다고 했다. 그러나 지금은 그런 이야기들을 소화해 낼 마음의 자리가 없다. 무엇보다도 피곤해서 죽을 지경이었다.

"엄마, 졸립지 않아요? 우선 잠부터 자요, 내일, 맑은 정신으로 생각을 차근차근 정리해 볼게요."

"그래, 그래라."

　내 방으로 들어와 자리에 눕는다. 온몸이 혼곤하게 가라
앉으면서 곧 잠의 세계로 빠져든다. 잠의 첫째 문에서 나는
내 울타리로 들어오는 그 남자를 보았다. 아버지였다.

에필로그

어머니의 노트

일본군 위안부들의 증언

．
．
．

"이것이 주옥 언니가 버마 수용소에서, 귀국선에서,
부산 방역소에서 위안부들을 면담하고 기록한 내용들이다.
에미가 겪은 수모도 이 내용과 다르지 않다.
나는 나가서 바람을 쐬고 올 테니 천천히 읽어보도록 해라."

읽고 싶지 않다. 읽기도 두렵다. 그러나 장군에 대한 궁금증이
'그냥 읽어!'라고 재촉해서 보자기를 풀어낸다.
노트 다섯 권이다.
나는 길게 심호흡을 한 후 첫 번째 공책을 펼친다.

김효림 편

1924년 평양에서 태어났다. 아버지는 일찍 돌아가시고 어머니는 남의 집 일을 해주면서 우리를 키웠다. 열다섯 살 때 어머니가 나를 기생집에 수양딸로 보냈다. 그 집 주소는 평양부 경제리 133번지였다. 그 집에서 넣어준 기생 권번에서 2년간 춤, 판소리, 시조 등을 배운 뒤 졸업을 했다. 그때가 열일곱이었는데 열아홉 살은 되어야 관에서 기생 허가를 내주고 그래야만 영업을 할 수 있었다. 양아버지가 북경 요릿집에서는 열일곱 살도 춤추고 노래를 부를 수 있다는 소식을 알아 와서 나에게 가겠느냐고 물었다. 어서 돈을 벌어 가족들을 부양하고 싶었던 나와 내 동기 친구가 양아버지를 따라 북경행 기차를 탔다. 그때가 4년 전(1941년도)이었다.

북경에 도착해서 식당에 먼저 들러 점심을 먹고 나오는데 일본 군인이 양아버지를 불러 세웠다. 계급장에 별 두 개를 단 장교가 아버지에게 "당신들 조선 사람이지?" 하고 물었다. 양아버지가 그렇다, 중국에 돈 벌러 왔다고 하니까 "조선 사람이 조선에서 돈을 벌지 왜 중국으로 왔느냐, 당신 스파이지?" 하면서 데리고 갔다. 그사이 다른 군인들이 와서 나와 내 동기 친구를 끌고 갔다. 골목 하나를 지나자 뚜껑 없는 트럭이 대기했고, 그 트럭에는 40~50명의 군인들이 타고 있었다. 우리는 타지 않으려고 발버둥 쳤으나 군인 두 사람이 번쩍 들어 올려서 태웠다. 조금 있으니 양아버지를 데리고 갔던 장교가 혼자서 돌아왔다. 그가 운전석 옆에 오르자 트럭이 출발했다. 우리는 하도 놀라고 무서워서 웅크리고 앉아 울기만 했다. 고개를 들어보니 뒤에 같은 트럭이 두 대 더 따라오고 있었다. 모두 군인들이 타고 있었다.

트럭에서 하룻밤을 지냈다. 총소리가 나면 군인들은 트럭에서 우르르 내려 트럭 아래로 들어가 엎드렸고 우리도 그들을 따라 같이 움직였다. 밥은 차 안에서 주먹밥을 한 번 주었고 군인들이 건빵을 주기도 했으나 우리는 우느라 밥도 건빵도 먹지 않았다.

다음 날 사방이 캄캄할 때 트럭이 멈췄다. 부대 앞이었다. 군인 두 사람이 우리를 어떤 집으로 데리고 갔다. 중국 사람들이 도망치고 비어 있는 집이었다. 친구와 나는 한방에 들여보내졌다. 우리는 어떻게 된 일인지 몰라 서로 얼굴만 쳐다보았다. 조금 있으니까 낮에 양아버지를 데려갔던 장교가 와서 나를 옆방으로 끌고 갔다. 그 장교는 내 옷을 벗기려 했고 내가 안 벗으려고 하는 통에 옷이 다 찢겼다. 그날 밤 그 장교에게 두 번 당했다.

다음 날 날이 밝기 전에 장교는 방에서 나갔다. 찢긴 옷으로 대충 가리고 옆방으로 가보니 친구도 찢어진 옷으로 몸을 가리고 앉아 울고 있었다. 친구도 반항을 하다가 맞았다고 했다. 조선 여자들의 말소리가 들려왔다. 그녀들이 방 안에 있는 우리를 보고 매우 놀라면서 어떻게 여기 있느냐고 물었다. 우리가 자초지종을 얘기하자 여자들이 한숨을 쉬었다.

"여기는 도망칠 수도 없다. 팔자려니 하고 그냥 살아라."

그날 군인들이 나무 침대를 만들어 와서 두 방에 넣고 친구와 나를 그 방으로 배정했다. 그 집에는 방이 다섯 개였다. 방마다 모포가 씌어진 침대와 세숫대야가 놓여 있었다. 여자도 다섯으로 22세였던 시즈에 언니의 나이가 가장 많았다. 그 언니가 우리에게 일본 이름을 지어주었다. 나는 아이코, 동기는 에미코라고 했다. 언니가 소독물이 든 병을 주면서 그것을 세숫대야에 풀면 분홍 빛깔이 나는데 군인들을 받고 나면 씻으라고 했다.

우리가 있던 빨간 벽돌집과 별로 떨어지지 않은 곳에 부대가 있었다. 그 지역의 이름은 철벽진이라고 했다. 쌀과 부식은 군인들이 가져다주었다. 밥은 여자들끼리 서로 당번을 정해 돌아가면서 지어 먹었다. 가끔 군인들에게 밥을 가져다 달라고 하면 자기들이 먹는 밥과 국을 가져다주거나 몰래 건빵 같은 것을 주고 가기도 했다. 의복은 군인들이 입다가 버린 광목 내의 같은 것을 입었다. 가끔 중국인들이 버리고 간 옷들을 그들이 수거해서 갖다주기도 했다.

우리를 직접 관리하는 사람은 없었지만 부대가 바로 옆이라 바깥에 나가보려고 하면 보초가 어디 가느냐고 물었다. 사실 아는 데가 없어서 어디 나갈 수도 없었다. 한 달쯤 지내보니 노상 오는 군인들이 오고 새로운 사람은 없었다. 군인들은 자주 토벌을 나갔는데 일주일에 삼사일은 밤에 토벌을 나갔다가 새벽에 돌아왔다. 돌아올 때는 노래를 부르고 행진을 하면서 왔다. 그럴 때면 우리도 모두 일어나 있어야 했다. 평일은 주로 오후에 왔지만 토벌하고 온 날은 아침부터 몰려왔다. 그런 날은 하루 7~8명을 받아야 했다.

오후에 오면 한 명이 30분쯤 머물다가 갔다. 저녁에 올 때는 술을 먹고 와서 노래하라, 춤을 추라고 하면서 여간 성가시게 하는 게 아니었다. 그럴 때면 나는 뒤뜰에 숨곤 했는데 그러다가 들키면 군인들은 더 거칠게 굴었다. 어떤 군인은 사람을 곤죽으로 만드는가 하면 얌전하게 지내다가 가는 군인도 있었다. 또 어떤 군인은 들어오자마자 내 머리채를 잡고 자기 사타구니로 처박으면서 성기를 빨라고 했다. 또 일이 끝나면 세숫대야 물에 자기 성기를 씻겨달라고 하는 놈도 있었다. 비위가 뒤틀려 반항이라도 하면 늘어지게 맞았다. 군인들은 올 때 자기 콘돔을 가지고 왔다. 우리에게 따로 배당된 것은 없었다.

검사는 일주일에 한 번 후방에서 군의관과 보조가 와서 했다. 우리는 군의관이 온다고 할 때마다 소독물로 아래를 열심히 닦았다. 진료해 보고 조금이라도 이상하면 누런빛이 나는 606호를 놓아주었다. 그것을 맞고 트림을 하면 코로 냄새가 올라와 아주 역겨웠다.

달거리 때쯤 되면 군의에게 솜을 달라고 해서 모아두었다. 생리 때도 군인을 받았다. 받고 싶지 않아도 받아야 했다. 피가 새어 나오지 않게 솜을 깊이 넣고 군인을 받았는데 나중에 솜이 나오지 않아 고생할 때도 있었다. 모아둔 솜이 없으면 헝겊을 조그맣게 잘라 말아서 넣기도 했다.

우리에게 오는 군인들은 부대에 허락을 받고 오는 것 같았다. 일반 병사들은 1원 50전, 장교들은 긴 밤 8원을 받아야 한다고 시즈에 언니가 말했는데 우리는 그 누구한테도 돈을 받은 적이 없다. 군인이 오지 않는 오전 시간에는 빨래도 하고 가운데 방에 모여 이야기도 했지만 나는 달아날 궁리만 하느라 친구 에미코 외에는 그 누구와도 친하게 지내지 않았다.

그곳에 머문 지 두 달이 되어갈 때였다. 어느 날 아침밥을 먹고 있는데 부대 군인들이 와서 빨리 옷 보따리를 싸라고 했다. 하도 재촉해서 정신도 차리지 못한 채 트럭을 타고 그곳을 떠났다. 트럭 세 대에 군인들이 탔고, 한 장교는 긴 칼을 차고 말을 타고 있었다. 하루해가 지기 전, 새로운 곳에 도착했다.[18] 지난번 그곳보다 더 시골이었다. 우리를 끌고 다녔던 부대는 특수 토벌대 같았다. 이번에 그들이 마련한 위안소는 먼저 집보다 작았다. 방은 칸막이를 한 것이 아니라 벽으로 나뉘어 있었다. 군인의 수가 좀 줄어든 것이 전사자가 많아서라고 언니들이 말했는데 나는 그런 말을 귀담아듣지 않았다. 알고 싶지 않아서였다.

이곳에는 군의관도 거의 오지 않았다. 군인들의 토벌 횟수가 더 잦아졌는데 아침에 우리에게 올 때는 술병을 들고 오는 군인들도 많았다. 내 친구가 그들과 싸우다가 넘어져 뇌진탕으로 죽었다. 나는 매 순간 달아날 생각만 했다.

어느 날 병영이 매우 조용했다. 모두 토벌에 나간 것이었다. 그 틈을 타서 조선인 장사꾼이 몰래 들어왔다. 중국인에게 아편을 배달하는 사람으로 여자가 그리워서 들어온 것이었다. 그가 화대를 내놓았을 때 나는 그의 옷자락을 잡고 함께 데려가 달라고 애걸했다. 새벽 2시쯤 일어나 부대 안을 살펴보았다. 토벌대는 돌아오지 않았고 보초만 혼자 초소에 앉아 졸고 있었다. 나는 그 사람과 살금살금 걸어서 위안소를 빠져나왔다.

넉 달 만에 그 지옥에서 빠져나온 것이었다. 눈물이 폭포처럼 쏟아졌으나 얼른 닦아내고 그 남자와 함께 달리듯이 걸었다.

상해에 도착하자 그 남자가 돈 10원을 주면서 자기는 "장사를 해야 한다, 더 이상 데리고 다닐 수 없으니 부두로 가서 인천행 배를 타라, 여기서 조선으로 들어가자면 그 길이 빠르다"고 했다. 나는 배를 타지 못했다. 무슨 저주의 올가미가 씌었는지 부두로 가는 길목에서 국방색 당코바지를 입은 남자와 군인에게 또다시 붙잡히고 말았다. 그 남자들이 나를 사이공으로 가는 배에 태웠다. 그 배에도 조선 여자들이 많았다. 나처럼 상해에서 납치된 여자도 둘이나 더 있었다. 방학이라 친척 집에 온 여학생들이었다. 배가 출항했다. 내가 내 팔자를 저주하고 있을 때 아무것도 모르는 여학생들은 다른 여자들을 붙잡고 지금 어디로 가느냐고 물어댔다. 모두 고개만 저었다. 그들의 처지가 너무 딱했던 데다가, 당하지 않는 한 말한다고 이해할 수 없을 것이기 때문이었다.

사이공에서 몇 달이 지나자 다시 과달카날섬으로 이동해갔다. 그 섬에서 6개월쯤 지났을 때 일본군들이 철수하면서 위안부들은 트럭섬[19]으로 보내졌다. 위안소도 육군용, 공군용으로 나뉘어 있었고 내가 간 곳은 공군용 위안소였다. 남양군도 전쟁은 함대와 항공대의 격전장임을 몰랐던 나는 상상할 수 없던 장면을 목격했다. 수염이 더부룩한 장교가 20명의 소년 항공병을 인솔해 와서 위안소 마당에 정렬시켰다. 부동자세로 서 있는 17~18세쯤 되는 소년병들에게 장교는 "너희들은 내일 아침 출동한다. 지금부터 저녁 6시까지 몸의 정기를 기르도록 하라!"고 명령한 뒤 위안부 방으로 들여보냈다. 내가 받은 소년은 가진 돈 다 내놓으며 "어차피 죽을 몸이니 이 돈 누나가 가지시고 대신 꼭 안아만 주세요"라고 했다. 그날의 그 소년들은 휘발유도 충분치 않은 털털이 비행기를 타고 미군 함대를 들이받거나 그대로 남태평양 물속에 가라앉았다는 말은 며칠 후에 들었다.

그 후 소남과 수마트라를 거쳐 이곳(퉁구)에 온 것은 작년이었다. 나는 지금 걸핏하면 밑이 빠져 군인들에게 손이나 입으로 해주면서 시간을 때운다. 폐기처분당하면 죽임을 당할 수도 있기 때문이다.[20]

김덕진 편

1923년 경남 의령군 대의면에서 태어나 지리산 밑의 산청군 삼장면 평촌리로 이사를 갔다. 부친 이름 김부한. 그곳에서 아버지는 전매품으로 담배 농사를 지었다. 전매품 농사는 싼값으로 납품해야 했지만 현금이 귀했던 아버지는 약간의 선금을 받고 농사를 지었다. 농사가 끝나 담뱃잎을 따고 나면 둥치에서 새순이 나오는데 아버지는 그것을 말려서 피우거나 모아두곤 하다가 이것이 발각되어 일본 순사에게 잡혀갔다. 아버지는 모진 매를 맞고 나와서 시름시름 앓다가 돌아가셨다. 엄마는 오빠 둘, 언니, 나, 여동생 다섯을 데리고 홀로 생활을 꾸려나갔다. 거의 굶어 죽을 지경이었다. 나무뿌리를 캐서 먹기도 하고 종일 디딜방아를 찧어주고 등겨를 얻어다가 시래기를 넣고 끓여 먹기도 했다.

열일곱 살이 되던 해 어느 날 우리 마을에 한 남자가 와서 일본 공장에 가면 돈을 번다고 처녀들을 모집했다. 내가 가장 먼저 가겠다고 자청하고 나섰다.

약속 장소는 의령이었다. 버스 정류장으로 나가니 30여 명의 여자들이 와 있었다. 굶주림에서 탈출하겠다는 소망으로 합천, 마산, 의령 등지에서 온 여성들이었다. 나이는 나보다 적거나 많았고 그중에는 결혼해서 아이를 낳은 여자도 있었다. 그런 여자들은 대개 남편이 일본에 징용을 간 경우였다. 버스를 타고 군북으로 갔다. 우리는 군북역 앞에서 내려 기차를 타고 부산으로 갔다. 부산에서 인솔자가 상해에 산다는 조선인 남녀에게 우리를 넘겼다.

부산에서 배를 탔다. 엄청나게 큰 배였다. 배는 여러 층으로 되어 있었는데 우리는 배 밑바닥 칸으로 들어갔다. 우리가 내린 곳은 일본 나가사키였다. 부두에서 버스 같은 차가 우리를 태우고 한참 달려가서 여관 앞에 내려놓았다. 여관으로 들어간 이후부터는 총을 멘 군인이 우리를 감시했다.

도착한 그날 밤 나는 계급이 높은 군인에게로 끌려가 강간을 당했다. 그 군인은 권총을 차고 있었다. 피도 나오고 무서워서 도망가려고 하자 장교가 등을 두드려주면서 "아무 때 당해도 당하니까 그런 줄 알라"고 달랬다. 우리는 매일 밤 이곳저곳의 장교들 방으로 끌려가서 강간을 당했다. 조선인 남녀가 일본 장교들에게 우리의 처녀성을 상납한 것이었다.

일주일이 지났다. 장교 상납이 끝나자 포주들은 우리를 다시 배에 태웠다. 부산에서 탄 것과 비교도 되지 않을 만큼 큰 배였다. 배가 부두 가까이 들어올 수가 없어서 우리는 작은 배를 타고 가서 그 배로 옮겨 타야 했다. 긴 복도를 지나 허허벌판 같은 큰 방에 들어갔다. 내 뒤를 따라온 아이는 방이 아니라 창고 같다고 했다. 창고 같은 그 방에 사람들이 들어와 차례로 자리를 잡고 앉았다. 밤에 주위를 둘러보니 사람들이 끝없이 누워 있었다. 일반 승객들도 그렇게 들어와 있었다.

며칠이나 배를 타고 갔는지 모르겠다. 아마 삼사일은 갔을 것이다. 우리가 내린 곳은 상해였다. 상해 부두로 트럭이 왔고 우리는 그 트럭에 올랐다. 상해 거리는 복잡하고 어수선했다. 그 거리를 지나 한참 더 가서 군부대만 있는 변두리에 내렸다. 인솔자 조선인 남녀가 부대 바깥쪽에 있는 어느 큰 집으로 우리를 데리고 갔다. 큰 집인데 조그만 방들이 많았다. 집 안에는 일본 여자 둘과 조선 여자 20명쯤이 있었다. 의령에서 온 우리 30명과 합쳐 50명이 넘었다. 일본 여자들은 유곽에서 왔고 나이는 27~28세였다. 조선 여자들은 전라도, 충청도에서 왔다는데 우리와 비슷한 나이로 다 그렇게 속아서 온 것이었다.

그 큰 집은 본래 작은 방들만 있는 것이 아니었다. 큰 방을 나무판자로 칸을 막아서 한 사람이 누울 만한 크기로 개조해놓았다. 방 안에는 침대와 사물함, 벽걸이가 있었다. 식당은 건물 뒤쪽이었고 집 앞에는 〈위안소〉라는 간판이 붙었는데 처음 나는 글을 몰라 무슨 뜻인지 알지 못했다. 조선인 부부가 포주 겸 주인이었고 부식은 군부대에서 가져다주었다. 집 안의 위생 사항도 군부대에서 점검했다.

아침 7시에 일어나 세수하고 교대로 밥을 먹었다. 군인들은 9시부터 와서 줄을 섰다. 가끔 미리 와서 대기하는 군인들도 있었다. 저녁 6시 이후부터 장교들이 와서 자고 가기도 했다. 잠도 못 잘 정도로 바빴다. 아프거나 사정이 있는 여자를 빼고는 매일 평균 35명쯤을 받았다. 전투가 있을 때는 찾아오는 군인들이 적었다. 방마다 콘돔이 있었다. 가끔 사용하지 않으려는 군인들이 있었는데 그럴 때는 "나에게 나쁜 병이 있으니 사용하라"고 설득했다. 그래도 그들은 "언제 죽을지도 모르는데 그까짓 병이 대수냐"고 막무가내로 덤벼들었다.

한두 달에 한 번씩 부대 병원으로 가서 군의관에게 검진을 받았다. 상해의 모든 위안소 여자들이 같은 날에 검진을 받아서 아침부터 길게 줄을 서야 했고, 점심시간이 훌쩍 넘어서야 차례가 돌아올 때도 있었다. 중국 여자들도 많았는데 그녀들은 너나없이 귀걸이들을 하고 있었다. 병이 있으면 606호를 맞았다. 몇몇 여자들은 자궁이 훌떡 빠져나와 바늘 하나 들어갈 구멍이 없을 정도로 붓고 피가 나기도 했다.

도망가려고 해도 어디가 어딘지 몰라 나설 수가 없었다. 죽으려 해도 늘 사전에 발각되었다. 자살 시도에 실패한 후부터는 내 처지를 체념하고 반항하지도 않았다. 개중에는 싸움을 하거나 도망치다가 붙잡혀 오는 여자, 군인에게 반항하다가 발길에 차여 비명을 지르는 여자가 있었지만 결과는 언제나 여자 쪽의 손해였다.

군인들이 전투에서 돌아오는 날은 얼굴, 옷, 신발 등이 온통 먼지투성이였다. 행동도 난폭했으며 콘돔도 사용하지 않으려고 했다. 전투에 나가는 군인들은 다소 온순하고 이제는 필요 없다고 잔돈을 놓아두고 가기도 했다. 전투에 나가는 게 무섭다고 우는 군인도 있었다. 그럴 때는 꼭 살아서 돌아오라고 위로해 주었는데 그가 정말 살아서 돌아오면 반가워서 기뻐해 주었다. 단골로 오는 군인들도 꽤 되었고 "사랑한다, 결혼하자"는 군인도 있었다.

군인들이 올 때는 조그만 표(군표)를 주고 갔는데, 그것을 모아 주인에게 갖다주면 주인이 공책에 적으면서 전쟁이 끝나면 팔자를 고치게 해준다고 했다.

그때부터 나는 팔자를 고치는 것에 희망을 걸고 일본이 이기라고 매일 빌었다.

군부대가 이동을 했다. 우리도 따라가야 한다면서 군인들과 같은 배를 탔다. 한 달쯤 가서 닿은 곳은 태평양 한가운데 있는 테니안섬(티니언섬)이었다. 트럭을 타고 부대로 들어가는데 입구에서부터 군인들이 서서 환호를 했다. 우리가 위안부로 처음 입성하는 것이었다. 부대장이 우리를 정중히 맞으면서 훈시까지 했다.

"참 잘 왔다. 오느라 고생들이 얼마나 많았겠는가! 병사들은 여러분의 서비스에 사기가 높아진다. 여러분이야말로 전쟁의 힘이다. 모쪼록 병사들을 잘 위로해 주기를 바란다!"

위안소는 긴 창고 같은 건물들로 세 채가 나란히 서 있었다. 한 동마다 베니어판으로 칸을 막은 두 평짜리 방이 스무 개 있었다. 위안부는 60명이었지만 군인 수에 비해 압도적으로 적어 사병들은 순번을 얻기 위해 제비를 뽑았다. 월수금은 사병 차례, 화목토는 장교들, 일요일은 자유 시간이었다. 일요일 밤 장교들의 연회에 가보니 네덜란드 여성이 둘이나 있었는데 그녀들은 장교들의 첩으로 억류되어 있었다.

6개월간 지겹게도 군인을 받았다. 병을 옮아 606호를 맞으며 지옥의 나날을 보내는 사이 주인 여자가 병이 들어 싱가포르에 있는 큰 병원으로 나가게 되었다. 남자 주인이 위안소 일 때문에 나갈 수가 없다면서 나에게 진단 서류를 맡기며 함께 가라고 했다. 평소 내가 고분고분하다고 믿었던 것이다. 나는 부인과 함께 배를 타고 싱가포르에 내려 군영병원에 들어갔다. 부인은 신장 수술을 받았으나 수술 며칠 후 사망했고 의료조무사는 나를 싱가포르 위안소로 넘겼다. 나는 팔자 고칠 장부가 테니안 위안소에 있다는 생각에 돌아가게 해달라고 애원을 했다. 군속은 배편이 있으면 알려줄 테니 우선 그곳에 가서 있으라고 했는데 그 뒤로 얼굴도 비치지 않았다.

싱가포르 억류자 캠프에서,

1946년 3월 25일 기록

이영숙 편

조실부모하고 먼 친척 집에 얹혀살다가 남의 집살이를 했다. 이 집 저 집 전전하면서 매도 많이 맞았다. 주인집 아이들이 때려도 그냥 맞을 수밖에 없었다. 양산군 물금면에서 식모살이를 할 때였다. 옆집에 살던 친구가 일본에 돈 벌러 간다고 해서 나도 가겠다고 했다. 약속 장소인 지서 앞에 모인 사람은 여섯 명이었다. 우리를 인솔한 사람은 일본인 군속이었는데 계급장이 없는 군복을 입고 있었다. 우리는 그 일본인을 오토상(아버지)이라고 불렀다. 부산에서 자정이 가까운 시간에 배를 탔다. 배 밑바닥에 타서인지 멀미에 시달리느라 정신을 차릴 수가 없었다. 배 안에는 우리와 같은 처지로 보이는 여자들이 더 있었다. 식사는 뱃사람에게 인원수대로 신청해서 먹었는데 공깃밥과 반찬 두 가지였다.

배는 시모노세키를 거쳐서 대만에 내렸다. 배에서 내려 뭔가 일이 잘 안 풀렸는지 오토상은 우리를 쇠막대기로 후려치며 화풀이를 했다. 일본말을 알아들을 수 없는 우리는 그저 얻어맞을 수밖에 없었다. 다시 배를 타고 간 곳은 중국 광동(광둥)이었다. 배에서 내려보니 많은 군인들이 긴 칼을 차고 왔다 갔다 했다. 우리는 자동차를 타고 가서 3층 벽돌집 앞에서 내렸다. 그 주변 일대가 위안소였는데 조선인 위안부만 해도 몇 백 명이 넘는다고 했다. 골목 입구에는 통역도 겸하는 중국인 경비와 일본인 헌병이 항상 지키고 있었다. 군인이 행패를 부리면 헌병이 와서 처리해 주었다.

3층 벽돌집에도 이미 15명의 여자들이 있었다. 방 안에는 거울 하나와 잡다한 물건을 넣는 궤짝이 있고 그 위에 이불을 올려놓았다. 목욕탕과 식당은 1층에 있었고 내 방은 2층이었다. 위안소에는 저마다 간판이 걸렸는데 세로도 있고 가로도 있었다. 모두 한자라 나는 뭐라고 쓰여 있는지 알 수가 없었다. 군인들이 적게 오는 날은 여자들이 한방에 모여 이야기를 하면서 시간을 보냈다. 그날 나는 자꾸만 서러워져서 노래를 불렀다. 밖에 있던 군인들이 갑자기 들어와 긴 칼을 겨누면서 알아들을 수 없는 말로 위협했다. 그 일로 나는 주인으로부터 쇠꼬챙이로 맞았다. 조선 여자들이 노래를 부르면 군인들이 자기들을 욕하는 줄 아니까 절대로 노래 부르지 말라고 먼저 온 여자들이 일러주었다.

도착한 지 이틀 후부터 군인들을 받았다. 밑이 찢어져서 일주일 동안 피가 멈추지 않았다. 어떨 때는 바빠서 밥도 먹을 시간이 없었다. 상대 군인은 장교도 있고 사병도 있었다. 군인들이 전표를 주면 그걸 모아서 주인에게 가져다주었다. 한 달에 한 번씩 계산을 했는데 전표를 많이 모은 사람은 칭찬을 하고 적은 사람은 쇠꼬챙이로 때리거나 욕설을 했다. 주인은 30~40대로 보이는 일본인 부부였다. 그들이 내 이름을 아이코라고 지어주었다.

아침 7시에 일어나서 청소하고 식당 가서 밥 먹고 곧장 군인을 받았다. 식사는 아침저녁 두 끼를 주었다. 밥은 안남미였다. 우리가 의자에 앉아 있으면 군인들이 전표를 사서 마음에 드는 여자들을 골라 방으로 데리고 갔다. 성병 검사는 일주일에 한 번씩 병원에 가서 받았다. 약간이라도 이상이 있으면 1호에서 6호까지 있다는 606호를 맞았다. 그 주사는 너무 독해서 맞은 후 일주일 정도는 물에 손을 넣지 못했다. 나는 밑이 잘 부어서 1년에 서너 번 입원했다. 주인은 우리에게 허드렛일도 많이 시켰다. 이부자리가 조금만 더러워도 세탁하라고 들들 볶아댔다.

주인 남자가 일본에 간 어느 날 장교들이 위안부들에게 음식과 술을 제공하는 파티를 열었다. 식사 시간에 주인 여자가 모두 다 같이 우동으로 달라고 주문했다. 원래 밀가루 음식이 싫었던 내가 밥으로 바꿔달라고 했더니 주인 여자가 "조선 년은 할 수 없다"고 투덜거렸다. 그녀가 헌병 대위와 바람피운다는 사실을 알고 있던 나는 이참에 한번 보복해 주고 싶어 포도

주를 마셨다. 취기가 올랐을 때 나는 그녀에게 다가가 대거리 싸움을 걸었다.

"조선 년이라고 욕을 해? 우리가 누구 때문에 이 꼴이 되었는데 욕을 해?"

"조센징을 조센징이라고 하는데 무슨 헛소리야?"

"그래, 이 일본 년아, 너는 일본 년이라서 남편 두고 바람을 피워?"

그녀가 내 따귀를 때리기에 나도 그녀 머리채를 휘어잡고 마구 때렸다. 때리면서 "헌병 대위와 놀아나는 이 일본 년아!" 하고 악을 썼다. 조선 여자들은 비죽비죽 웃으며 자리를 피했다. 그녀는 나를 밀쳐내고 헌병대로 달려가 고발했다. 나는 헌병대로 끌려갔으나 술 취한 척 횡설수설했더니 다음 날 아침에 내보내 주었다.

그 며칠 후부터 폭격이 심해졌다. 쌩, 하고 비행기 소리가 들리면 얼른 계단 아래로 피했다. 폭탄이 떨어진 곳으로 가보니 어떤 사람은 밥을 먹다가 죽기도 하고 어떤 사람은 자다가 죽기도 했으며 그런 시신들이 거리에 즐비했다. 군인들은 전투를 하는지 아무도 오지 않았다. 폭격이 없는 날 모두 마당에 나와 있는데 중국인 여자가 와서 집에 붉은 딱지를 붙였다. 왜 그러느냐고 물었더니 자기 집을 되찾은 것이라 했다. 전쟁이 끝난 것이었다. 우리는 그 집에서 쫓겨나 임시로 지은 천막에 수용되었다.

1946년 4월, 귀국하는 배를 탔다. 스물세 살 때였다. 배에는 위안부들로 가득했다. 나는 돌아가 봐야 집도 절도 일가친척도 없는 데다 이런 몸으로 결혼할 수도 없으니 바다에 빠져 죽겠다고 갑판으로 올라갔으나 기회를 잡지 못했다. 15일간의 항해 끝에 부산에 도착했지만 호열자 때문에 한 달이나 더 배에 머물러 있어야 했다. 그 한 달 사이 배 안에서 수많은 사람이 죽어나갔다. 험한 고생에서 살아온 사람들이 대체 무슨 죄가 있다고 막판에 전염병을 주느냐고 통곡하면서 죽어가는 사람도 있었다. 나는 그렇게 병으로라도 죽으려고 아픈 사람 곁에 있었지만 내 생명은 어찌 그리도 질긴지 배에서 내릴 때까지 멀쩡했다. 배에서 내리자 사무원이 천막으로 가서 신고를 하라고 했고 거기서 돈 1000원을 주었다.

＊이영숙은 위안부 임시 수용소 운영을 돕다가 과로로 사망,
　그의 유해는 본인의 소망대로 바다에 뿌려줌.

황금주 편

나는 부여에서 1922년 음력 8월 15일, 가난한 선비 집에서 1남 2녀 중 장녀로 태어났다. 아버지는 외할아버지 도움으로 일본 와세다대학을 졸업하고 집으로 돌아왔다. 몇 달 지나지 않아 아버지는 큰 병이 들어 입원을 했는데 그 병원비가 100원이 넘었다. 함흥의 부잣집에서 100원을 갚아주는 대가로 내가 그 집에 양녀로 갔다. 그 집 자녀는 아들 둘, 딸 둘이었다. 양모는 좋은 사람으로 교회에서 운영하는 야학에 나를 보내주었다. 1학년부터 4학년까지 학년별로 있었다. 일본어와 산수를 배웠고 조선어는 일주일에 두 시간만 가르쳐 주었다. 3년째 배우던 해 어느 날, 열일곱 살 때였다. 우리 마을의 반장[21]은 일본인이었는데 우리 뒷집 독채에 세 들어 살고 있었다. 반장 부인이 동네를 다니면서 "일본의 군수공장에서 큰돈을 벌 수 있다, 한 집에 적어도 한 명은 가야 한다"고 강압적으로 설득하고 다녔다. 양부모네 집에는 나를 포함해서 시집 안 간 딸이 셋이나 되었는데, 큰딸은 일본 유학을 준비하는 중이었고 작은딸은 여자고등보통학교에 다니고 있었다. 내가 학교에 갔다 오니 양부모가 방 안에서 이 문제에 대해 크게 걱정하고 있었다. 좋은 분들인 데다 아버지 병원비에 대한 빚도 있으니 내가 가는 것이 옳다는 생각이 들었다. 더욱이 큰돈을 번다지 않는가. 병을 앓던 부친은 돌아가셨고 엄마와 동생들은 가난에 허덕이면서 살고 있었다. 친가와 양가 모두를 위해서 내가 나서는 것이 백번 옳다고 결심하고 안방으로 들어가서 말했다.

"제가 갈게요."

양모는 매우 기특해하면서 3년만 잘 갔다 오면 좋은 곳으로 시집 보내주겠다고 했다.

지정해 준 날짜에 함흥역으로 나갔다. 역 앞에는 여러 군에서 온 여자들이 20명쯤 모여 있었다. 나이는 15~16세로 내가 가장 많은 편이었다. 곧 군용열차가 왔다. 열차에서 헌병이 내리자 우리 측 군인이 다가가 그에게 둘둘 만 종이를 내밀었고 헌병도 그런 종이 두루마리를 이쪽 군인에게 건네주었다. 인원 기록에 대한 서류를 그렇게 주고받는 것 같았다. 우리는 헌병의 지시에 따라 열차에 올랐다. 기차가 강의 철교를 건너 굴 같은 곳에 정차한 후 움직이지 않았다. 밤에는 제대로 달리지도 못했는데 그 이유를 알 수 없었다. 어떨 때는 기차에서 내려 창고에서 지내기도 했다. 그리고 다시 기차에 올랐는데 같은 기차가 아닌 것 같았으나 캄캄해서 정확히 구별해 볼 수가 없었다. 그렇게 사흘간 기차를 타고 갔고 끼니는 하루에 두 번씩 주먹밥과 물을 주었다.

기차가 목적지에 멎었을 때 안내 방송이 들렸다. 길림역이었다. 역 앞에는 찢어진 포장에 흙이 튀고 먼지를 뒤집어쓴 트럭 몇 대가 세워져 있었다. 그 트럭에 여자들이 나뉘어 태워졌다. 덜커덩 길을 한나절 달려서 내린 곳은 민가라고는 눈을 씻고도 찾을 수 없는, 군대 막사만 겹겹이 세워진 끝없이 넓은 군부대 안이었다.

그 후 보름간 장교들에게 하루에도 서너 번씩 불려 나갔다. 처음 온 여자들은 처녀들이라고 얼마 동안 장교들만 상대했다. 그들은 콘돔을 사용하지 않아 임신하는 여자들이 많았다. 임신이 된 줄도 모르고 606호를 맞으면 몸이 붓고 으스스 추우면서 하혈을 했다. 그러면 병원에 데려갔고 의사가 자궁 속을 긁어냈다. 이렇게 서너 번 긁어내면 더 이상 임신이 되지 않았다.

식사는 일반 병사 식당에 가서 먹었다. 밥은 군인들이 해주었는데 반찬은 주로 된장국과 단무지를 주었다. 의복은 하오리(일본 옷 위에 입는 짧은 겉옷)같이 생긴 윗도리와 군인 양말, 모자, 시커먼 운동화, 누비 오바, 누비바지를 주었고 그다음에는 군인 운동복 같은 것을 줘서 입었는데 나중에는 보급이 끊겨 군인들이 입다 버린 헌옷을 주워 입기도 했다.

보름이 지나자 막사에서 위안소로 출근을 했다. 일이 끝나면 막사로 돌아가 잠을 자도록 되어 있었으나 밤늦도록 군인들이 오는 데다가 지치기도 해 위안소에서 자는 일이 더 많았다. 하루에 오는 군인 수는 30~40명쯤 되었고 공일에는 군인들이 팬티만 입고 줄을 서 있을 정도였다. 어떤 사람은 팬티도 벗고 다른 사람이 하는 도중에 커튼을 열고 들어오기도 했다. 조금만 시간을 끌면 안에다 대고 "하야쿠 하야쿠(빨리빨리)"라고 외치기도 했다.

전쟁터에 나가는 사람은 죽기 살기로 했고 어떤 사람은 울면서 하기도 했다. 콘돔은 가져와서 끼워달라고 하는 사람, 끼우고 오는 사람, 가져오지 않은 사람, 가지가지였다. 위안부 생활을 하는 동안 보수를 받은 적은 단 한 번도 없었다.

검진은 한 달에 두세 번 군병원에 가서 했다. 1년만 지나면 몸이 성한 여자가 없었다. 대개 임신을 두세 번씩 했고 병도 걸렸다. 병이 심하면 다른 병원으로 격리하고 변소도 따로 쓰게 하다가 나아지면 다시 데려왔다. 세 번까지 재발하면 군인들이 와서 데리고 갔는데 이런 여자들은 돌아오지 않았다. 불두덩이 위에서 배꼽까지 노랗게 곪은 여자도 있었다. 그러면 얼굴도 붓고 노래졌다. 이런 여자도 군인이 데려간 후 돌아오지 않았다. 함흥역에서 같이 온 20명 중 나만 남고 모두 도중에 없어졌다. 아파서 없어졌거나 다른 부대로 보내졌기 때문이었다. 새로 충원되었던 여자들도 많이 없어지고 마지막까지 남아 있던 여자는 나 외에 일곱 명뿐이었다.

자궁이 붓고 피고름이 나서 일을 할 수 없던 어느 날 한 장교가 와서 일을 못 하겠거든 대신 자기 성기를 빨라고 했다. "네 똥을 먹으라면 먹었지 그런 짓은 못 하겠다"라고 했더니 "고노야로 고로시테 야로우카(이년 죽여버릴까 보다)"라고 하며 마구 때리고 던져서 기절하고 말았다. 깨어나 보니 사흘이 지났다고 했다.

군인들도 위안부를 동네북으로 취급했다. 매일 얻어맞는 것이 일이었다. 달을 쳐다보면 무슨 생각을 하느냐고 때리고 혼잣말을 하면 무슨 욕을 하느냐고 때렸다. 막사 밖을 나가면 어딜 나오느냐고 발길질해서 지금까지 나는 그 부대 이름도 모른다. 특히 나는 반항이 심했던 편이어서 더 많이 맞은 것 같은데 갑자기 멍해지면서 귀가 안 들리는 일이 잦았다.

1945년이 되자 옷도 안 줄 정도로 물자 부족이 심각했다. 부식도 안 들어왔고 된장 간장도 없이 밥 두세 덩이에 소금국을 끓여 주었다. 그런 어느 날 저녁이었다. 밥 먹으라는 소리도, 사람 기척도 들리지 않아서 막사 문을 열고 살며시 나가 보니 병영이 텅 비어 있었다. 말도, 트럭도, 차도 없었다. 철조

망에 걸린 거적때기만 거센 바람에 펄럭였다. 살살 기어서 식당에 가보니 사람은 없고 부엌 도구들이 엉망진창으로 흩어져 있었다. 내가 물을 떠 마시고 있는데 졸병 한 명이 들어왔다. 그는 먼 산 고지에 연락병으로 갔다가 돌아와 보니 '빨리 이곳을 떠나라'라는 장교의 쪽지만 남아 있더라면서 "원자폭탄이 떨어져 일본이 항복했다. 너희도 여기 있다가는 중국 사람들에게 맞아 죽을 테니 빨리 조선으로 돌아가는 것이 좋겠다"라고 말해준 후 급히 떠났다.

나는 막사로 돌아와 동료들에게 이 말을 전하면서 빨리 떠나자고 했다. 동료들 모두가 밑이 붓고 고름이 나고 몸도 부어 걷기가 힘들다고 울면서 나 혼자 가라고 했다. 나도 한참 같이 울다가 벌떡 일어나 머리를 동이고 옷도 모두 껴입은 후 막사를 나왔다. 병영은 생각보다 훨씬 넓었다. 문을 세 번이나 거쳐서 나무에 철조망으로 엮은 마지막 문을 나오자 비로소 바깥세상이었다. 30리쯤 걸어가자 조선으로 돌아가는 군인, 노무자, 그들 가족이 길을 메우고 있었다. 나는 이들과 함께 길거리에서 끓인 밥을 얻어먹고 불을 지펴서 같이 웅크려 자기도 하면서 천진까지 와 수용소에 들어갔다. 수용소에서 배를 탄 것은 다음 해 4월이었다.

이옥순 편

1926년 경북 영천군 영천읍에서 사 남매 중 외동딸로 태어났다. 아버지 성함은 이근수로 영천시장에서 명태와 오징어 같은 건어물 장사를 했다. 가게는 일꾼을 두 사람이나 둘 정도로 번성했다. 나는 영천 남부 보통학교에 들어가 일찍부터 일본말을 배웠으며 공부도 잘했다. 열두 살 때였다(나는 키가 커서 열다섯 살로 보는 사람들도 있었다). 친구들과 고무줄놀이를 하고 있는데 당코바지를 입은 일본인과 바지저고리를 입은 조선인이 다가와서 "아버지가 조명길[22]에서 바둑을 두면서 너를 찾는다"고 했다. 같이 놀던 아이들은 어디론가 달아났으나 나는 아버지가 그런 일에 가끔 심부름을 시키기도 해서 의심 없이 따라갔다. 조명길 안으로 들어가자마자 그 집 주인 부부가 나를 골방으로 밀어 넣었다. 그 방에는 나처럼 속아서 온 여자 셋이 있었다. 두 사람은 경주에서, 한 사람은 울산에서 왔다고 했다. 나이는 셋 다 열일곱 살이었다. 이튿날 또 한 명이 진주에서 잡혀 왔다. 나는 내보내 달라고 울면서 문을 두드렸고 그러자 집주인 남자가 들어와서 내 단발머리를 틀어쥔 채 커다란 몽둥이로 등과 엉덩이를 때렸다. 그 후 우리는 석 달 동안 골방에 갇혀 감시 속에서 지냈다.

석 달 뒤 당코바지 일본 사람이 와서 나를 포함한 다섯 명을 데리고 부산으로 가서 배를 타게 했다. 배를 타자면 도항증을 받아야 하는데 당코바지가 "경찰이 보면 나무통을 딛고 올라서고, 몇 살이냐고 물으면 열다섯이라고 대답하라"고 했다. 그렇게 안 하면 맞아 죽을 것 같아서 그가 시키는 대로 했다. 내가 탄 배는 짐을 싣고 가는 운송용이었다. 배에는 여자 30여 명이 타고 있었는데 모두 조선 여자들이었다.

　저녁 5시쯤 떠나서 아침 8시쯤 시모노세키에 도착했다. 큰 창고 같은 곳에 데려가 밥도 주지 않고 가두어버렸다. 여자들은 모두 합쳐 38명이었고 연한 국방색 당코바지를 입은 일본 남자 셋이 그곳의 감시자 겸 관리자로 있었다. 그들은 "우리 모두 좋은 데 가게 된다"면서 일본어를 가르쳤다. 빨리 배우는 사람은 괜찮았지만 금방 잊어버리는 아이들은 두들겨 맞았다. 이때 학교를 다닌 사람은 손을 들어보라고 했다. 나는 좋은 데 보내주는 줄 알고 손을 들었는데 어린 나더러 열일곱에서 열아홉 살 언니들을 가르치라고 했다.

　보름쯤 일어를 가르친 후 군수물 수송선을 탔다. 이 배에도 조선인 여성들이 많았다. 배를 타고 3일쯤 가서 대만에 내렸다. 기차를 타고 쇼카[彰化]에 내려 산과 가까운 곳에 있는, 객사같이 생긴 이층집으로 갔다. 대문 한쪽 옆에 〈쇼카 위안소〉

라는 세로 간판이 걸려 있었다. 인솔해 간 남자가 우리를 이곳에 팔았다.

위안소 주인은 마흔이 좀 넘은 일본인이었다. 그가 나를 보더니 너무 어려 기가 찬다는 표정을 지었다. 만 열네 살이라야 경찰서에서 손님을 받을 수 있는 허가가 나왔다. 그들은 연령 미달인 나에게 허가가 나올 때까지 빨래나 심부름을 하라고 했다. 그 집에 소속된 사람은 일본인 주인과 입구에 앉아 돈을 받는 나카이[23] 그리고 두 명의 일본 남자가 있었다.

나는 걸레로 청마루를 닦거나 사람들에게 물을 떠다 주거나 유리창을 닦았다. 그날 이층 창을 닦으면서 계단으로 올라오는 남자들을 보았다. 유카타를 입은 일본 남자가 올라와 구석 여자 방으로 들어갔고 일본 군인도 올라와 다른 방으로 들어갔다. 그리고 입이 뻘건 대만[24] 남자는 커튼도 내리지 않고 들어가서는 곧장 옷을 벗고 여자에게 올라탔는데 그 뻘건 입이 귀신 같아 하마터면 기절할 뻔했다. 내가 열다섯이 되면 저런 남자들이 나를 올라탈 것이 아닌가.

나는 골방에서 자고 아침 5시에 일어나 밥을 할 때가 많았다. 내가 안 할 때는 위안소 여자들이 했다. 이런 곳에서는 도저히 살 수가 없었던 나는 3개월 동안 밤에 잠을 안 자는 연습을 하며 도망갈 기회를 노렸다. 마침내 그날, 감시하는 사람이 모두 자는 시간인 새벽 3시에 뒷문(미리 막대기를 꽂아둔)으로 나와서 게다를 손에 쥐고 경찰서로 달려갔다. 나는 들어가자마자 살려달라고 울었다. 경찰보조이자 통역인인 조선 사람이 나에게 신원 조회를 해볼 테니 고향 주소를 말하라고 했다. 나는 주소와 아버지 이름까지 상세히 일러주었다.

"조회 답이 오자면 한 달은 걸릴 것이다. 기다리는 동안 너는 경찰서에서 심부름을 해라."

한 달이 지나 조회 답이 왔으나 어떻게 된 일인지 그런 아이가 없다고 했다는 것이었다. 그 소식을 듣고 통곡을 하자 경찰서 부장 후지모토가 자기 집에 가서 어린아이를 봐달라고 했다. 그때부터 4년간 그 집에서 애 보고 밥하고 청소하고 식모 일을 했다. 1942년 내가 열일곱 살 때 그 부장 가족이 일본으로 귀국하면서 "곧 돌아온다. 집 잘 보고 있으라"고 당부하고 떠났다. 그런데 다음 날 일본 군인 두 사람이 트럭을 타고 와서 나보고 나오라고 했다. 나는 주인이 와야 된다고 했지만 "지금 가야 하니까 빨리 타라"고 했다. 후지모토 부장은 4년간이나 돈 한 푼 주지 않고 실컷 부려먹고는 집에 조센 아이 하나가 살고 있다고 신고한 것이었다. 트럭을 타고 60리쯤 가니 산에 긴 굴이 파여 있었고 그 굴속에 고웅특공대高雄特攻隊가 주둔하고 있었다. 굴은 한쪽으로 들어가 다른 쪽으로 나오게 되어 있었다.

그들은 소학교를 접수해서 위안소로 운영하고 있었다. 단층 건물에 교실은 17개였다. 교실 하나에 합판을 막아서 방 세 개를 만들었다. 이불은 담요 두 장이었고 방에는 조그만 휴지통이 있었다. 휴지는 위안소에서 줬다. 여자들은 모두 40명 정도였고 입구에 〈특공대 위안소〉라는 간판이 붙어 있었다. 부대와 위안소는 거리가 5리쯤 되었다.

군인은 하루에 20명에서 30명까지 받았다. 변변히 먹지 못해 몸이 약할 대로 약해진 여자들이 그 많은 군인을 상대하고 나면 반쯤 죽은 상태가 되었다. 그러면 나카이가 들어와 그 여자를 끌어내고 건강한 여자를 집어넣었다. 이렇게 혹사당해 몸을 가누지 못하는 여자는 끌어내 골방에 두고는 밥도 주지 않았다. 주사를 놔도 별 소용이 없다 싶으면 군인들이 그들을 끌고 산으로 갔다. 죽은 여자는 산에 가져다 버린 후 풀잎으로 겨우 가려줬다. 군인들한테 인상만 써도 나카이가 골방으로 끌고 가니까 웃고 싶지 않아도 웃어야 했다.

그곳의 위안부는 모두 조선 여자였다. 한번은 개성에서 온 동료가 아파서 골방에 갇힌 채 식사마저 제공받지 못하자 우리가 밥 한 숟가락씩 떼어 종이에 담아 갖다주었더니 감시 군인이 그 환자를 죽도록 매질했다. 그로 인해 고하나[心花]라고 불리던 그 동료는 죽고 말았다. 나는 군인들이 우리를 때릴 때마다 속으로 "언젠가는 네놈들을 다 잡아먹을 것이다, 네놈들 종자, 씨까지 다 말려버릴 것"이라고 이를 갈았다.

부대장 도장이 찍힌 전표(군표)는 크기가 조그만 수첩만 했다. 이 전표를 나카이에게 주었다. 나카이는 에이코와 마사코 두 명이었는데 이들은 표를 모아 오야지인 이타쿠라에게 주었다. 그들이 처리를 잘해서 우리가 군인의 칼에 찔리는 일은 없었다.

우리는 돈을 받은 적이 없다. 평일 낮에는 군인들이 입던 국방색 군복을 입고 모자를 쓰고 풀을 베기도 했다.

전쟁이 막바지에 이르자 미군의 폭격도 날로 심해졌다. 군인들은 학교 위안소에 오는 대신 우리를 동굴로 불러들여서 그 짓들을 했다.

군인들 중에는 학도병으로 끌려온 조선 사람들도 있었다. 조선 사람들끼리 얼마나 정이 깊었는지 모른다. 우리는 일본 군인들 몰래 그들을 오빠라고 불렀다. 가만히 앉아 담배 피우며 얘기를 나누곤 했는데 서로 얼마나 울었는지 모른다. 그러다가 그가 보이지 않으면 전쟁터에서 죽은 것이다.

일본이 마침내 패망했다. 악마들은 배를 타고 다 도망갔는데 버려진 우리는 대책 없이 위안소에 앉아 있었다. 밖에 나갔다 온 동료가 대만인들이 몽둥이를 들고 일본인을 때려죽이러 다닌다, 어서 피해야 한다고 해서 우리 동료 34명은 각자 살길을 찾자고 뿔뿔이 흩어졌다.

나는 시내로 가서 대만 사람이 하는 빠에 나가기 시작했다. 중국옷을 입고 술 시중을 들고 중국 노래를 불렀다. 그러나 조선 사람 표시가 나서 한곳에 오래 있을 수 없어 자주 옮겨 다녔다.

12월, 4개월쯤 후 징용으로 끌려간 사람들이 조선인들에게 삐라를 돌렸다. 삐라에는 연말에 야스쿠니 신사에 모이라고 적혀 있었다. 그날 100여 명이 모였다. 위안부는 70명쯤 되었다. 학교 위안실에서 함께 있던 동료도 여럿 보였다. 위안부를 할 때보다 얼굴색이 좋았다. 징용자 한 사람이 "우리가 여기 모여 있으면 다 죽으니까 각자 헤어져 머리 돌아가는 대로 살다가 고향으로 가자"고 말했다. 그리고 노래 하나를 가르쳐주었다.

"아시아 동전아 우리 조선아 멀미멀미 재주 좋은 우리로다!"

동전은 우리 동포라는 의미이고 멀미는 머리라는 뜻이다. 나는 여기서 사리원에서 온 김나이와 친해져서 그날부터 함께 지냈다.

1946년 4월 어느 날 김나이와 나는 쇼카에 있는 동굴을 발

견했다. 일본 군인들이 파놓은 것이었다. 고웅특공대가 생각
났다. 그들이 주둔한 굴은 그 끝에 다른 출구가 있었다.

"이 굴속으로 따라가 보면 다른 마을이 나올지도 모르는데
한번 가볼래?"

"그러자."

그 굴은 가도 가도 끝이 없었다. 돌아갈 수도 없어서 그냥
뛰거나 걷기도 하면서 계속 걸었다. 굴의 길이가 50~60리는
되는 것 같았다. 굴을 나와보니 바다였다. 더 이상 갈 곳이 없
어서 우리는 그 자리에 주저앉아 펑펑 울었다. 내가 말했다.

"굴속으로 도로 들어가자."

"굴속으로 들어가야 뭐 하니? 날마다 똑같은 절망, 난 그냥
이대로 바다에 빠져 죽을래."

김나이가 바다에 들어가려고 게다를 벗어 던질 때 저 멀리
서 큰 배 한 척이 지나가는 것이 보였다.

"나이야, 옷을 벗어 흔들어!"

우리 둘이 윗도리를 벗어 힘껏 흔들었다. 배가 멈추더니 그
배에서 보트가 한 대 내려왔다. 나는 얼른 두 손을 모아 기도
를 했다. 부처님요, 우리를 구해 가라 카이소. 보트가 달려왔
다. 미군 복장을 한 조선 남자 둘이 타고 있었고 그들이 큰 소
리로 "조선 사람이냐"고 물었다. 나이와 나는 "조선 사람"이라

그곳에 엄마가 있었어

고 목이 터져라 외쳤다. 그들이 우리를 보트에 태우고 큰 배로 데리고 갔다.

큰 배에는 포로수용소에 있다가 귀국하는 조선인들로 가득했다. 징용, 징병, 위안부 모두 해서 1000명은 훨씬 넘어 보였다. 배에 오르자 사무를 담당한 사람이 나이와 나에게 커다란 표를 달아주었는데 거기에는 '이들은 끌려가서 안 죽고 살아나온 사람이니 돈을 받지 말라'고 쓰여 있었다.

배를 탄 지 나흘 만에 부산에 도착했다. 열두 살에 끌려가서 9년이 지난 스물한 살에 돌아온 것이다. 배에서 내리자마자 나는 조명길과 거기 있던 남자와 여자부터 찾아서 복수를 하겠다고 다짐했다.

이상순 편

　　　　　1922년 경북 달성군 조야동에서 2남 3녀 중 장녀로 태어났다. 아버지는 면장이었다. 집에는 머슴을 두었고 논밭도 많아 유복한 편이었으며 동생들을 위해 유모를 둘 정도였다. 아홉 살에 학교에 들어갔는데 첫해에 책을 다 읽을 수 있었다. 그런데 세 살 위인 오빠가 계집애가 배워서 어디다 쓰느냐고 학교에 못 다니게 했다. 내 책도 모두 아궁이에 넣고 불살라 버렸다. 그래도 학교에 가겠다고 하자, 오빠는 할아버지가 계신 집에서는 때리지 못하니까 서당으로 끌고 가서 낫으로 찔러 죽인다고까지 했다.

　나는 밤낮으로 오빠의 협박에서 벗어나 공부할 묘안은 없을지를 궁리하다가 서울에 사는 고모 집으로 도망을 갔다. 고모 집에서 한 해를 놀다가 학교에 들어갔지만 3학년 때 고모네 집안이 어려워져서 중단할 수밖에 없었다. 열네 살 때였다. 고모가 집으로 내려가라고 했으나 내려가면 맞아 죽을 것이 뻔했고 고모 집에서도 더 이상 기거할 수 없어진 나는 집을 나와 동네 길을 배회했다.

　고모 집과 멀지 않은 어느 집에서 노랫소리가 들렸다. 활짝 열린 대문 옆에는 김문식이라는 문패와 소개소라는 간판이 걸려 있었다. 소개소가 무슨 뜻인지는 몰랐지만 노랫소리가 나기에 노래라도 배워볼까 해서 안으로 들어갔다. 여자들이 마루에서 장구를 쳤고 남자들은 듣고 있었다. 나중에 보니 소개소는 여자들을 불러서 노래를 시켜본 후 잘하면 인력거를 태워 어디론가 보내곤 했다. 내가 구경하고 있으니까 주인 여자가 어디서 왔느냐고 물었다. 나는 경성 고모 집에 있다가 일을 저질러서 쫓겨났다고 거짓말을 했다. 주인아주머니는 자기 집에 있으라고 했다. 그 집에서 밥하고 빨래하면서 1년을 보냈다. 주인아주머니는 좋은 사람으로 밥 먹여주고 옷도 해주고 가끔 10전이나 20전씩 용돈도 주었다. 주인아주머니 이름이 김문식으로, 소개소 주인이었으며 과부였다.

어느 날부터 여자들이 계속해서 모여들었다. 소개소에 머물던 늙은 조선인 남자와 일본인 군속 한 명이 지방을 돌아다니며 여자들을 모아 온다고 했다. 여자들 중에는 아버지에게 팔려서 온 애들도 있었다.

내가 언니들에게 어디로 가느냐고 물으니까 일본 군속을 따라 일본 공장으로 간다고 했다. 여자들은 경상도, 전라도 등지에서 온 16, 17, 18세였다. "나도 갈까?" 했더니 군속에게 말해주었고 소개소 주인은 가고 싶으면 가라고 했다. 대구 집이나 고모에게는 알리지 않았다. 군속은 나까지 10명이 되자 길을 나섰다.

기차를 타고 부산으로 갔다. 부산에서 연락선을 타고 시모노세키에 내렸는데 거기서 치렁치렁 길었던 머리를 단발로 잘랐다. 그곳에서 일주일쯤 있다가 또 배를 타라고 해서 여기가 일본인데 또 어디로 가느냐고 물었더니 좀 더 가야 한다고 대답했다. 배는 아주 큰 연락선이었는데 안에 술집도 있고 목욕탕도 있었다.

배를 타고 가다가 섬을 지나칠 때 뱃사람들이 저기가 사이판이고 그 밑의 섬이 야프이며 우리가 내릴 섬은 파라오[25]라고 했다. 나는 공부나 외우는 일을 좋아해서 그들의 말 모두를 그냥 외웠다.

파라오섬에 내렸다. 원주민들은 옷을 입지 않았고 여자들도 야자잎으로 허리만 가리고 다녔다. 부두에서 한참 걸어서 도착한 곳은 판자로 지은 기다란 ㄱ자의 단층집이었다. 마당은 넓었고 나무들이 즐비해서 울타리 구실을 했다. 거기 주인은 조선인 부부였다. 거기까지 따라온 일본인 군속이 우리를 주인에게 넘기자 주인은 군속에게 돈을 지불했다. 이 돈의 액수에 따라 각자 1년 반, 2년, 3년 등으로 기한이 정해졌다. 나에게는 1년 반이란 기한이 정해졌다.

일주일 후 저녁 무렵 주인이 우리에게 현관에 나와서 앉아 있으라고 했다. 조금 있으니 군인들이 와서 신발을 벗어 들고는 마음에 드는 여자를 지목해서 방으로 데리고 들어갔다. 나를 지목한 군인이 방에 들어오자마자 벌거벗고 덤볐다. 내가 비명을 지르며 울부짖자 군인이 사정없이 때렸다.

다음 날부터 오후 3~4시쯤에 군인들이 오기 시작했다. 주인은 계급이 높은 군인에게는 나이가 좀 들어 철이 난 언니들을 소개해 주고 나에게는 무식한 졸병들만 소개했다. 졸병들은 내가 말을 잘 듣지 않는다고 걸핏하면 때렸다. 어떤 작자는 여자에게 자기 신발까지 들고 들어가게 했다. 처음은 내가 하도 난리를 치니까 하루에 두세 사람만 받게 했다. 다른 언니들은 20명 이상 받아야 했다.

하얀색 군복을 입은 군인과 국방색 군복을 입은 군인이 왔다. 어떤 군인들은 한 번 하고 옷도 입지 않고 있다가 또 달려드는 놈도 있었다. 이때 나는 소리를 꽥꽥 지르고 악을 쓰면서 거절했다. 그러면 때리고 칼로 찌르기도 했다. 군인을 받다가 견딜 수 없어 도망치다 붙잡혀 매도 숱하게 맞았다. 그때 하도 맞아서 오른쪽 귀가 안 들리고 몸도 성한 곳이 없다. 도망가면 목을 옭아매서 끌고 다녔다. 나를 자주 찾아오거나 특별히 잘해주는 군인은 없었다. 내가 쌀쌀맞게 대하고 상대하지 않으려 한다고 군인들은 때리기만 했다. 내 일본 이름은 노부코였다. 다른 언니들 이름은 부른 적이 없어 기억할 수가 없다. 하나코라는 전라도에서 온 언니는 얼굴이 예뻐서 군인들한테 제일 많이 시달렸다.

나는 늘 행위가 끝나자마자 화장실로 달려가서 씻었다. 내가 씻으러 간 사이 내 방에 있는 물건을 집어 가는 군인도 있었다. 내 수입은 한 달에 30원이었는데, 주인은 옷, 화장품, 거울 같은 것을 가져다주고는 수입에서 제한다고 했다. 물건이 없어지면 주인은 또 그 물건을 사서 방에 갖다두라고 했다. 내가 "안 사요. 군인들이 다 훔쳐 가는데 뭘 하러 사요?"라고 거절하면 주인은 다른 여자들은 다 사는데 너만 그런다면서 또 때렸다. 결국 주인으로부터 단 일 푼도 받은 적이 없다.

어느 날 주인이 바뀌었다. 조선인 부부에서 40~50대쯤 되는 일본인 부부로 바뀐 것이다. 새로운 여자들이 더 왔다는 것 외에 환경도 대우도 달라진 것이 없었다. 새로 온 여자들 중에는 평양에서 유명했던 기생도 있었다. 나이가 좀 들어 보이는 그 기생은 인기가 있어서 그녀에게 환심을 사려고 기모노를 입고 오는 남자들이 많았다. 그들은 기생들을 불러서 노래를 시켰다. 기생들 중에는 춤을 추는 사람, 가야금을 뜯거나 육자배기를 하는 사람들도 있었고 일본인 중에는 조선말을 잘하는 사람도 있었다. 기예가 뛰어난 기생들도 손님을 받았다.

전쟁으로 많은 여자들이 죽긴 했지만 자살한 여자는 없었다. 나는 초경을 스무 살에 했다. 자고 나니 요가 빨갛게 물들어 있었다. 그 짓을 많이 해서 이제 죽는 것이라고 울고 있는데 옆방 언니가 와서 월경이 시작된 것이라고 했다. 언니는 가게에 전화를 걸어 가제를 주문했고, 그걸 잘라서 쓰라면서 방법을 일러주었다.

파라오에는 우리보다 먼저 들어온 조선인 개척자들이 있었다.[26] 그들이 들어와 농사도 짓고, 길도 내고, 집도 짓고 해서 원시섬이 많이 개화되어 갔다. 그들도 위안소에 왔다. 주인이 조선 사람도 받으라고 했지만 나는 받지 않았다.

한번은 못된 육군 졸병이 내 가슴, 팔, 발을 칼로 찔러서 병원에 입원했다. 내가 입원해서 매일 엄마 엄마하고 울었더니 군의관이 엄마가 어디에 있느냐고 물었다. 조선에 있다, 학교에 가다가 붙잡혀 왔다고 거짓말을 했더니 그가 상관에게 말해서 나를 병원에서 일하게 해주었다. 일본말을 할 줄 알고 약품 등 일본 글을 읽어서 구분할 수 있기 때문이었다. 군의관이 의사가 하는 일을 나에게 가르쳤고 나는 오리주둥이 같은 기구로 여자들 성기를 검사하는 일을 도왔다. 파라오에는 일본 유곽과 조선 유곽이 따로 있다는 것을 그때 알았다. 병이 있는 여자들은 나팔관에 고름이 생겨서 잘 빠지지 않았다. 10명 이상 늘 입원해서 치료를 받았다. 치료는 자궁 안에 새알 같은 약을 넣고 솜으로 막는 것으로, 24시간이 지나면 다시 검사했다. 검사하면서 보니 끌려온 여자들 중엔 출산 경험이 있는 여자도 있었다.

병원 한 달 월급은 50전이었다. 담배를 사면 남는 돈이 별로 없었다. 담배는 몰래 피웠다. 병원에서 일한 지 얼마 되지 않아 의사와 간호부들 몇 명과 함께 비행기를 타고 소남으로 갔다. 그때가 소화 18년(1943년)으로 기억된다. 소남에서는 야전병원에서 일했다. 그곳에서 7개월 근무하다가 다시 파라오로 돌아왔다. 돌아온 지 얼마 후 폭격이 심해져서[27] 여기저기 뛰어다니며 일했다. 급하면 오토바이를 타고 다니며 의사와 간호부를 도와서 부상병을 치료했다. 한번은 팔이 달아난 부상병을 만났는데 내 가슴과 팔과 발을 칼로 찔렀던 그놈이었다. 나는 약도 모르핀 주사도 놓아주지 않았고 놈은 아프다고 밤새껏 소리치다가 새벽녘 파상풍으로 죽었다.

군의관은 내가 자꾸 마음에 걸린 모양이었다. '파라오에 오래 있어서 퐁토병이 생길 우려가 있다'는 진단서를 써주면서 엄마를 보러 조선에 가라고 했다. 진단서를 들고 경찰서에 가서 수속을 밟고 돌아와 짐을 꾸렸는데 타고 갈 배가 폭격을 맞았다고 했다.

날이 갈수록 폭격이 심해졌다. 위안소에도 폭탄이 떨어져 많은 위안부가 죽었다. 위안소 영업은 중단되었고 군인들 출입도 없었으며 살아남은 위안부들만 오돌오돌 떨고 있었다. 나는 그들 여섯 명과 함께 이와야마로 피난을 갔다. 우리는 먹을 것이 없어서 냇가에 있는 커다란 달팽이를 잡아먹었고 나중에는 도마뱀과 쥐도 산 채로 잡아먹었다. 어느 날 밤에는 들고 다니던 항고에 마을에서 얻은 쌀을 넣고 주위를 더듬거려 물을 붓고 불빛을 숨겨가며 밥을 하는데 폭격을 당했다. 항고를 들고 정신없이 도망 다니다가 아침에 보니 밥이 덜 되어 시뻘겋다. 죽은 사람의 핏물을 받아 밥을 지은 것이었다. 우리 여섯 명은 그거라도 안 먹으면 죽는다고 눈을 질끈 감고 먹었다. 피난길에 패잔병들을 만나 그들과 함께 다녔는데 그 와중에도 강간하는 놈이 있었다. 그때 어떤 놈이 내 입술을 깨물었는데 내 아랫입술에 있는 거무스름한 자국이 그놈이 남긴 것이다. 그때 나는 칼을 가지고 있었지만 그놈을 찔러 죽이지는 못했다. 공포에 악마가 된 군인들이 나를 죽일 것이기 때문이었다.

어느 날 미국 비행기가 떠다니며 삐라를 뿌렸다. 조선 사람은 손 들고 나오라고 한글로 쓰여 있었다. 군인 놈이 나에게 총을 들이밀며 뭐라고 쓰여 있느냐고 다그쳐 물었다. 나는 글을 못 배워서 못 읽는다고 거짓말을 했다. 일본 패망이 공식화

되자 어떤 일본 군인은 병을 깨뜨려 거꾸로 꽂아놓고 머리를 처박아 자살했다. 미군이 와서 조선인, 일본인을 나눠 수용소로 보냈다.

1946년 3월에 조선으로 가는 수송선을 탔다. 수송선이 섬으로 다니며 조선인 노무자와 위안부들을 싣느라 부산에 도착한 것은 5월이었다.

문필수 편

　　나는 1925년 경남 진양군 지수면에서 문학기의 2남 6녀 중 셋째 딸로 태어났다. 아버지와 어머니는 구멍가게를 운영했고 논밭도 있어서 어렵게 살지는 않았다. 아홉 살 때 어머니가 아버지 몰래 학교에 입학시켰으나 아버지의 반대로 학업은 중단했다. 공부가 하고 싶었던 나는 틈만 나면 학교 주변을 맴돌았다. 우리 마을에는 일본인 앞잡이 노릇을 하는 50대 남자가 살았다. 어느 날 그가 공부도 하고 돈도 벌 수 있는 곳으로 보내주겠다고 하기에 나는 솔깃해서 가겠다고 자청했다. 집에는 알리지 않았는데 아버지가 절대로 허락하지 않을 것이기 때문이었다. 그 며칠 후였다. 저녁 무렵 그 아저씨가 찾아와 잠깐 다녀올 곳이 있으니 나와보라고 해서 집에 말하지 않고 그대로 따라나섰다. 마을 한적한 곳으로 가자 거기 짐 싣는 트럭에 동네 지서에 근무하는 일본 순사 다나카가 타고 있었다. 그들이 나를 트럭에 태워 부산으로 데려갔다. 집에서 입던 검은 치마와 저고리 그대로였다. 부산에 도착해서 여관으로 들어갔는데 나와 비슷한 처녀 네 명이 있었다. 그중에는 학생복을 입은 아이도 있었다.

　다음 날 식당에서 아침을 먹고 조선인 네 명과 함께 역으로 갔다. 역에서 순사가 우리를 일본 군인에게 넘겼고 군인이 우리를 군용칸에 태웠는데 각자 따로따로 앉혀 서로 이야기를 못 하게 했다. 서울, 평양, 신의주를 거쳐 만주로 갔다. 가는 동안 우리 같은 조선 처녀들을 6~7명 더 태웠다.

우리는 만주에 있는 군대 소속 위안소에 배치되었다. 위안소는 ㄴ자 형태로 된 이층집이었다. 방은 다다미 1장 반 크기였고 여자들도 30명쯤 있었다. 주로 이북 여자들이었고 부산 사람도 있었다. 나이는 대략 17~19세였는데 학교에 다니다가 끌려온 여자도 있었다.

위안소에는 위안부 외에 고향이 이북인 조선 남자가 둘, 청소와 심부름을 하는 중국인이 한 명 있었다. 한 조선 남자의 부인이 가끔 위안소에 다니러 와서 밥과 김치를 담아주기도 했다. 그리고 부대의 군인들이 교대로 파견 나와 문 앞에 보초를 섰다. 우리를 감독하는 두 조선인 남자는 돈표를 모아서 계산하는 일을 했다. 그들은 제복을 입고 있었다. 옷 색깔은 노랑에 풀색이 섞인 것이었고 가슴에는 배지를 달고 있었다. 키 작은 군속은 걸핏하면 회초리로 우리를 때리고 지독하게 굴었다. 군인을 상대하지 않으려고 하면 더 심하게 때렸다.

처음 도착하자 군의가 성병이 있는지 처녀인지 검사했다. 군의가 나에게 간호부 일을 시켰다. 부상병의 상처를 소독하고 붕대로 감는 일을 배웠다. 병원 빨래도 했다. 밤에는 군의가 자러 왔다. 그 군의에게 처녀성을 빼앗겼다. 처음은 군의와만 잤으나 몇 달 후 간호부 일을 그만두게 하고 위안부를 시켰다.

위안부들은 다 똑같은 원피스를 입고 단발머리를 했다. 식사는 조밥과 단무지, 양배추김치를 주로 먹었다. 아침에는 된장국이 나오고 일본 국경일에는 고기반찬이 나올 때도 있었다. 아침과 저녁 두 끼만 주었다. 우리는 교대로 밥을 먹었다.

3년 동안 조선인은 한 사람도 보지 못했다. 조선인이 오면 붙잡고 실컷 울기라도 할 텐데 3년 동안 아무도 오는 사람이 없었다.

3년째 되는 해 어느 날 밤 조선인 군속이 와서 우리에게 어서 나오라고 했다. 전쟁이 끝났고 일본인들이 떠나는데 그 트럭을 얻어 타야 한다는 것이었다. 또 그놈들을 따라가느냐고 우리가 화를 내자 곧 소련 놈들이 밀려온다, 그놈들은 더 우악스럽다, 일단 이곳부터 피해야 한다, 일본군 피난길에 한참 묻어가다가 안전한 곳에서 벗어나면 된다, 갈 사람은 따라오라고 했고 그 말은 진실인 것 같아 트럭에 올랐다. 일본군들은 상해에서 큰 배를 타고 떠났고 우리는 임시 수용소로 들어가 1946년 5월에 조선으로 가는 배를 탔다.

문기주 편

1924년 대구시 대명동에서 태어났다. 아버지는 문기환, 어릴 때 가끔씩 집에 들르다가 내가 여덟 살 때 아주 돌아와 시름시름 앓다가 돌아가셨다. 어머니 말로는 아버지가 상해, 만주 등지에서 독립운동을 하느라 집에도 못 오고 고생하다가 병을 얻어 돌아가신 것이라고 했다. 우리 형제는 아들 둘, 딸 둘이었다. 집안 살림은 모두 어머니가 맡아 하셨다. 침모나 품팔이를 해서 끼니를 이어갔고, 시골 외가에서 가끔씩 곡식을 보내주기도 했다.

나는 집이 어려워 학교는 가지 못했지만 남자들이 다니는 근처 서당에서 어깨너머로 배웠고, 야학에도 다니면서 한자나 한글, 일본어를 깨쳤다. 나는 일본인이 경영하는 슬리퍼공장에도 다녔다. 왕골로 만드는 슬리퍼는 병원 납품용이었는데 일거리가 늘 있는 것이 아니었다. 집에서 놀고 있을 때는 뒷산에 나물을 캐러 다녔고 그때 화장터 딸 하루코와 친해졌다. 그집 가족은 모두 일본 이름을 쓰는 조선인이었는데 화장터에서 시체를 사르기 전에는 항상 제사를 지냈다. 먹을 것이 귀한 때였지만 하루코의 집에만 가면 늘 제사 음식을 얻어먹을 수 있었다.

1940년 열여섯 살이 되던 해 어느 늦가을 날이었다. 하루코 집에서 놀다가 해가 뉘엿뉘엿할 때 집으로 돌아가는데 맞은편에서 일본 군복 차림의 남자가 다가왔다. 기다란 칼을 차고 왼쪽 어깨에 빨간 견장을 붙인 남자는 다짜고짜로 내 팔을 잡아끌며 일본말로 뭐라고 야단을 쳤다. 일본 순사는 이름만 들어도 무서워서 나는 아무 대꾸도 하지 못하고 끌려갔다. 그가 데려간 곳은 헌병대였다. 거기엔 내 또래 여자애가 한 명 더 있었다. 우리는 저녁도 먹지 못한 채 기다란 의자에 쭈그리고 앉아 새우잠을 잤다.

이튿날 아침 나를 끌고 온 순사가 우리를 역전으로 데려가서 평복을 입은 일본인 남자와 조선인 남자에게 넘겨주었다. 이들이 우리를 기차에 태웠다. 아카츠키[曉]라는 이름의 기차를 타고 우리는 이틀 동안 계속 북쪽으로 갔다. 중간중간 사람들이 내리면서 안동역이니 봉천역이니 하는 말을 들었다. 중국에 도착하자 우리를 대동해 온 자들이 중국말을 하는 남자들에게 인계한 후 떠났다.

우리는 중국 동북부 도안성이라는 곳에 내렸다. 소련과 국경 지역으로 트럭이 대기하고 있었다. 그 트럭에는 일본군 셋이 타고 있었는데 우리는 또 그들에게 인계되었다. 트럭은 허허벌판을 달려 외딴집 앞에 세워졌고 관리인 여자와 남자가 나와 우리를 맞아 안으로 데려갔다. 안에는 20명쯤 되는 여자들이 있었다. 소개소에서 선금을 받고 온 여성이 12명, 그 외에는 우리처럼 납치되어 온 사람들이었다. 선금을 받은 여성들도 카페나 술집으로 가는 줄 알았다고 했다.

첫날은 너무도 피곤해서 그냥 쓰러져 잠을 잤다. 다음 날 식사 시간에 여자들이 우리에게 "너희들도 돈 받고 왔니?" 하고 물었다.

"아니요, 붙들려 왔습니더."

"취직시켜 준다고 거짓말한 것도 아니고 붙잡아 왔다고? 아이고 큰일이네, 이 일을 어쩌나."

"뭐 하는 덴데 큰일입니꺼?"

"여기는 위안소로 군인을 받는 데다."

"군인을 받았으면 받았지 우리와 무슨 상관인데요?"

"아이고 답답이야, 군인을 받는다는 것은 군인하고 자는 것이다."

사흘 후에야 그 말의 정확한 뜻을 알게 되었다. 주인이 우리에게 방 하나씩을 주었고 군인들을 들여보냈다. 한 명한테 당하고 까무라쳤는데 매일 20~30명씩 들여보냈다. 한동안은 울기만 했지만 차츰 적응해야지 다른 길이 없다는 것을 깨달았다. 그나마 다행인 것은 우리를 때리거나 술주정하는 군인들은 별로 없다는 것이었다. 주인이자 책임 관리인들도 우리 식사를 조선식으로 해주는 등 신경을 써주었다. 고정 월급은 없었지만 한 달에 한 번씩 중국 돈을 조금씩 주었다. 그 집에는 몇 년째 있다는 여자도 있었다. 감시하는 사람은 없었지만 달아날 곳이 없었다. 그러나 더 이상 그 짓을 계속하고 싶지 않았을 때 나는 단골로 오는 한 장교를 공략했다. 그는 물품 담당자였다. 나는 그에게 애교를 부리고 행위가 끝나면 옷을 입혀주고 각반을 채워주기도 했다. 어느 날 마침내 그가 나에게 밖에 나가서 살림을 차리자고 제안했다. 내가 그에게 "끌려올 때 우리 어머니가 매우 아프셨다, 돌아가셨는지 병이 나으셨는지 그것만 확인하고 오면 당신과 살겠다"고 말했다. 그는 몇 차례나 정말 돌아오겠느냐고 물었고 나는 이미 이렇게 된 몸, 한 남자와 살자면 당신밖에 더 있겠느냐고 대답했다. 그가 여행 증명서를 만들어준 것은 1년이 되어가는 9월이었다.

나는 모아둔 돈 모두를 일본 돈으로 바꿔 고향으로 돌아왔다. 어머니에게 가져온 돈을 다 드렸지만 몇 달 지나지 않아 다시 쪼들리기 시작했다. 가난은 그냥저냥 버틸 수 있었지만 정말 괴로웠던 것은 자꾸 중매가 들어온다는 것이었다. 논마지기깨나 있는 집 아들이다, 네 아버지 친구 아들이 공부를 마치고 왔다면서 선을 보라고 재촉했다. 그간 수백 명의 남자를 거친 내가, 이런 몸을 가진 내가 어떻게 총각과 결혼해서 가정을 이룰 것인가, 아이도 제대로 낳을 수 없을 몸이 어떻게 그런 죄를 짓는단 말인가. 어디론가 다시 달아날 궁리를 하고 있을 때 어릴 때부터 한동네 살았던 친구 옥희가 물어왔다.

"나는 큰 식당에 돈 벌러 간다, 그 식당에는 일할 사람이 여럿 필요하다는데 기주야, 니도 갈래?"

이튿날 나는 식구들한테도 알리지 않고 옥희와 둘이서 부산행 기차를 탔다. 1942년 7월 초였다.

부산에 내렸더니 역전에 두 남녀가 기다리고 있었다. 옥희와 약속한 사람들이라고 했다. 둘 다 조선인이었는데 남자 이름은 마쓰모토라 했고, 나중에 보니 우리의 관리자였다. 그들이 옥희와 나를 여관으로 데려갔다. 갑을여관이라는 그곳에는 이미 열댓 명의 여자들이 와 있었다.

1942년 7월 10일, 부산항 부두로 나갔다. 그때 군용선 6~7대가 함께 떴는데 우리는 맨 마지막 배를 탔다. 배에는 300~400명이 넘는 여자들이 타고 있었다. 부산에서부터 함께한 우리 일행 18명은 한 조가 되어 함께 움직였다. 다른 여자들도 우리처럼 조를 만들어 행동했다. 많은 여자가 뱃멀미로 정신을 추스르지 못했지만 나는 별로 멀미를 하지 않아 우리 조원들의 식사 준비를 도와주거나 토사물을 치우고 정신을 잃은 여자들을 돌봐주었다. 내가 다른 조의 여자들에게 우리가 어디로 가느냐고 물었더니 모두 식당에 돈 벌러 간다고 했다. 나는 정말로 큰 식당에 가나 보다고 생각했다. 배는 여러 곳에 정박했고, 그때마다 수십 명의 여자들이 내렸다.

배는 두어 달 항해하면서 대만과 필리핀, 소남을 거쳤고 마지막으로 남은 여자들 모두가 내린 곳은 버마의 랑군이었다. 그곳에 내린 여자는 우리 조를 합쳐 200여 명이었다. 부두에는 많은 트럭이 길게 줄지어 서 있었다. 관리자들이 우리에게 조별로 서 있으라고 지시한 뒤 자기네끼리 모여 제비뽑기를 했다. 우리 조 관리자가 돌아와서 만달레이로 간다고 알려주었다. 우리는 트럭을 타고 역으로 갔고 거기서 만달레이행 기차를 탔다. 만달레이역에서 내려 다시 트럭을 타고 어느 외딴 집 앞에 내렸다. 나무로 지은 낡은 이층집이었다. 2층에는 방이 열두 개였고 아래층은 사무실이었다. 2층 나무 계단으로 올라가면 가운데 빈 공간이 있는데 다음 날 10여 명의 군인이 나무를 가득 싣고 와서 가운데 공간에 방 여섯 개를 더 만들어 넣었다. 군인들이 공사를 끝내고 가자 관리인이 우리 모두에게 방 하나씩을 배정했다. 이때 나는 비로소 내가 또다시 위안부로 왔다는 사실을 알았다.

사흘이 지나자 군인들이 떼거리로 몰려왔다. 첫날 내 친구 옥희는 놀라서 2층에서 뛰어내리다가 죽었다. 우리는 몰려온 군인들에게 짓밟히느라 다른 방 사정은 신경 쓸 여유가 없었고 한동안은 옥희가 죽었다는 사실도 몰랐다. 식사 때 보이지 않아 물었더니 다른 데로 갔다고 했는데 한 달쯤 후 친구의 뼛가루라면서 상자 하나를 주었다.

그곳 부대는 〈버마 파견 8400부대〉 사단 사령부였다. 우리에게 배속된 부대 외에도 마루사[28]라는 부대가 있었는데 이들도 가끔 우리에게 왔다. 어느 날 한 군인이 내 방에 들어와서 눈물을 줄줄 흘리며 울었다. 왜 그러느냐고 물으니까 자기도 조선인이라고 했다. 자기는 마루사 부대에 있는데 이 부대에는 50명 중 30~40명은 조선인이라고 했다. 조선인도 마찬가지로 군표나 삿쿠(콘돔)를 가져와서 사용했다. 나는 울거나 동정하는 조선 군인들이 더 미웠다. 동족이 어떻게 일본 군인과 똑같이 그 짓을 하는가 싶어서였다. 나는 사내들의 본능을 몰랐고 지금도 알고 싶지 않다.

만달레이에서 7개월쯤 지났을 때 사단 사령부가 아키아부로 이동하면서 우리도 따라가야 했다. 처음은 트럭으로 이동했고 섬이 많은 뿌연 황토색의 바다를 건널 때는 다이하쓰라는 배를 탔다. 미군 비행기가 자주 폭격을 했다. 우리는 폭격을 피해 아무 섬에나 내려서 피신하곤 했다. 섬에 있던 군인들은 우리를 에워싸면서 자기들도 위안해 달라고 요구했다. 좀 쉬는가 했더니만 상부에서 위안부 이용을 허가해 우리는 일주일이든 보름이든 그 섬에 머무르면서 그곳 군인들을 받아야 했다. 우리 거처는 그들 초소 곁에 있었으며 그들과 같이 식사를 하고 잠도 잤다. 또 폭격이 있을 때면 그들과 함께 정글로 숨어들었다.

그 섬을 떠나는 날 요시코 언니가 일어나지 못했다. 폐병으로 밤새껏 각혈을 하느라 기운이 빠진 탓이었다. 관리자가 데리고 갈 수 없다기에 내가 남겠다고 자청했다. 나는 언니가 기운을 차릴 수 있도록 과일을 따다 먹이고 생선을 사서 구워 주기도 했다. 나는 죽은 옥희를 생각했다. 옥희에게 베풀지 못한 정성과 성심을 언니에게 쏟아부었다. 그러나 언니는 열흘 만에 숨을 거두었다. 군인들이 가까이하기를 꺼려서 내가 직접 화장한 다음 뼈를 추려 바다에 띄워주고 나머지는 빻아서 주머니에 담았다. 옥희의 뼛가루와 요시코 언니의 뼛가루를 담은 주머니를 짐 속 깊이 간직했다.

서너 달쯤 지나자 갑자기 이 생활이 넌더리가 났다. 군인들을 받는 것도 역겨웠고 숨 쉬는 것도 짜증이 났다. 순간순간 내 신세가 참 개 같다, 개보다 못하다는 혐오감이 뼛골을 쑤셔댔다. 어떻게든 나 자신을 처리하고 싶어 술을 잔뜩 마셨다. 보이는 것이 창문이었다. 나는 3층 창을 열고 뛰어내렸다. 팔로 머리를 감싸고 떨어졌는지 죽지는 않고 팔과 어깻죽지만 심하게 다쳐 깁스를 한 채 병원에서 석 달 동안이나 입원해 있었다.

여기서 1년 정도 살다가 다시 다이하쓰를 타고 푸로무로 갔다. 랑군으로 들어가는 초입이었다. 이곳에는 조선인 위안부만 있었는데 이때부터 관리인 대신 군인들이 우리를 관리했다. 밥도 군인들이 해줬고 군표도 군인들이 직접 받았다. 4~5개월 지낸 후 다시 군 트럭을 타고 랑군으로 갔다. 군인들이 우리를 가이칸[會館]이라는 위안소로 데려다줬는데 거기에는 먼저 온 조선인 위안부들이 있었다. 이곳에서 내가 사고를 쳤다. 술 취한 군인이 들어와서 칼을 빼 들고 나를 죽이려고 했다. 처음 나는 "너희들을 위안하려고 온 우리에게 이럴 수 있느냐"고 달랬다. 그가 아랑곳하지 않고 더욱 살기등등하게 칼을 휘둘렀고, 결국 나는 죽기 살기로 덤벼들어 칼을 빼앗아 그의 가슴을 찔러버렸다. 이 일로 군사 재판을 받았는데 내가 울면서 자초지종을 말하자 재판관이 일주일 후 풀어주었다.

그곳에서 서너 달 머문 후 우리는 기차를 타고 태국으로 이동했다. 태국 대기소에서 아무 일도 하지 않고 한 달 남짓 지내다가 아유타야라는 곳으로 보내졌다. 도착하자마자 우리는 맥박 재기, 주사 놓기, 얼음찜질 등 간호교육을 받은 후 곧장 부상병들을 간호했다. 보수는 없었지만 우리는 매우 열심히 간호원 일을 했다. 이때 나는 간호 조장이었고 넉 달 후 해방이 되었으나 그 이후에도 서너 달 더 머무르면서 환자들을 돌보았다.

버마에서 지낸 3년 4개월 동안 우리는 1년쯤 머문 아키아부 외에도 만달레이, 푸로무, 랑군, 태국, 아유타야 등지를 몇 개월씩 전전하면서 살았다. 어디를 가든지 위안부 생활 내내 우리는 조센삐, 조센징이라는 멸시를 받았다. 그럼에도 나는 나에게 주어진 권리를 하나도 놓치지 않고 사용했다. 예를 들어 군인이 삿쿠를 사용하지 않으면 사타구니를 발로 걷어차며 거부했다. 그래도 말을 듣지 않으면 헌병에게 신고해 버렸다.

귀국은 어디서 했느냐고? 아유타야의 생활을 끝내고 우리는 트럭을 타고 태국에 있는 수용소로 갔다. 수용소는 큰 학교 같았는데 수용된 사람들이 무척 많았다. 미군들이 지프를 타고 몇 번 드나든 얼마 후 우리는 미군 수송선을 타고 부산에 내렸다.

이득주 편

1921년 경남 거창에서 농부의 맏딸로 태어났다. 노름으로 세월을 보내는 아버지의 행패가 날로 심했고 입에 풀칠하기도 어려웠으나 어머니가 여자도 눈을 떠야 한다면서 아버지 몰래 보통학교에 넣어주었다. 그러나 아버지가 눈을 부라리며 기집애가 무슨 공부냐고 책보자기를 빼앗아 아궁이에 처넣어 버렸다. 아버지는 날이 갈수록 술을 많이 마셨고 나만 보면 언제나 이유 없이 야단을 쳤다.

어느 날 동생들을 데리고 동네 아이들과 강에서 물고기를 잡아 집으로 오는데 길 저쪽에서 아버지가 "이년아, 사내같이 고기를 잡으려고 싸다니느냐"고 소리치면서 나를 쫓아왔다. 나는 놀라서 고기 담은 소쿠리를 팽개치고 냅다 달려서 다리 건너에 있는 큰집으로 갔다. 그때 아버지가 던진 돌이 내 뒤통수를 때려 피가 흘렀으나 나는 그것도 모른 채 큰집에 뛰어들었다. 뜰에서 일하던 큰어머니가 나를 보고 기겁했지만 나는 아버지가 더 무서워 큰어머니 뒤에 숨어서 벌벌 떨며 울기만 했다. 아버지가 뒤쫓아 들어오자 뒤꼍에서 큰아버지가 나와 "애비가 되어서 자식 모리통을 깨느냐"고 야단을 쳐서 아버지를 돌려보낸 후 내 뒤통수에 된장을 발라주었다.

내가 열일곱 살 때 옆 마을 포목점 아들과 혼사가 오갔다. 먹는 입 하나 줄이려고 팔려 가는 것 같아 내가 싫다며 버티고 있을 때 만주 목단강 근처에 사는 고모가 다니러 왔다. 고모가 떠난 얼마 후 남자들이 몰려와 아버지가 빌려 간 노름빚을 내놓으라고 욕을 하고 떠들어댔다. 어머니는 당황해서 어쩔 줄 몰라 하고 동생들은 울어대고 야단이었다. 나는 어머니를 보면서 나라도 돈을 벌어 그 빚을 갚아야겠다고 결심했다.

나는 고모를 찾아 만주로 갔다. 고모는 만주에서 신천지 카페를 운영했는데 그곳에는 나보다 나이 많은 언니들 둘이서 일하고 있었다. 나는 그 언니들 심부름을 해주면서 취직자리를 알아봤다. 고모 카페에는 일본인과 조선인 장사꾼들이 많이 드나들었다. 어느 날, 자주 들르던 하얀 얼굴에 금테 안경을 쓴 서른한 살의 일본인 남자가 언니들에게 돈을 더 많이 벌 수 있는 카페를 소개해 주겠다고 했다. 그리고 부엌에서 잔심부름을 하는 나를 보며 예쁘다면서 누구냐고 물었다. 주인 질녀라고 하니까 그 애도 같이 가지고 했다. 언니들이 저 애는 카페 같은 데서 일하는 애가 아니지만 일자리를 구하고 있으니 일단 물어보겠다고 했다. 나는 따라가겠다고 했다. 내 나이 열여덟 살 때였다.

우리는 기차를 타고 목단강에서 멀리 떨어진 여관에 당도

해 일주일쯤 머물렀다. 그 일본인은 우리에게 먹을 것과 옷을 사주었다. 그는 우리에게 거기서 기다리라고 하고는 사흘 후 조선 여자 셋을 더 데리고 돌아왔다. 한 아이는 돈벌이를 시켜준다 해서 조선에서 만주까지 따라왔다고 했다. 나는 조금씩 불안해졌고 고모한테 알리지 않고 온 것도 마음에 걸렸다. 내가 그 남자에게 집에 보내달라고 사정했더니 "너에게 들어간 돈이 얼만데 그런 소리를 하느냐? 여기까지 데려오면서 든 기차비, 여관비, 다 내놓으라"고 하면서 주먹으로 내 얼굴을 때렸다. 그 바람에 나는 기절했다. 그런 나를 보고 언니들은 자기들 때문에 순진한 아이를 이렇게 만들었다고 자책했다. 나는 계속해서 집에 보내달라고 떼를 썼다. 그때마다 금테 안경은 나를 모질게 때렸는데 내 이마에 남은 이 흉터가 그때 맞은 자국이다. 놈이 반지를 낀 주먹으로 내 이마를 쳤기 때문이다.

이틀 후 그놈이 여자 두 명을 더 데리고 왔다. 그리고 떠날 채비를 하라고 했다. 카페에 올 때는 민간인 복장이던 그놈이 그날은 국민복 같은 것을 입고는 우리 여덟 명을 인솔해서 기차를 탔다. 우리는 자리가 없어 한구(한커우)까지 내내 서서 갔고 한구에 내렸을 때는 발이 부어 잘 걸을 수가 없었다.

금테 안경 일본인은 한구에 도착해서 30대 후반으로 보이는 조선인 남자에게 우리를 넘겼다. 가네야마로 불리는 김씨는 우리를 일본군 부대에서 10미터쯤 떨어진 중국인이 살던 집으로 데리고 갔다. 그는 경상도 사람인 듯했는데 스물여섯 쯤 먹은 처남과 함께 지냈다. 그 처남은 매형을 돕다가 우리가 도착한 지 얼마 후 조선으로 돌아갔다. 김씨는 일본 군인들과 친했고 그곳에 있는 군부대에도 자주 드나들었다. 부대 주위 에는 위안소들이 무척 많았다.

그곳에는 이미 조선 여자 20명이 있었다. 통영 출신 여자들 이 10명이나 되었는데 모두 공장에 가는 줄 알고 따라왔다고 했다. 가장 어린 여자애는 열다섯이었다. 일본인 여자도 두 명 이나 있었는데 우리보다 나이가 무척 많았다.

며칠을 먹지도 않고 울고 있는데 군인이 들어왔다. 나는 놀 라 도망가려고 했지만 그는 우악스럽게 내 손을 비틀어 눕히 고 강간을 했다. 그날 밑이 다 찢어져서 일주일간은 군인을 상 대하지 못했다.

일주일에 한 번, 부대의 병원에 가서 성병 검사를 받았다. 식사는 부대에서 가져다주었다. 비누 같은 생필품은 군인들에 게 부탁해서 얻는 것 외엔 구하기가 어려웠다. 삿쿠는 군인들 이 가져오기도 하고 내가 모아놓은 것을 쓰기도 했다. 군인과 관계할 때는 크기가 5센티쯤 되는 연고를 짜서 삿쿠에 발랐다.

군인을 많이 받는 날은 하루에 20명도 넘었다. 보통 아침

9시에서 오후 5시까지 졸병들이 왔다. 오후 5~8시까지는 하사관들이, 10시부터 12시 사이는 장교들이 왔는데 자고 갈 때도 있었다.

군인들은 들어올 때 집 입구에 앉아 있는 김씨에게 돈을 주고 표를 받아 원하는 여자의 방으로 갔다. 계급이 높은 군인들은 김씨에게 돈을 주지 않고 그냥 자기가 원하는 여자 방에 들어왔는데 그럴 때 우리는 그에게 돈을 받아 김씨에게 가서 표를 사다주었다. 김씨는 전체 수입의 7할은 자기가 가지고 3할은 우리가 위안소를 떠날 때 일시불로 준다고 했으나 옷이나 생필품을 살 때 청구해서 받은 돈 외에 따로 우리 몫을 정산해 받은 적은 없다.

한구에 온 지 3년째 접어들었을 때 김씨는 수마트라 쪽에 색시가 필요하다면서 우리 22명을 이끌고 그쪽으로 이동했다. 먼저 도착한 곳은 소남이었다. 그곳에는 이동 중인 여자들이 많이 모여 있었다. 우리는 그 여자들과 함께 큰 군용선을 타고 수마트라의 메단으로 갔다. 메단에 대부분의 여자들이 남고 우리는 기차를 타고 고도라지아(쿠타라자)로 갔다.

고도라지아는 시골이었다. 김씨는 오란다(네덜란드) 사람들이 기거했던 ㄱ자의 붉은 기와집으로 우리를 데리고 가서 다시 영업을 시작했다. 영업 방식은 한구에서와 같았다. 내 방도 한구에 있을 때와 비슷했다. 1.7평 크기의 방에 나무판으로 대충 만든 침대와 옷가지들을 담는 광주리를 두고 지냈다. 날씨가 무척 더워 큰 선풍기가 있었고 물이 풍부해서 거의 매일 물을 떠다가 목욕을 할 수 있었다.

위안소 주변에는 경비대, 야전병원, 헌병대 등 여러 부대가 있었다. 위안소에는 주로 야전병원 사람들이 왔다. 밥은 병원 부대에서 가져다주었으나 군대에서 지어주는 밥은 맛이 없어서 가끔은 우리가 직접 쌀을 받아다가 지어 먹기도 했다.

우리의 잔심부름을 해주는 열일곱 살 중국인 소년이 있었는데, 그 아이가 나를 무척이나 따라 가끔 방 청소도 하고 필요한 물건을 사다주기도 했다. 나는 김씨의 허락을 받고 몇 번 그 소년의 집에 간 적이 있었다. 그 집은 농사를 지었는데 그의 부모는 내가 가면 맛있는 음식을 만들어주었다. 소년의 어머니도 내가 불쌍하다고 무척 잘해주었다.

어느 날부터 삿쿠를 아끼라는 지시가 내려왔다. 한 번 사용한 것을 다시 사용하라는 것이었다. 나는 사용했던 것을 물에 두세 번 씻었는데 씻는 만큼 또 군인을 받아야 한다는 생각에 몸서리를 치곤 했다. 정말 별의별 놈이 다 있었다. 몸이 아프다고 해도 마구 달려들어 하는 놈, 상대하지 않겠다고 하면 지랄하는 놈, 이상한 행위를 요구하는 놈, 먼저 들어온 군인이 빨리

안 나온다고 행패 부리는 놈…… 언제 어디서나 난폭한 놈들은 어찌 그리 많은지…… 서른 살쯤 되어 보이는 시카이라는 대위가 있었다. 그는 매우 괴팍해서 툭하면 칼을 휘두르고 때리곤 했다. 그런 개자식이 또 단골로 찾아오는 것이었다. 살아남으려면 조심스럽게 그의 비위를 맞춰야 했다.

반면 인간다운 군인도 있었다. '하라'라는 하사관은 비행 조종사였다. 그는 나와 오래 있으려고 표를 더 사 와서 함께 있는 시간을 연장하기도 했다. 어느 날 그는 사반토라는 일선에 전투를 하러 떠난 후 영영 소식이 없었다. 나는 그의 위패를 놓고 명복을 빌어주었다.

우리는 가끔 옷과 생필품을 구하려고 메단에 가곤 했다. 메단은 매우 번화한 도시로 기차를 타고 두 시간 가야 했는데 그곳엔 위안소도 우리 쪽보다 몇 배나 많았다. 김씨는 가지 말라며 생난리를 쳤지만 우리는 석 달에 한 번꼴로 외출했다. 가끔 충동적으로 도망가고 싶었으나 섬이 온통 바다로 둘러싸인 데다 군인들 감시까지 심했고 도망자는 바로 총살이라 엄두도 낼 수가 없었다. 또한 우리에게는 그 지역의 원주민들도 위협적인 존재였다.

우리는 그곳에서 성병과 말라리아 때문에 고생을 많이 했다. 나와 목단강에서 함께 온 평양 여자는 성병으로 시름시름 앓다가 죽었다. 나보다 두 살 아래인 미도리는 아이를 가졌는데 배가 불러오기 전까지는 임신한 줄도 모르고 군인들을 상대했다. 유산하기에 너무 늦어 아이를 낳아야 했는데 계속 군인을 받아야 했으므로 아이 돌볼 사람을 사서 길러야 했다. 그러나 그 아이는 태어난 지 8개월 만에 병으로 죽었다.

전쟁이 과열되면서 군인들이 많이 죽어나갔다. 군에서는 위안부 다섯 명을 간호원으로 데려갔는데 나도 거기 포함되었다. 우리는 위안소에서 차로 15분 거리의 큰 야전병원에 파견되었다. 매일 병원에 가서 부상당한 군인들을 치료해 주고 빨래도 했다. 그리고 저녁에 돌아와서 또 군인을 받았다.

김씨는 자기와 친한 여자에게 위안소를 맡기고, 여자들을 더 데려오려 조선에 갔다. 그런데 한 달 후 김씨가 탄 배가 폭격으로 침몰했다는 소식을 들었다. 그리고 얼마 후 군인들이 급하게 병원을 떠났고 위안소에도 오지 않았다. 전쟁이 끝난 것이었다.

우리가 막막해서 하늘만 쳐다보고 있을 때 미군들이 트럭을 몰고 왔다. 그 속에 미군복을 입은 조선인도 있었는데 그가 우리를 트럭에 태워 내가 파견 나갔던 야전병원으로 데리고 갔다. 그곳이 수용소가 되어 있었다. 남자와 여자가 따로 수용되었는데 여자만 해도 500명쯤 되었다. 수용소에서 5개월 머문 뒤 수송선을 탔다. 남녀 합쳐 1000명이 넘었다.

그처럼 그립던 고국에 도착했지만 배에 호열자가 있어 내리지 못하고 한 달이나 배 안에서 생활했다.

.

이용자 편

1926년 경기도 여주에서 태어나 경성 아현동으로 이사를 왔다. 보통학교를 졸업하던 해에 아버지가 아현동 집을 개축하느라 목재값 등 빚을 졌다. 어느 날 금붙이를 달고 두루마기를 입은 뚱뚱한 할머니가 와서 나에게 자기 집에서 1년간 일하면서 아버지 빚을 갚으라고 했다. 할머니는 자기 딸이 운영하는 큰 영업집으로 나를 데려갔는데 서대문 감옥소 앞에 있는 영천옥이라는 술집이었다. 내가 하는 일은 식탁을 치우고 술상을 갖다주고 손님들 심부름을 하는 것이었다. 1년쯤 지난 어느 날 주인 여자가 돈 많이 버는 좋은 데가 있는데 가지 않겠느냐, 혼자 가는 게 아니고 여럿이 가는 것이니까 마음 놓고 가라고 했다. 가는 곳이 어디냐고 물어보니 일본이라고 했다. 그리고 10원을 주면서 집에 가서 쉬고 있으면 가는 날짜를 기별하겠다고 했다. 나는 그 돈으로 동생들 옷을 한 벌씩 사서 집에 갔다. 집에서 쉬면서 동네 친구들에게 나 좋은 데 간다고 하니까 공장에 다니던 김덕실, 김분례도 함께 가겠다고 했다. 1942년, 내 나이 열여섯 살 때였다.

주인 여자로부터 기별이 왔다. 남산 아래 명동에 있는 청요릿집으로 오라는 것이었다. 나는 친구들과 함께 그곳으로 갔다. 요릿집 안에는 먼저 온 여자들이 있었는데 세어보지는 않았지만 수십 명은 되는 것 같았다. 아버지는 거기까지 데려다주고 돌아갔다. 거기서 해삼이 든 볶음밥 등 고급 요리를 점심으로 먹었다. 태어나서 처음 먹어보는 음식이었다. 그런 후 서울역으로 나가 부산행 기차를 탔다. 우리를 인솔해 간 사람은 조선인 남자와 여자 여러 명이었다. 밤에 부산에 내려서 전차를 타고 동래 온천장으로 갔다. 그곳 여관에 일주일쯤 숙박했다. 목욕은 실컷 할 수 있었지만 밖에는 일절 나가지 못하게 했다.

동래 온천장에서 낮 전차를 타고 부산 부두로 나갔다. 거기서 아주 큰 배를 탔는데 군함인 것 같았다. 그 배에는 수백 명의 여자가 타고 있었다. 그날 해가 넘어갈 무렵 갑판으로 나갔더니 일본 군인들이 우리를 가리키며 위안부로 갈 여자들이라고 했다. 그래서 우리는 위안부로 가는 줄 알게 되었지만 위안부가 뭐 하는 것인지는 몰랐다.

배는 일본으로 간다더니 일본엔 들르지도 않고 곧장 남쪽으로 갔다. 나는 멀미가 심해서 밥도 못 먹고 드러누워 지냈다. 배가 대만에 도착했으나 내리지는 않았다. 그때 사람들이 모자에 줄을 달아 내려서 과일을 사 먹었고 나도 그렇게 해서 속을 달랬다. 다시 배가 출발했다. 해는 바다에서 뜨고 바닷속으로 졌다. 그런 큰 배가 바다 한가운데 멈춰 서기도 했다. 한 달이 넘어서 소남에 도착했다. 거기서 군인들이 내린 후 배는 다시 출발해서 라바울에 도착했다.

우리가 내린 곳은 라바울, 파푸아뉴기니 동부 뉴브리튼섬에 있는 일본군 기지였다. 원래는 호주의 통치를 받던 그곳을 일본이 점령한 뒤 대규모의 최첨단 기지를 세웠다. 비행장이 무려 네 개였고 300여 대의 비행기가 수시로 뜨고 내렸다. 항만에는 1만 톤급의 배가 여러 척, 500톤급이 70여 척, 작은 배들 또한 빈자리 없이 빽빽하게 정박되어 있었다. 주둔 군사도 육해공군을 합쳐 17만 명이었다. 또한 최고 지휘부를 두어 그들이 점령한 태평양 모든 섬의 군사 체계를 지휘하고, 다른 섬들이 위험에 처하거나 연합군이 접근해 오면 항공기를 출격시켰다. 그 기지의 건물과 비행장을 닦는 데 조선인과 중국인은 물론 인도 공병대까지 3000명이나 동원되었다고 했다.

항만에 내린 200여 명의 여자들이 여러 조로 나뉘었다. 우리는 14명으로 한 조가 되어 악명 높은 코코포 위안소로 보내졌다. 그곳에는 기존 여성들도 열몇 명이 있었는데 기존 여성과 신입이 따로 식사하도록 엄격히 규제했다. 기존 여성들은 불과 석 달 전에 코코포 위안소 개업과 동시에 왔다고 했다. 그들이 한결같이 푹 삶은 수세미처럼 흐늘거렸는데 그 까닭을 다음 날 알게 되었다. 하필이면 그날이 토요일이었던 것이다. 이때 내 이름은 하라다 요코[原田用子]가 되었다.

아침을 먹자마자 모두 자기 방으로 들어가라고 명령했다. 방에 들어가 보니 콘돔과 거즈가 든 상자가 문 안쪽에 놓여 있었다. 우리가 식사하는 동안 가져다 둔 것 같았는데 나는 그것이 뭔지도 몰라 들춰 보지도 않았다. 막 침대에 앉는 순간 군인이 문을 열고 들어왔다. 군인은 소리칠 틈도 주지 않고 나를 강간했다. 고통에 비해 시간은 길지 않았다. 무슨 일을 당했는지 생각해 볼 틈도 없이 다음 군인이 들어와 강간을 했다. 네 명까지 헤아리다가 기절했을 때 관리부의 사병이 나를 깨웠다. "점심시간이다. 뭘 좀 먹어야 한다. 어서 일어나라"면서 주먹밥을 내밀었다. 벌떡 몸을 일으키려고 했으나 움직일 수가 없었다. 나는 미친 듯이 머리를 흔들어대며 악을 쓰다가 다시 혼절했다. 그 첫날 내 몸 위를 거쳐 간 군인이 20명이라고 했다.

토, 일요일은 군인이 넘쳐 많으면 90명, 적어도 60~70명씩 받아야 했다. 그래서 위안부들에겐 주말은 아예 죽는 날이었다. 점심은커녕 저녁 먹을 시간도 없었다. 정 배가 고프면 군인이 그 짓을 하고 있는 동안 누워서 주먹밥을 먹었다. 화장실 갈 여유도 없어 누운 채로 오줌을 눌 때도 있었다. 정액과 오줌이 범벅되어 있어도 욕구에 돌아버린 군인들은 누구 한 사람 더럽다고 돌아서지 않았다. 질이 부어 있을 때 어떤 군인은 항문으로 처박았다.

분례가 위안소에 온 지 닷새 만에 죽었다. 첫 주 양일간 성기 고문에 질벽 파열로 하혈이 멈추지 않았기 때문이었다. 관리인이 내가 기절해서 군인을 받지 않아 그 애가 내 몫까지 받은 탓이라고 했다. 그다음 주부터 나에게 주어지는 군인은 이를 악물고 다 받았다. 하나 남은 내 친구 덕실이마저 죽일 수가 없어서였다. 나는 살아남아야 한다고 굳게 결심했다. 서대문 감옥소 앞 영천옥에는 가끔 기자들도 왔는데 살아 돌아가서 그들에게라도 얘기를 해줘야겠다는 생각에 악착같이 챙겨 먹었다. 군인들에게 건빵 등 군것질을 부탁했고, 군인이 많아 점심 먹을 시간이 없으면 군인이 그 짓을 하는 사이에도 주먹밥을, 건빵을, 씹어 먹었다.

9시부터 4시까지 사병, 4시부터 8시까지 하사관, 9시부터는 장교들이 왔다. 군인들은 관리소에서 표를 사서 왔는데 사병은 2원(흰색), 하사관은 2원 50전(푸른색), 장교는 3원(붉은색)이었다.

그곳에는 함께 들어온 자매가 있었는데 동생이 매독으로 눈이 멀어 화장실에 갈 때도 항상 언니가 데리고 다녔다. 내가 간 지 5~6개월쯤 된 어느 토요일, 하루 70~80명을 받았을 때

눈먼 동생은 행위 도중 죽었다. 군인들은 시신 입에 파리가 붙어 있어도 그 짓을 하고 나갔다고 관리인 보조 사병이 말해주었다.

군의관 아베 중위는 내가 자기 여동생을 닮았다고 신경을 써주었다. 질이 부어서 잘 걷지도 못할 때 병원에 데려가서 일주일간 입원시켜 주기도 했다. 아베가 있는 군병원은 모든 의약품을 저장했다가 분배하는 병참병원이었다. 내가 비상용 키니네 한 병을 얻었던 것도 그 병원에서였다. 말라리아에 걸린 덕실이를 살려낼 수 있었던 것도 그때 얻은 키니네 덕이었다.

입원 이튿날 밤이었다. 팔에 청띠를 두른 보도원 히노가 찾아왔다. 그는 프린트 판으로 발간하는 《라바울신문》 기자라고 했다. 위안부에 대해서 관심이 많다, 실상에 대해 얘기해 달라고 했다. 나는 그와 친하게 지내면서 라바울에 대해 많이 알게되었다. 우리 위안소가 있는 코코포에는 병참병원 외에도 막대한 물자를 보유한 화물창㢂 방역 급수부 사령부가 있다, 라바울 기지는 주변으로 출격하는 기지인 동시에 위안부 보급지이기도 하다고 했다. 위안부 보급지? 심사가 뒤틀렸다.

며칠 후 미군들의 공습이 시작되었다. 그래도 군인들 출입은 중단되지 않았다. 비행기가 낮게 지나가면서 기관총을 쏘아대도 군인들은 잠깐 동안 멈출 뿐, 사정을 해야만 내 몸에서 떨어져 나갔다. 끊이지 않은 공습경보 사이렌 소리와 고사포 소리, 폭탄 파편이 떨어지는 소리, 방공호로 향하는 대피 소동, 거기다 모기한테까지 시달리는 그런 지옥에 일본 천황이 우리를 하사품으로 보냈다고? 저승에 가서는 네놈이 그렇게 되라고 저주를 씹어 삼켰다.

매일같이 맹렬한 폭격이 이어졌다. 군인들은 어느 섬에서 수비대가 전멸했다, 내일은 내 차례라고 하면서 죽기 살기로 덤벼들었다. 그런 어느 날 아베 중위가 와서 "부녀자와 비전투 요원은 곧 철수하게 된다. 군항에 병원선이 들어오면 그걸 타게 될 테니 짐을 꾸리고 대기하라"고 일러준 후 나에게 자기 일본 주소를 적어주었다. 좋은 소식에도 마가 낀다고 군인들이 이를 알고 여자를 껴안아 보는 것도 이게 마지막이라고 너나없이 들이닥쳤다. 이러다가 배를 타보기도 전에 죽겠다 싶었는데 공습경보가 울렸다. 모두 방공호로 달려가야 하는데 복부 위에 있는 놈은 거머리처럼 들러붙어 떨어지지 않았다. 간신히 떼어내고 방공호로 들어가면 거기서도 덤벼들었다. 내 친구 덕실이는 부처다. 내일 죽을 몸이라고 저렇게 발광이니 그냥 참아주자고 했다. 여자도 군인도 수치심을 잃은 지 오래였다.

마침내 배를 탔다. 병원선이 아닌 큰 수송선이었다. 항해 닷새쯤 되는 날 덕실이와 나, 아키코(최금순)가 식사 담당을 맡았다. 아침을 먹고 식당에 물통을 갖다주려고 나설 때 갑자기 배 안으로 물이 왈칵 밀려들었다. 배가 어뢰에 맞은 것 같았다. 하필이면 항상 입고 있던 구명대를 너무 더워 풀어둔 시간이었다. 물이 밀어닥치면서 광주 여자가 물에 떠내려갔다. 배가 두 동강이 났다. 요동치는 배 난간을 붙들고 있으려고 안간힘을 썼으나 역부족이었다. 여기저기서 여자들이 쓸려 나갔다. 나도 정신을 차려보니 바다 가운데서 판자 조각에 매달려 있었다. 친구 덕실이도 보이지 않았다. 어디선가 "고치고이! 고치고이!" 하는 소리가 들려왔다. 군인들이 노끈으로 허리를 감고 표류 중인 사람들을 건져 구명보트로 데려갔다. 큰 배로 구조 요청을 하자면 백기가 필요하다 하여 나는 내 흰 속곳을 벗어 흔들었으나 군함은 어뢰와 공습 때문에 오후 4시경에야 우리를 건지러 왔다. 여덟아홉 시간을 물속에서 시달려 부들부들 떨면서 겨우 줄을 잡고 배에 올랐다. 배 안 여기저기서 다친 사람들이 비명을 지르고 간호원들이 치료한다고 쫓아다니는 등 난장판이었다. 나도 팔과 엉덩이에 타박상을 입었고 이마에도 무엇이 부딪쳤는지 상처가 나 있었다.

우리는 다시 라바울에 내려졌다. 서쪽 항만 공군 지대였다. 다친 사람들을 병원으로 옮긴 후 살펴보니 수백 명의 위안부

중에 무사히 내린 여자는 15명뿐이었다. 고맙게도 그 속에 덕실이가 있었다. 군의관들이 성한 여자들을 불러 간호 일을 맡겼다. 라바울은 결전장이 되어 있었고 부상자들도 넘쳐났으나 의약품 지원이 끊겨 붕대도 제때 갈아줄 수가 없었다. 우리를 여기에 내려준 군함이 원망스러웠는데 그 군함도 폭격으로 침몰했다고 했다. 나를 슬프게 한 것은 코코포에 있던 병참병원이 폭격을 받아 아베 중위도 전사했다는 소식이었다. 보도원 히노의 행방은 알 수 없었다.

폭격은 날이 갈수록 더 심해졌다. 식량 창고가 차례로 불태워졌다.[29] 곡식이 타오르면서 라바울 하늘을 꺼먼 연기로 뒤덮었다. 부대는 야간을 틈타 낮에도 어둡다는 정글과 그들이 파놓은 동굴로 군수품을 옮겼다. 10만의 병사들이 팠다는 그 동굴의 깊이는 도쿄에서 나고야까지의 거리라고 했다. 어느 날 군의관이 모두 동굴로 철수한다며 따라가자고 했다. 들어오거나 나가는 배도 없는데 군의관들을 따라갈 길밖에 없어 준비를 하고 있으려니 한 조선인 남자가 쪽지를 주고 갔다. '저녁에 어두워지면 항만 오른쪽으로 오라, 배가 대기하고 있을 것이니 조선 여성은 모두 오라'고 적혀 있었다. 그는 트럭섬에서 온 학도병이었다. 미군은 트럭섬부터 점령한 후 라바울에는 고립 작전을 펼쳤던 것인데 트럭섬에서 패전을 맞은 학도병들이 미군을 도우면서 조선인 구출 작업을 했다. 그럼에도 우리는 그를 의심했다. 그 남자를 믿어도 되는가? 또 어디론가 팔아먹는 것은 아닌가? 또 팔려 간다 해도 사람들이 살아 있는 곳으로 갈 테니 여기 갇히는 것보다 그게 낫다고 합의한 후 우리는 어수선한 틈을 타서 약속 장소로 갔다. 남자가 일러준 그 자리에 정말 배가 대기하고 있었다. 학도병들은 곳곳에서 그렇게 동포 구출 작업을 펼쳤고 우리는 트럭섬에서 소남으로 이송되어 수용소 생활을 하다가 귀국선을 탔다. 그때 처음으로 동포의 온정이 무엇인지를 느끼고 깨달았다.

트럭 수용소에서 오래 있었다. 남양군도 전쟁이 완전히 끝나고서 귀국선이 운영될 때까지 기다려야 한다고 했다. 그사이 한글과 애국가를 배웠다. 수용소에서는 역사와 교양에 대한 강의도 했는데 그것이 조선인들의 지친 몸과 마음을 소독하고 치료하는 과정이라고 했다.

김태화 편

1926년 전남 강진군 학명리에서 태어났다. 아버지와 어머니는 언니 둘과 광주로 가고 나는 큰아버지 댁에 맡겨졌다. 큰집에서 보통학교에 넣어주어 졸업했다. 큰아버지는 나를 시집보내기 위해 여러 번 선을 보였다. 나는 마음에 드는 사람이 없어서 시집을 가지 않았다.

1944년 3월 초쯤, 열여덟 살 때였다. 그즈음 처녀를 끌고 가는 사람이 많다고 큰아버지가 나에게 다락방으로 올라가 숨어 있으라고 했다. 한 일주일쯤 아침밥을 먹고 다락으로 올라가 오후 2~3시까지 숨어 있었다. 그날도 숨어 있다가 식구들이 점심을 먹을 때 배가 너무 고파 다락에서 내려왔다. 밥을 먹고 있을 때 국민복을 입은 30대 일본인과 양복을 입은 40대 조선인 한 명이 사립문을 차고 들어왔다. 조선인은 최씨로 창씨 성은 이와오카[岩岡]였다. 그가 어서 빨리 밥을 먹으라고 재촉했다. 내가 점심을 다 먹자 "일본에 가서 1년만 공장에서 일하면 많은 돈을 벌어 올 수 있다"고 하면서 두 사람이 내 양팔을 끼고 끌고 나갔다.

30분쯤 걸어 버스 정류장에 도착해 버스를 타고 광주로 나갔다. 이튿날 광주역에서 기차 화물칸을 타고 경성으로 갔고,

경성에서 또다시 화물칸에 타 인천으로 갔다. 인천에서 합숙소 비슷한 곳으로 들어갔다. 방이 세 개 있었는데 한방에 여자들이 20명가량 있었던 것 같다. 처녀들도 있었고 애기 엄마도 있었다. 경기도와 경상도 처녀들도 있었는데 전라도 처녀들이 제일 많았다. 우리 모두 일본에 있는 공장으로 갈 것이라고 했다.

인천에서 일주일쯤 기다리는 동안 신체검사를 받았다. 일본인 의사와 조선인 의사가 우리 가슴에 청진기를 대고 검사를 했다. 목도 보았다. 몇 명이 폐가 나쁘다는 진단을 받고 되돌려 보내졌다.

인천에서 배를 타고 부산으로 갔다. 부산에 도착한 날은 1944년 3월 20일이었다. 부두 근처에 있는 수용소에서 일주일쯤 지낸 3월 말경, 군 트럭을 타고 부두로 갔고 거기서 일본으로 가는 배를 탔다.

오사카에 도착했다. 거기서 80명의 여자들이 내렸고 나머지는 시모노세키로 간다고 했다. 나는 오사카에서 내렸다. 트럭을 타고 일본군 부대로 갔고 거기 수용소로 들여보내졌다. 그 수용소에도 60~70명의 조선 여자들이 있었다. 최씨는 우리와 계속 동행했는데 내가 그에게 왜 어서 공장으로 보내주지 않고 끌고 다니기만 하느냐고 따지자 일주일쯤 있으면 배가 온다고 했다. 그의 말을 듣고 일본이라는 데는 전부 배로 다니는가 보다고 생각했다.

5월 초순 오사카에서 배를 탔다. 아주 큰 5층짜리 배였다. 배 이름은 일본 글로 '아라비아마루'라고 쓰여 있었는데 1, 2, 3층까지는 여자들이 탔다. 군인들도 타고 있었는데 폭격 때문에 배는 밤에만 이동했다. 배가 대만을 들러 사이공에 도착했다.

우리는 부두에서 좀 떨어진 어느 수용소로 인솔되었다. 그 수용소에도 20명의 여자들이 있었고 우리까지 도합 60명이 되었다. 이때부터 다시 감시가 심해졌다. 화장실도 따라다녔고 밥도 들통 같은 데 담아서 갖다주었으며 잘 때도 군인들이 보초를 섰다. 내가 최씨에게 왜 이렇게 감시가 심해졌느냐고 묻자 그는 "곧 이곳을 떠난다, 그때까지만 불편해도 참으라"고 했다.

사이공에서 일주일간 기거했다. 떠나는 날 가게 앞을 지날 때 최씨가 "필요한 것 있으면 사도 좋다"고 해서 나는 공책 한 권을 샀다.

배 안에서 60명의 여자들을 3조로 나누었다. 나는 1조가 되어 필리핀에 내렸다. 우리 20명을 항만에 세워놓고 최씨가 말했다.

"항만에 마중 나올 사람은 제38 대대의 오야마 중위로 (위안부) 관리부장이다.[30] 그는 만주와 상해를 두루 거쳐 이곳으로 이동해 왔는데 내가 잘 아는 사람이다. 너희들을 특별히 부탁해 줄 테니 말 잘 듣고 잘 지내라."

최씨는 오야마 중위에게 우리를 인계하고 다시 배로 돌아갔다.

오야마가 우리를 트럭에 태워 마닐라 제3 위안소에 넘겼다. 업주는 40대 부부로 인간에 대한 연민이 전혀 없는 냉혹한 사람들이었다. 건물은 ㅁ자로 지어졌고 가운데가 마당, 1층과 2층에 방들이 나란히 붙어 있었다. 건물 현관 쪽 사무실 앞에는 일본인 긴 밤 5원 50전, 조센삐 긴 밤 3원 50전, 스페인계 11원, 미국계 13원이라고 쓰여 있었으나 나는 그것이 무슨 물건값인 줄 알았다. 스페인계와 미국계는 원래 필리핀에 살고 있던 여자들을 잡아다가 위안부로 만들었다는 것도 나중에 알았다.[31] 식당은 아래층이었는데 현지인 남자 셋이서 밥을 해주었다. 쌀과 부식은 군대에서 나왔고 의복은 원피스를 주었다. 업주 부부의 식사는 그들끼리 따로 해 먹었다.

내가 최초로 맞은 남자는 스물다섯 정도의 병사였다. 그는 들어오면서 반갑다고 악수를 청했다. 그리고 사람들이 많아서 빨리해야 한다면서 지퍼만 열고 간단히 일을 보았다. 이어 거듭해서 남자들이 들이닥쳤다. 나는 배가 아프고 아랫도리에서 피가 흘러 울면서 뛰쳐나갔더니 주인 여자가 쌀쌀맞게 "무슨 걱정이야, 삿쿠를 꼈으니 임신도 안 되고 병도 옮지 않는데?" 라고 쏘아붙였다. 그녀가 무슨 말을 하는지 알아듣지 못한 내가 그냥 울기만 하자 업주 남자가 "아픈 것은 조금만 참으면 괜찮아!"라고 말하면서 나를 내 방으로 끌고 갔다. 뒤이어 군인이 들어왔고 흥분한 그들은 살이 닿자마자 일을 끝내곤 했다. 그럼에도 나는 거의 기절 상태에서 첫날을 보냈다.

한 달이 지나자 요령이 생겼다. 나는 그들의 옷이나 신을 벗겨주고 삿쿠도 끼워주었다. 그래야 빨리 끝내고 돌아가기 때문이었다. 그렇게 봉사를 해준 덕인지 장교나 하사관은 큰 딸기나 노랗게 익은 과일을 가져다주기도 했다.

날이 갈수록 삿쿠가 귀해졌다. 한 번 쓴 것은 병에 모아두었다가 냇가에 가져가서 비누로 씻어 햇볕에 말린 다음 하얀 가루로 된 소독제를 뿌려 다시 사용했다. 이 일을 할 때가 너무 혐오스러워 죽고 싶었다. 삿쿠가 터졌을 때 자기 성기에 파란색 소독약으로 소독하는 군인도 있었다. 내가 월경을 해도 그들은 아랑곳하지 않았다. 밤낮으로 모기에 시달렸다. 행위 도중 모기가 내 다리와 팔뚝에 앉아 피를 빨아도 내버려 둬야 하는 것은 군인이 움직인다고 지랄을 치기 때문이었다.

군인들은 들어올 때 군표를 주었는데 표를 모으면 보통 하루에 10장에서 15장, 많으면 20장도 넘었다. 많이 상대한 여자는 30장도 모았다. 일주일에 한 번씩 모아둔 표를 사무실에 가져다주고 계산을 했다. 저금을 한다고 했으나 어디에 저금하는지 언제 찾는지 알려주지 않았다. 나는 내가 받은 군인들 수를 공책에 적을 생각이었으나 그 낯짝들을 다시 떠올리기 싫어서 단 한 명도 적지 않았다.

일주일에 한 번씩 성병 검사를 했다. 성병에 걸리면 군인들 사기가 떨어진다 해서 철저히 검사했다. 삿쿠를 했는데도 여자들은 성병을 옮았다. 나도 한 번 임질이 옮았는데 밑이 빠지는 듯 아파서 치료를 받았다. 군병원에서 주는 소독약은 조금만 섞어도 물이 빨갛게 되었다. 중병으로 고통받던 한 여자는 그걸 마시고 죽었다.

두어 달이 지나자 여기서도 폭격이 시작되었다. 그런 어느 날 이른 아침부터 갑자기 군인들이 밀어닥쳤다. 미군이 필리핀 탈환 작전으로 길버트제도에 상륙했고 그 전투에 참전하기 위해 마닐라에 주둔한 일본군들이 길버트로 이동하기 전날이었다. 그런 사정을 알 리가 없는 우리는 아침 8시부터 저녁 8시까지 지독한 성기 고문을 당했다. 이날 스페인계 혼혈 여성이 죽었다. 그 사실도 그녀의 단골로 오던 장교에게 전해 듣고서야 알았다.

그다음 날부터 마닐라는 조용해졌고 위안소는 며칠간 휴업 상태였다. 성기 고문으로 이틀간 움직이지도 못하던 조센삐들이 저녁을 먹고 슬슬 평상에 모였다. '병원에 검진 갔을 때 보니까 조선인 징용자들이 많더라. 그들 말이 징병자는 더 많다는데 그들도 이번 전투에 함께 갔는가, 이번 전투로 전쟁이 끝날 것인가, 어느 쪽이 이길 것이며, 어느 쪽이 이겨야 우리에게 유리할 것인가' 그런 이야기를 주고받았다. 정신대 지원자로 왔다는 미치코(그녀는 본명을 알려주지 않았다)가 말했다.

"일본이 미군한테 밀리고 있다는데? 뉴기니에서 인도네시아로 물러났는데 거기서도 오래 못 버틸 거라고 학도병이 말해줬어."

"일본이 차지한 곳이 남태평양 전부인데, 그깟 한두 개 섬을 빼앗긴다고 끄떡하겠어? 일본군이 이길 거고 그렇게 되어야 해."

"단골 애인이 일본군 하사라고 편드는 거예요?"

"남자 때문이 아니야, 일본이 이겨야 전쟁이 끝날 것이고 그래야만 우리도 집으로 돌아갈 수 있어."

"미군이 이기면 왜 안 되는데요? 필리핀 여자 말이 미군은 여자를 속여 성노예자로 만들지도 않았고 백성들 쌀독을 쓸어가지도 않았다던데요? 무엇보다도 미군들은 신사적이고……"

"필리핀 사람들에겐 그럴 수 있지. 그런데 우린 어느 나라 식민지지? 미군이 이기면 우린 적국의 위안부가 된다. 적국의 여자도 아니고 적국의 식민지 여자 위안부, 미군이 이기면 우린 개 취급을 당하게 된다는 말이다!"

"왜놈들은 우리를 사람 취급 해주나요?"

"그런 얘기 그만해요. 보약 같은 휴식인데 기분 깨지잖아요."

"맞아요. 이 휴업이나마 오래 지켜졌으면 좋겠어요."

"난 그냥 전쟁터로 간 군인들이나 모두 다 죽어버렸으면 좋겠어요."

"쉿, 저기 색귀가 온다!"

우리는 오야마를 색귀라고 불렀다.

"무슨 일이지? 한동안 오지 않더니?"

업주 부부도 뒤따라 들어와서 그들 처소로 들어갔다.

사흘 뒤 군인들이 밀려왔다. 못 보던 얼굴들이 많은 것이 군인들이 교체된 것 같았다. 중국에서 이동해 왔다고 했는데 구관이 명관이라고 했던가? 새 군인들이 더 이리 떼 같았다. 그들은 죽기 살기로 그 짓을 했고 어떤 군인은 군표를 여러 장 사서 나갈 생각을 않고 진종일 있겠다고 버텼다.

9월 어느 날이었다. 미치코가 위안실 앞을 뛰어다니며 소리쳤다.

"모두 나오라! 업주가 사라졌다!"

비전투 요원과 부녀자는 먼저 철수하라는 지시가 내려졌음
에도 업주 부부는 자기네끼리만 몰래 떠난 것이었다. 우리는
그들의 처소로 달려가 방문을 열어젖혔다. 방바닥에는 군표만
어지럽게 널려 있고 옷장을 뒤져봤더니 귀중품은 죄다 빼 간
뒤였다. 일본삐들 방도 비어 있는 것이 계획적인 도주였다.

"우리도 항만으로 가요. 그들은 배를 탔을 텐데, 그 배가 아
직 정박해 있다면 우리도 그 배를 타고 귀국해요."

"도망간 것들이 배를 태워주겠어? 그리고 태워준다 해도 일
본으로 갈 텐데?"

"군표를 돈으로 바꿔준다고 했어요. 나는 그 돈을 받아야 해
요."

여수 아이 부둘이가 발을 동동 굴렀다.

"그럼 군부대에라도 가보자."

군부대도 텅 비어 있었다. 군병원으로 가보았다. 약품 선반
에는 붕대나 가제조차 남아 있지 않았다. 우리가 자는 사이 모
든 것을 챙겨서 떠난 것이 틀림없었다. 시궁창에 몰아넣고 갖은
굴욕과 학대를 하더니 이제는 휴지처럼 버리고 간 것이었다.

"항만에라도 가봐요. 배가 아직 머물러 있다면 그 연놈들을

끌어 내려요!"

부대로 몰려갈 때 항만 쪽에서 폭탄 소리가 들려왔다. 배를 향해 폭탄을 들이붓는 것 같았다. 우리는 다시 위안소로 달려왔다. 미치코가 필리핀 여자와 미국 여자를 불렀으나 그녀들 방도 비어 있었다. 우리가 부대로 간 사이 떠난 것 같았다.

"우리도 어서 가자!"

"어디로 가는데요?"

"일단 나가고 보자."

떠나기 전에 나는 식당으로 가서 쌀독을 열어보았다. 주방 일을 돕던 현지인들이 먼저 쓸어 간 것 같았다. 업주들의 주방에서 남은 쌀과 성냥을 챙겼다. 거리에는 벌써 살림 도구를 짊어진 피난객들이 줄을 잇고 있었다. 마닐라 기차역 앞을 지날 때였다. 미국 여자와 필리핀 여자가 짐 가방을 들고 앞서가는 것이 보였다. 미치코가 "필리핀에서는 필리핀 여자가 구세주다!"라고 외치며 그녀에게로 달려갔다. 미치코가 그녀들을 붙잡고 "우리는 어디로 가면 되니? 길 좀 가르쳐달라, 길을 모르면 우리도 함께 가자"고 일본말을 섞어가며 온몸으로 말했다. 필리핀 여자가 조금 알아듣고는 미국 여자와 한참 동안 영어로 말했다. 우리 사정을 설명하는 것 같았다. 미국 여자가 공책을 꺼내 뭐라고 적어서 미치코에게 주었는데 영어라서 미치코도 읽을 수가 없었다.

삼거리에서 필리핀 여자와 미국 여자가 헤어졌다. 미국 여자는 돌아서고 필리핀 여자가 따라오라고 손짓했을 때 우리는 동시에 고맙다는 말과 함께 절을 했다. 폭격 소리가 사방에서 들려왔고 길은 피난민들로 꽉 채워져 있었다. 필리핀 여자는 인파를 가볍게 뚫고 앞으로 나갔고 우리는 일렬로 그 꽁무니를 따랐다. 그날 날이 저물어 헛간 같은 데 잠자리를 정하고 생쌀을 나눠 먹었다. 취사도구가 없어서였다.

캐손을 지날 때였다. 짐을 실은 일본군 트럭들이 나무 밑에 일렬로 세워져 있었다. 그 차들이 출발하려고 시동을 걸자 숲 속에 앉아 있던 많은 여자들이 우르르 일어나 트럭으로 몰려 갔다. 몸뻬에다 하얀 블라우스를 입은 조선 위안부들이었다. 트럭에 앉아 실실 웃고 있던 군인들이 기어오르는 여자들마다 군홧발로 차냈다. 용케도 한 여자가 마지막 트럭 난간을 잡고 올랐는데 그녀 역시 얼마 가지 않아 군홧발에 차여 트럭에서 떨어졌다. 그녀는 임신부였는데 몸을 벌벌 떨더니 콩죽 같은 땀을 흘리며 길에서 아이를 낳았다. 우리는 그녀들에게 남은 쌀을 더 털어주고 서둘러 길을 떠났다. 그녀들과 함께할 수 없었던 것이 우리 식구만으로도 이미 벅찼기 때문이었다.

우리는 계속해서 걸었다. 이름이 멜이라는 필리핀 여자는,

말 그대로 우리의 구세주인 그녀는 민가에 들어가 음식을 얻어주었고 우리는 들에 있는 채소나 열매를 따서 배를 채우기도 했다. 닷새째 되는 날 미치코가 멜에게 손바닥 반만 한 금부처를 주었다. 어머니가 수호 겸 비상용으로 준 것이라 했다. 멜은 그것을 달러로 바꿔서 우리 16명의 식대를 책임졌다. 그날 밤은 한 농가에서 넉넉한 음식과 코코넛 등 과일도 배부르게 먹고 오랜만에 잠도 편하게 잤다.

가는 곳마다 공습이 따라다녔다. 멀지 않은 곳에 폭탄이 떨어져 밀림지대로 피했을 때는 하필이면 열대 수초지대였다. 발이 빠지거나 죽죽 미끄러지고 우산만 한 식물 잎이 몸을 척척 감아댔다. 얼굴에 덮여오는 잎을 뜯어내는 한편 신발을 잃지 않으려고 애를 쓰면서 겨우 수초지대를 벗어났다. 멀리 하늘이 보였다. 밀림 밖으로 나와 숨을 돌리고 있을 때 국방색 자루 같은 옷을 입은 사내들이 손에 대창을 들고 우리를 둘러섰다. 그중 한 남자가 일본말로 우리를 죽여야 할 이유를 읊었다.

"너희들 그 육신은 우리 것이다! 우리 걸 뺏어 먹고 살찌웠으니까. 우린 그걸 되돌려받아 여기 이 나무들의 거름으로 써야겠다." [32]

그때 멜이 일어나서 필리핀 말(타갈로그)로 그들에게 우리에 대한 설명을 했다. 남자들은 당장 친절해져서 루손으로 가는

지름길까지 알려준 뒤 되돌아갔다. 멜의 집이 루손이었다.

며칠째인지 모르겠다. 철길을 따라 걷는데 철길 주변으로 쓰러져 누운 일본 군인들이 널려 있었다. 배낭을 진 채 쓰러진 것으로 보아 후퇴 도중 죽거나 낙오된 것 같았다. 우리는 빠른 걸음으로 그들을 지나쳐 갔다. 두 시간쯤 걸어가자 패잔병 대열이 앞서가고 있었다. 그들은 미군과 마지막 교전을 벌이다가 일주일 내내 잠도 안 자고 후퇴하는 길이었다. 반수면 상태로 행군하는 그들은 걷는 도중에도 철길에 쓰러져 눕는가 하면 행군을 포기하고 주저앉는 군인도 있었다. 우리는 그들을 쳐다보지도 않고 묵묵히 지나가는데 "옛정을 생각해서 함께 가자, 죽기 전에 한 번 더 해보자"는 놈도 있었다.

열흘쯤 후, 바기오가 가까워졌을 때였다. 산중턱에서 패잔병 수백 명이 나무 밑에 앉아 쉬고 있었다. 위생병들이 부상병들과 패주를 하다가 다른 부대와 합류했는지 각 병과가 다 모여 있었다. 위안부들도 많았는데 모두 조선 여성들이었으며 군복으로 바꾸어 입은 그녀들이 간호 담당을 하고 있었다. 여기서 멜이 떠났고 우리는 그 패잔병들과 합류하기로 결정했다.

해가 기울어갈 무렵 군인들은 야간 행군을 위해 각자 배낭을 챙기기 시작했고 위생병과 간호원들이 그들을 점검했다.

그때였다. 여기저기서 죽이지 말라는 부상병들의 외침이 들려왔다. 어떤 부상병은 몸을 질질 끌며 산으로 달아나기도 했고 들것에 누운 부상병은 가르릉거리는 소리로 살려달라고 애원했다. 그럼에도 간호원은 팔뚝을 잡았고 위생병이 혈관에 주사를 놓았다. 약물도 아닌 오직 공기만 채운 주사였다. 그 주사를 맞은 부상병은 쇼크로 입에 거품을 물고 절명했다. 거동이 불편하고 짐이 되는 부상병은 그런 식으로 정리했다.[33]

캄캄한 밤길을 걷고 또 걸었다. 군데군데가 물웅덩이거나 썩은 잡초가 엉켜 있었다. 풀뿌리에 걸려 넘어지거나 무릎이 깨져서 피가 나도 살펴볼 여유가 없었다. 밤에도 미군 정찰기가 떠다녔고 그 뒤엔 반드시 폭격이 따랐다. 우리는 숨을 죽인 채 밀림의 미로 속을 걸었다. 그렇게 밤새껏 걸었는데 날이 밝아서 보면 같은 밀림지대를 빙빙 돌았을 때도 있었다. 부대는 다시 밀림으로 들어갔고 그 자리에서 모두 쓰러져 잠이 들었다. 그날 오후 쌀 한 줌씩 나눠주었다. 부대는 걷기만 하다가 결국 방향을 잃었다.

산지 곳곳에 패주군과 피난민, 위안부들이 무리 지어 우왕좌왕했다. 중국 여자, 일본 여자, 조선 여자 모두 뒤섞여 포격 소리가 들리면 우르르 산 위로 올라가고 공습기가 산 위로 따라오면 또 아래로 몰려가는 등 혼이 달아난 짐승 떼 같았다.

방황하던 다른 부대와 만나면 그때부터 합류하기도 했는데 간호원, 상점원, 민간인, 연예인들이 섞여 있기도 했다. 연예인들은 군인 위문공연으로 남방 지역을 순회하다가 이곳에서 패전을 맞은 것이었다. 어느 부대건 모두 식량이 떨어진 지 오래였다. 지렁이나 벌레를 잡아먹는 사람, 말라리아로 신음하는 사람, 미쳐서 꽥꽥 소리치는 일본 여자…… 우리는 이미 사람이 아니었다. 이상한 생명체들이 이상한 행동들을 하는 괴집단체가 되어갔다.

이 굶주린 집단이 계속 움직여 산호세와 붕캉을 지났다. 그리고 파레테 고개에 있는 북쪽 기슭, 산타페 계곡에서 임시 정착을 했다. 우리는 각자 야자 잎이나 헌 옷으로 지붕을 만들고 그 아래서 잠을 잤다. 아침에 눈만 뜨면 먹을 것을 찾아 산속을 뒤지며 저녁까지 헤매고 다녔다. 산 열매나 버섯, 풀뿌리, 가재 따위는 곧 씨가 말라버려 먼 곳으로, 더 먼 곳으로 뒤지고 다녔다.

1945년 3월쯤이었을 것이다. 미군이 파레테 고개까지 포격해 왔다. 우리는 포탄에 쫓겨 산에서 더 깊은 산악지대로 도주하다가 길을 잘못 들어 한 달 이상 정글을 헤매 다녔다. 5월이 되자 우기가 시작되어 연속해서 폭우가 쏟아졌다. 저마다 담요나 거적때기 같은 것을 어깨에 두르고 걸었고 취침 시간에는 젖은 것을 뒤집어쓰고 그대로 잠을 잤다. 이 지대에서는 여자들이 산거머리 습격을 받았다. 여기저기서 사람 살리라는 비명이 터졌고 한 여자의 눈에는 피를 빨아 퉁퉁하게 배가 부른 거머리가 붙어 있었다. 옆의 여자가 칼로 산거머리를 떼어 내고 보니 여자의 눈은 썩은 딸기 같아 보였다.[34]

비가 그치면 미군들의 기총소사가 시작되었다. 기총이나 포탄에 여자들 20명이 죽었다. 우리 조 인원도 12명으로 줄었다. 살아남은 여자들도 뼈와 가죽만 남아 굶주림이라는 적과 사생결단으로 싸워야 했다. 가재를 잡아먹다가 이틀 동안 설사한 끝에 죽어간 사람이 있음에도 그것이 다시 눈에 띄면 또 먹게 되는 것이었다. 어느 날 1미터나 되는 도마뱀을 잡았고 우리 모두는 도마뱀을 들고 이빨로 물어뜯었다. 뼈만 남기고 살을 다 발라먹은 우리 입은 피를 먹은 악마들 같았으나 그 순간 우리에게는 그런 모습에 대한 어떤 경각심도 없었다.[35]

생각도 잡념도 사라지고 자나 깨나 먹을 욕구에만 시달렸다. 어느 날이었다. 진영 외곽에서 나무뿌리를 캐고 있을 때 아래쪽 계곡에서 샤미센을 든 아가씨가 물가에 앉아 먹을 것을 찾고 있었다. 그때 한 군인이 덮치려 하자 아가씨는 재빨리 샤미센을 들고 그자를 후려쳤다. 군인은 대뜸 칼을 빼 들고 인정사정없이 찔러댔다. 그때 근처에 있던 군인들이 우르르 몰려와 아가씨의 허벅살을 도려내 먹기 시작했다. 입에 묻은 벌건 피를 풀잎으로 쓱쓱 닦아내고 진영 쪽으로 유유히 사라지는 것을 우리 눈으로 똑똑히 보았다. 사람들이 사라지고 있다, 인육을 먹는다던 소문은 소문이 아닌 사실이었다.[36]

그날 저녁 미치코의 주도로 우리는 모든 위안부에게 탈출 계획을 알렸다. '밤에 행동하면 위험하니 아침나절 식량을 구하러 가는 척 가다가 적당한 곳에서 산 아래 도로로 내려가라, 거기서 무조건 남쪽으로 가라'는 것이 전언이었다. 해가 한 뼘쯤 떠올랐을 때 제3 위안소 동료들은 네 명씩 나눠 산으로 들어갔고 거기서 방향을 틀어 큰길로 내려갔다. 해가 중천에 떴을 때 우리는 남쪽을 향해 걸었다. 먼저 떠난 여자들이 군데군데 모여서 기다리고 있었다. 어젯밤부터 내려와 기다렸다는 사람도 있었는데 모두 37명이었다.

사흘간 길을 따라 걸었다. 폭격은 없었지만 아사와 말라리아가 네 명의 목숨을 빼앗아 갔다. 이레째 되는 날, 줄지어 오는 미군 트럭을 만났다. 미치코가 손을 쳐들고 트럭을 세워 미국 여자에게서 받은 메모를 보여주었다. 미국 여자가 쓴 내용은 '나 미국 여학생은 유학 왔다가 그렇게 되었다, 필리핀 여자는 같은 대학 친구인데 자기와 있다가 함께 끌려왔다, 나는 홈스테이 집으로 간다, 멜은 하루빨리 자기 집으로 가고 싶다니까 가는 데까지 너희들을 안내해 줄 것'이라고 쓰였다는 것을 나중에 알았다. 미군들은 트럭 한 대를 비워 우리 모두를 태운 뒤 수용소로 데려다주었다.

학교 건물 같은 임시 수용소에서 며칠 머물다가 마운틴 루빠라는 미군 수용소로 옮겨 간 것은 1945년 7월 하순이었다. 그 수용소에는 징병자, 학병, 위안부들이 수용되어 있었다. 그곳에서 우리는 조선인 정신 찾기 운동으로 상식 문답, 좌담회, 수양 강좌, 오락회 등 새로운 정신훈련을 받았다. 또한 아침에 맹세하고 저녁에 반성하며 엄숙, 고상, 명랑, 용감, 고결한 민족성을 배양하기 위한 수련도 했다. 우리의 반장은 미치코와 허숙희라는 여성이었다.

1945년 12월 15일 1차가 먼저 떠나고 우리는 다음 해 5월에 마닐라항에서 일본 해방함海防艦을 탔다.

강경화 편

1927년 2월 경남 진주 수정동에서 태어났다. 요시노 소학교를 졸업하고 집에서 놀고 있을 때 3년 만에 중고등학교 과정을 수료하는 고등과 학교가 새로 생겨 엄마가 입학시켜 주었다. 열여섯이 되던 1944년 4월경에 학교에서 여자근로정신대 지원을 독려했다. 반장이 지원하자고 했지만 집에서 허락하지 않을 것 같아 대답하지 않았는데 담임이 가정방문을 와서 돈도 벌고 배우기도 하는 일이니 정신대로 나가라고 했다. 나는 지원하겠다고 했는데 선생이 돌아가자 엄마가 "거기가 어디라고 네가 가느냐"면서 울고불고 난리를 쳤다. 나는 "우리 반 반장이 지원했다, 공부도 제일 잘하고 집도 부자인 반장이 정신대에 가서 돈 벌어 일본에 있는 대학에 간다고 했다, 나도 반장처럼 대학에 가고 싶다, 좋은 기회를 놓치고 싶지 않으니 보내달라"고 엄마를 설득했다.

진주에서 마산을 거쳐 부산으로 가 배를 탔다. 시모노세키에 도착한 후 다시 기차를 타고 도야마현의 후지코시 비행기 공장으로 갔다. 공장 입구에 도착하니 장년의 남자와 여자 두 사람이 마중 나와 있었다. 도착하자마자 먼저 공장을 견학시키면서 선반은 어떻게 다루는지 가르쳐주었다. 공장은 어찌나

큰지 당시 진주보다 더 넓은 것 같았다. 사람들도 엄청나게 많았고 사방에 담과 문지기가 있어서 감시도 심했다. 공장은 기숙사에서 꽤 걸어야 도착할 수 있었다.

공장에서 가슴에 '여자 정신대'라고 명찰을 박은 누르스름한 옷과 모자를 주었다. 일할 때는 반드시 모자를 써야 했다. 모자를 쓰지 않아 머리카락이 기계에 딸려 들어가 죽은 사람도 있다고 했다. 근무 시간은 열두 시간이었으며 일주일마다 낮일, 밤일을 교대로 했다. 진주에서 같이 간 대원들은 선반으로 부품 깎는 일을 했다. 부품은 아주 정교하게 깎아야 했는데 재료가 너무 단단할 때는 바이트가 타서 그냥 하루를 날릴 때도 있었다. 깎은 쇠가 예뻐서 기숙사에 가져갔더니 지도하는 여자가 스파이로 걸린다면서 도로 가져갔다. 전라도에서 온 대원들은 쇠를 절단하는 일을 했다.

고된 공장 일보다 더 고통스러운 것은 배고픔이었다. 식사는 밥과 된장국, 단무지가 전부였다. 밥도 아주 적어 아껴 먹으려고 한 알씩 세며 먹기도 하고 세 숟가락에 다 먹어치우기도 했다. 점심으로는 조그만 삼각형 콩떡 세 개를 주었다. 밤일을 할 때는 일이 끝나고 아침에 기숙사로 오는데 그때 아침을 주고는 저녁까지 아무것도 주지 않았다. 어떤 전라도 아이가 정신이 돌아버려 고향에 돌려보내자 나중에는 다른 사람도 길에서 뒹굴고 미친 척했지만 꾀부린다고 집에 보내주지 않았다. 이러다간 정말 미쳐버릴 것 같아서 나와 친구는 도망할 궁리를 했다. 기숙사 근처에 조선인이 많이 사는 신미나토[新港]를 생각했지만 얼마 전에 거기로 도망가서 숨었던 전라도 아이가 붙잡혀 왔으니 거기 다시 간다는 것은 위험한 일이었다. 그러나 어쨌건 굶어 죽지 않으려면 도망쳐야 했다.

밤이었다. 보따리를 챙겨 들고 친구와 함께 한적한 곳의 철조망 사이를 뚫고 나와 신미나토와 반대 방향으로 걸었다. 100미터쯤 갔을 때 뒤에서 트럭이 다가왔다. 친구와 나는 손을 잡고 죽어라 뛰었지만 얼마 가지 않아 붙잡혔다. 그들이 나를 트럭에 태웠는데 어떻게 된 일인지 친구는 없고 나 혼자였다. 트럭에는 헌병과 운전병, 나 세 사람만 타고 있었다. 헌병은 빨간색 바탕에 별 세 개가 박힌 계급장을 달았는데 나중에 알게 된 그의 이름은 고바야시 다데오였다. 15분쯤 달려가다가 헌병이 갑자기 차를 세우더니 나에게 내리라고 했다. 천지를 분간할 수 없는 캄캄한 야산지대였다. 헌병이 나를 끌고 야산으로 올라가 강간을 했다. 사방이 어두운 데다 느닷없이 당한 일이라 반항할 틈도 없었다. 그는 다시 나를 차에 태웠고 차는 한참 더 가서 군부대에 도착했다. 보초가 그에게 경례를 했고 차는 좀 더 안으로 들어가 천막 같은 집 앞에 멈춰 섰다. 헌병이 나를 그 안으로 들여보내면서 당분간 여기서 지내라고 했다. 여자 다섯 명이 집 안에 있었다. 모두 조선 여자들이었다. 그녀들이 어떻게 오게 되었느냐고 물었으나 나는 내가 당한 일이 수치스러워 입을 열지 않았다.

밤마다 군인들이 와서 담요를 들고 나오라고 했다. 깜깜한 야산에서 몇 사람인지도 모를 군인들로부터 차례로 윤간을 당했다. 밑이 아프고 따가워서 정신을 차릴 수가 없었다.

그렇게 열흘간 당하다가 부대가 이동했다. 시모노세키에서 엄청나게 큰 5층짜리 군함에 올랐다. 식당, 극장, 병원, 목욕탕, 심지어 마구간도 있었다. 군인들은 3, 4, 5층, 우리는 1층인지 2층으로 들어가라 했는데 거기에 여자들이 꽉 차 있었다. 조선 여자가 대부분이었다. 중국 광주, 남경, 오키나와에서 온 여자들도 있었다. 배에서 그 헌병 새끼는 보이지 않았다. 배는 어뢰를 피하느라 돌고 돌아 한 달 반 정도 걸려서 보르네오 근처 셀레베스섬에 도착했다. 도착 시간은 오후 4시경이었지만 배에서 내린 것은 어두워진 후였다. 다른 승객들은 먼저 내렸는지 알 수 없으나 나는 함께 내린 여자들밖에 볼 수 없었다. 화물트럭이 기다리고 있었다. 그 트럭을 타고 가는 동안 좀 떨어진 곳에 폭격이 있었고 우리는 그 폭격을 불꽃 구경하듯 바라보았다. 트럭이 우리를 내려놓은 곳은 위안소였다.

그 집의 주인은 40대 일본 남자와 그의 어머니인 듯한 노파였다. 노파는 입버릇처럼 말했다. 집에서 하는 이곳은 천국이라고. 위안 특공대로 나가면 맨바닥에서 하거나 테니안 등지에서는 지붕도 없이 모기와 벌레에 물려가며 그 짓을 해야 한다고…… 나는 한동안 그 노파와 싸우는 꿈에 시달렸다. 그냥 싸우는 것이 아니라 내가 노파를 칼로 찌르고 노파도 나를 찌르는 그런 꿈이었다. 내가 노파를 찔러 피가 분수처럼 솟구친 다음 날은 한 사람의 군인도 오지 않았다. 그런 날은 천국에 소풍을 온 듯 진종일 혼자 지낼 수 있었다.

매일 전투가 치열했다. 자살 특공대들이 출전하기 전날은 죽일 듯이 그 짓을 해서 여자들은 하루에도 몇 차례씩 지옥 문턱을 오갔다. 한 달이 지난 어느 날 밑이 시뻘겋게 부어올랐고 고약한 냄새까지 진동했다. 하체를 움직일 수 없는 상태인데도 주인 노파는 계속해서 군인들을 들여보냈다. 그 며칠 후였다. 군인 놈이 바지를 벗고 덤비려다가 내 밑을 보고는 뭐라고 욕지거리를 하더니 못같이 뾰족한 것으로 그 부위를 찔렀다. 나는 비명을 지르다가 기절했고 그날 병원으로 실려 가 입원을 했다. 일주일쯤 되니 부기와 염증이 가라앉았다. 오줌 누기도 수월해서 이제 좀 살 것 같다고 생각할 때 병원에서 퇴원 명령을 내렸다. 완치된 것도 아닌데 이대로 다시 군인을 받으면 죽을 것 같았다. 어차피 죽는다면 더럽게 죽느니 깨끗하게 죽자 싶어서 목을 매려고 노끈을 찾아서 변소로 향했다.

복도로 걸어가는데 앞에서 낯이 익은 한 남자가 걸어오고 있었다. 흰 가운에 적십자 완장을 찬 그 남자는 요시노 소학교의 선배 히다 유이치 오빠였다. 그 학교에는 일본 아이들이 많았다. 내가 입학하던 해에 선배는 졸업반으로, 우리 뒷집 저택에 살았던 군수인지 읍장인지의 아들이었다. 나는 소학교에 들어가기 전부터 자주 오빠 집 앞에서 놀았고 오빠는 가끔 주머니에 센베이 과자나 유과를 넣고 나와서 나에게 주곤 했다. 어릴 때부터 유난히 먹을 것을 밝혔던 나는 오빠의 먹을 것을 노려 학교에 갈 때도 일부러 대문 앞에서 기다렸다가 함께 갔다. 그 오빠가 적십자 배를 타고 응급 부상자를 수송하거나 치료하는 군의관이 된 것이다. 그를 확인한 순간 나는 그만 그의 앞에서 기절하고 말았다. 눈을 떠보니 병실 침대에 누워 있었다. 오빠는 의사들로부터 내 사정을 들었는지 슬픈 눈으로 나를 쳐다보다가 저녁 무렵 혼자 지프를 타고 위안소로 가서 내 짐을 가져왔다. 그리고 나에게 작은 군복을 입히고 가슴에 적십자 표시를 달아주면서 "넌 오늘부터 내 조수로 임명한다"라고 말했다. 나는 그렇게 구제된 것이었다.

나는 오빠를 도와 적십자 배를 타고 다니며 수많은 부상자를 치료하거나 큰 병원으로 옮기는 일을 했다. 페니실린 같은 근육 주사를 놓거나, 붕대 감기, 깁스는 내가 도맡았고, 급한 봉합이 필요할 때는 내가 알아서 꿰매면서 남태평양 곳곳을 누비고 다녔다. 처음 부상자를 대했을 때는 꼬챙이로 내 환부를 찌르던 그 악마가 생각나서 증오심이 끓어올랐지만 점차 '나는 적십자 군의관인 히다 유이치의 간호원'이라면서 마음에 사명감을 다져 넣었다.

전쟁 상황은 비참했다. 솔로몬제도 전역이 미군에 빼앗겼거나 밀렸고, 여러 섬의 수비대들은 전멸했거나 다른 섬으로 후퇴하고 있었다. 나는 내가 한 일, 또는 전황에 대해 상세히 기록했다. 전쟁광들 속에서도 인간의 품위를 지킨 장군들이 있었다. 천황의 하사품이라는 위안부를 거절한 마셜군도의 장군은 섬이 함락되자 사병들은 죄가 없다는 유서를 남기고 자결했다. 그 장군처럼 위안부를 거절한 곳은 마셜군도 끝머리에 있는 오우제, 미세, 마로아랍, 쿠에제린섬 그리고 알류샨열도의 키스카, 아쓰섬, 유황도, 뉴기니의 라에 웨와크, 사모아섬이었다. (세상에, 일본 군부대가 남양군도 전역에 깔려 있었다니, 대체 일본 군인 수가 몇이란 말인가, 귀국하면 반드시 알아보겠다고 다짐했다.) 나는 위안부를 두지 않았다는 그 사실이 괜히 고

마워서 그곳 부상자들은 성심을 다해 간호해 주었다.

그 무엇보다도 감동인 사람은 유이치 오빠였다. 오빠는 한 명의 부상자라도 더 살리려고 밤을 새워 수술을 했다. 수술이 끝나면 그 자리에서 잠들었고, 깨어나면 환자들부터 살폈다. 그를 보면서 본래 천사였는데 세상에 내려온 사람이라는 생각을 했다. 그는 정말 타고난 적십자 군의관이었다.

자카르타 동쪽 수라바야가 전멸 위기에 있다는 보고를 받고 적십자 배가 달려갔다. 전쟁은 이미 끝났고 전장 여기저기에 군인들 시신이 널려 있었다. 군의관과 조수들이 시신 사이에서 생존자를 확인할 때 나는 한편에 천막으로 둘러친 기다란 가림막을 보았다. 노파가 말하던 섹스 특공대가 생각났다. 역시 그 짓을 위해 칸칸이 가림막을 친 좁은 공간이었다. 첫째 칸은 비어 있었고 둘째 칸의 여성은 가랑이를 벌리고 뻗어 있었다. 입에는 쉬파리가 윙윙거렸다. 시신이었다. 내가 윗도리를 벗어 덮어주고 있을 때 어디선가 신음 소리가 들려왔다. 일곱 번째 칸에서 조선 여자가 꼼짝도 못 하고 누워 있었다. 나무 바닥에 누워 군인들을 받았는데 등뼈를 다쳤는지 일어날 수가 없다고 했다. 나는 그녀를 적십자 병원선에 태우고 가서 치료해 주었고 귀국하는 날까지 함께 있었다.[37]

전세가 완전히 기울었다. 군도의 섬들이 전멸했다는 소식이 도미노처럼 밀려 들려오더니 소남에도 1945년 6월 이미 미군이 들어와 있었다. 더 이상 함께할 수 없었을 때 오빠는 나를 데리고 미군 야전병원을 찾아가 조선인 수용소에 보내줄 것을 부탁했다. 나는 곧 미군 사령부로 넘겨졌다. 사령부에는 통역을 해주던 조선 학도병들이 있었다. 그들이 나를 소남 외곽에 있는 한국인 억류자 수용소로 데려다주었다. 수용소에는 일본군이 패한 섬 곳곳에서 빠져나온 징용자, 위안부, 기술자 등이 800여 명이 있었다. 여기서 우리는 국적과 이름과 모국어를 되찾았다. 조선인들은 곧 자치제를 실시해 조선말과 역사, 국내 사정 등을 강의하고 공부했고, 이 교양 공부는 1946년 6월 미국 배를 타고 귀국할 때까지 계속되었다. 조선이 남북으로 갈라졌다는 말을 들은 날 조선인들은 모두 울었다. 이날 나는 나라가 백성의 짐이라는 그런 생각을 했고 그 생각은 지금도 변함이 없다.

마지막 증언자의 사연을 읽고 있을 때 계단에서
누군가 올라오는 소리가 들린다.
어머니였다.

작가의 말

　　1981년 임종국 선생께서는 저에게 "위안부로 끌려간 우리 처녀들에 대하여 아는 사람만 아는 것은 의미가 없다, 이제는 국민 모두에게 참상을 알리는 운동을 해야 한다, 소설을 써라"라고 말씀하셨습니다.

　이 소설 속 내용은 거의 모두 사실입니다. 일본 군부에서 본격적으로 위안소를 운영한 것은 1937년부터입니다. 초창기에는 일본 여자들을 주로 동원했지만 수효가 부족해지자 한반도 처녀들을 속임수로 모집해 갔습니다.

　1941년도 군위관 아소[麻生徹男]는 관동군 상부에「화류병과 위안부에 관한 의견서」를 제출합니다. 그 내용은 "화류병은 전력 상실의 중대한 원인이다. 전쟁터에 투입되는 창부는 나이는 젊고 매음 경험이 적으며 성병 감염이 없는 여성을 필요로 한다. 일본인 위안부는 대부분 이미 매음 경력이 많으나 조선 여성은 젊고 초심자임을 대조할 필요가 있다"였습니다. 이어 관동군 후방담당 참모 하라[原善四郎]는 "70만 병사들의 욕구와 그들이 가진 금액, 여성 동원의 가능성 등등을 계산하여 병사들에게 필요한 위안부 수는 최소한 2만 명"이라는 보고서를 제출합니다. 이들의 의견과 보고서에 따라 상부에서는 즉시 "처녀 1만 명을 조달하라"고 조선총독부에 지시합니다. 총독부에서는 각 도에 지시했고 각 도는 군으로 군은 읍으로 읍은 면으로 비밀리에 통첩하기에 이릅니다.[38]

1943년 근로보국대, 1944년 정신대 총동원령이 내려졌고 1943년부터 1945년까지 강제와 지원으로 동원된 여성은 12세에서 40세까지 약 20만 명입니다. 이 중 6~7만 명이 남태평양 곳곳의 섬이나 군도에 위안부로 배치되었습니다. 배치된 여성들은 '천황의 하사품'이라는 이름으로 사전 예고도 받지 못한 채 군인들의 성노예로 전락해 버렸습니다.[39]

일본 군인들은 대부분 자신들의 전투가 죽음으로 이어

진다는 것을 예감했고 그 죽음의 공포증으로 위안부들을 말할 수 없이 괴롭혔습니다. 패전 후에도 일본군은 위안부들을 죽음의 동반자로 몰살시키고자 합니다. 적군에게 넘어가면 자기들의 죄악상이 드러난다는 것이 그 이유였습니다.

역사의 뒤안길에 묻힐 뻔한 진실은 사회정의를 위해 헌신한 여러 분들의 도움과 위안부 피해자들의 용기 있는 목소리를 통해 세상에 하나씩 드러납니다.

1973년 위안부 피해자 노학순 님께서 버마에서 돌아오셨습니다. 그때까지 숨어 살다가 귀향하셨는데 그에 대한 사연이 박수복 작가가 〈봉선의 하늘〉로 각색, 문화방송에서 방영이 되었습니다.

윤정옥 선생께서는 오키나와 위안부 피해 상황을 조사 연구한 것을 신문에 연재하면서 대중에게 알리는 운동을 하셨고, 이효재 선생께서는 유엔에서 "오늘 우리가 이 수난을 묵인한다면 그 수난은 더 큰 강적이 되어 내일 당신 앞에 나타날 수도 있다"라고 만국의 여성들에게 호소하셨습니다. 두 분께서는 한국정신대문제대책협의회를 설립하고 숨어 사시는 위안부 피해자들을 적극적으로 찾아내고 보호하는 일에 일생을 바쳤습니다.

김학순 어른께서는 "일본군은 군대 위안부 문제에 대해 관여하지 않았다"고 한 일본 정부의 주장에 분노, 17세에 끌려가서 성적 학대를 당한 참상을 낱낱이 증언하셨습니다.

　　일본 작가 오에 겐자부로 선생께서는 오랜 세월을 두고 일본은 한국에 사죄해야 한다고 강조하셨고, 오다 마코토 선생은 1992년 8월 멜버른대학에서 열린 '일제 만행사'에 대한 심포지엄에서 제가 성노예 사례들을 증언할 수 있도록 도와주셨습니다. 고노 요헤이 당시 관방장관은 '일본군 위안부'에 대한 일본군과 군의 강제성을 인정한 담화를 발표하셨습니다.

　　일본군으로 강제 징집되어 살아남은 징병자, 학도병들은 연합군의 협조를 얻어 버려진 우리 위안부들을 구출하기 위해 최선을 다했습니다. 남태평양 곳곳에서 돌아가신 수만의 위안부뿐 아니라 전쟁터에서 목숨을 잃은 식민지 청년들 또한 헤아릴 수 없이 많습니다.

　　서울시와 서울대 인권연구팀에서는 미국 국립문서기록관리청에 보관되어 있는 조선인 위안부들에 대한 문서, 영상과 함께 그들의 귀환을 보도한 당시 《뉴욕타임스》의 신문 기사를 찾아냈습니다. 정대협에서는 수요집회뿐만 아니라 전 세계에 위안부 할머님들의 피해상을 알려왔고 나눔의 집에서는 피해 할머님들과 함께 동고동락해 왔습니다. 그리고 수많은 학생, 시민들이 오늘날까지 기억연대라는 정의의 불길을 받들어 오고 있습니다. 해외 곳곳에서도 우리 동포들이 이 불길을 받아 할머니들의 인권 회복을 부르짖고 있습니다.

소설을 마무리하는 동안 또 한 분의 위안부 할머니가 세상을 떠나셨습니다. 참혹하게 당했던 고통과 수모는 절대로 잊지 말아야 할 것이며, 어떤 경우에도 고통을 준 나라와는 매국적 협상을 할 수 없다고 각인하기 위해 이 소설을 썼음을 새삼 깨닫습니다. 독자 여러분의 생각은 어떻습니까?

2023년 여름
윤정모

주_註

1 제8대 조선 총독인 육군 대장 고이소는 한반도 청춘 남녀를 모두 전
   쟁터로 끌어낼 심산이었다. 청년특별훈련소, 해군특별지원령, 학병
   지원령, 여자정신근로령이 모두 그의 정책이었다.

2 "각처에서 강제로 끌고 간 청년들을 적은 잡곡밥을 먹이고 벌을 주
   고 혹사시켜서 아사케 하고 사고로 죽게 하는 등 한민족의 무력화를
   꾀했다." 임종국, 『정신대 실록』.

3 백낙청, 『근대의 이중과제와 한반도식 나라만들기』, 창비.

4 험준한 산악을 넘어 인도군을 제압한다는 작전.

5 "비단 기모노를 입고 아름답게 화장을 한 기생들의 품에 안겨 사케
   와 위스키를 물처럼 마시는 장교들의 호화판 주색 생활은 나날이 계
   속되었다."《아사히신문》특파원 나리타 리이치[成田利一].

6　태평양 전쟁 때 일제가 식민지 여성들을 강제로 동원하여 만든 무리.

7　"자신은 노무 보국회 동원 부장으로 수많은 조선인을 사냥했다, 논밭에서 거리에서 닥치는 대로 잡아갔는데 경상도 지방에선 주로 여자들을 잡아갔다." 요시다 세이지[吉田淸治], 『정신대 사냥꾼』.

8　태평양의 적도를 경계로 그 남북에 걸쳐 있는 지역을 통틀어 이르는 말. 마리아나, 마셜, 캐롤라인 따위의 군도와 필리핀제도, 보르네오섬, 수마트라섬 따위를 포함한다.

9　서태평양의 미크로네시아, 캐롤라인제도 중부에 위치.

10　"중부 메이묘 장교들은 영국군이 남기고 간 고급 자동차와 별장을 차지하고 주색잡기에 여념이 없었다. 밤이 되면 장교용 위안소 홀에서는 선정적인 음악이 흘러나오고 장교들은 여기저기 테이블에 앉은 여자들을 골라 춤을 추다가 방으로 데리고 들어갔다."《요미우리신문》와카바야시 마사오[若林政夫]의 체험담.

11　그 자리에 있었고 후에 결사대로 선발되어 살아남은 우메기 스데소의 증언.

12　센다 가코의 『종군위안부』에서는 '버마에 투입된 위안부가 3200명으로 추산, 그중 1300명이 북부에 투입되었고 그들은 격전지 볼모로 잡혀 거의 모두 돌아오지 못했을 것'이라고 했다.

13　"조선 위안부들은 참혹하게 죽었다. 그들의 사연은 너무도 비참해 통곡 없이 들을 수 없다." 용사단 소속 나가오 다다가스 중위의 증언.

14 "퇴로길의 위안부들이 커다란 트렁크를 머리에 이고 맨발인 채, 철
   도길을 따라 앞으로 앞으로 걸어갔다. 함께 가자고 하면 걱정 없다
   고 대답한 후 무섭게 빠른 걸음으로 사라져 갔다."《요미우리신문》
   사이토 신지.

15 "피로와 몸의 무게로 손가락이 뗏목을 놓쳐 탁류 속으로 휘말려 들
   어갔다. 정글, 진흙 구덩이, 포탄, 피로, 게릴라들의 위협에서 살아
   나오게 한 것은 오직 군표의 힘이었는데 마지막 관문, 시탕강에서
   군표의 무게 때문에 물속으로 사라져 간 것이다."《아사히신문》종
   군기자 마루야마 시스오.

16 당시 쌀 한 가마에 380원이었다.

17 동래 온천장에 있었던 호텔급 숙박업소.

18 당시 학도병으로 참전했던 작가 한운사는『분노의 계절』에서 이렇
   게 증언했다. "제1선 부대에 여자들이 끌려왔다. 1개 소대에 12~13
   명이 배속되어 소위 '천황의 하사품'으로 굶주린 병사들의 노리개가
   되었다. 날이 새면 또 다른 부대로 옮겨져 똑같은 굴욕을 당해야 했
   다."

19 트럭섬은 일본 해군의 천연요새로 제4함대의 근거지이자 남태평양
   전선 기지였다.

20 "위안부를 말레이어로 쟈랑피라고 한다. 부대가 이동할 때마다 따
   라다니는 여자라는 뜻이다. 국적도 일본인, 대만인, 조선인 가지각
   색이었다." 육군 통신부 야마다[山田正三] 하사.

21 마을의 구장 밑에 반장이 있었다. 구장은 요즘의 통장과 같은 직위

였고 반장은 요즘 반장에 해당했다.

22 조명길은 하숙집인데 조는 사람 성이고 명길은 요즘 말로 장莊이라
   는 뜻이라고 한다.

23 요릿집이나 유곽에서 손님을 응대하는 하녀.

24 대만 남성들은 도토리 같은 열매를 씹는데 그러면 입에 붉은 물이
   들었다. 삐루라는 이 열매는 대만에서 남성들이 즐기는 씹는담배 같
   은 것이라고 한다.

25 "전쟁 중에 일본군은 파라오에 보급창을 두어 남양 각 전선으로 군
   수물자를 보냈다. 군 위안부가 100여 명 있었는데 일본 창녀들과 함
   께 군인들의 성노예가 되었다." 「해외희생동포위령사업회 편」, 『하
   늘이여 땅이여 조국이여』, 대구대출판부, 1987.

26 "남양청에서 조선총독부에 조선인 개척부대 500명을 보내달라는
   요청이 처음으로 있었다."《마이니치신문》, 1939년 1월 18일 자.

27 미군의 파라오 공습은 1944년 3월 31일, 4월 1일, 8월 8일 그리고
   8월 25일부터 9월 9일까지 계속되었다.

28 이들은 어깨에 ㅎ 표시를 달고 있었다.

29 "군대에선 1만 명이 먹는 하루분 식량을 1궤수櫃數라고 한다. 라바
   울에서는 이런 식량을 200궤수나 태운 날이 있었다." 임종국, 『정신
   대 실록』.

30 "위안부 관리는 군부에서 했다. 그녀들에 대한 취급은 주보품酒保品
   이었다." 쓰야마 아키라, 『전쟁 노예戦争奴隷』(1967)에서.

31 전 병사 오카모토 마사오[岡本正雄]의 좌담 《주간 아사히 예능》, 1971
년 3월 18일.

32 "필리핀 게릴라들이 일본인에 대한 복수를 시작했다. 쫓기는 위안
부들까지 끌어내 닥치는 대로 처참하게 죽였다. 그 수는 부정확하나
1000명 또는 2000명이라고 한다." 가쿠 다케유키[角建之], 「지옥전
선의 일본병」, 《특집 문예춘추》, 1955년 12월호.

33 "위생병과 간호원 또는 정리대整理隊에서 걷지 못하는 부상병을 제
거했다. 환자 수송대에서 살아남은 사람은 한 사람도 없다." 《주간신
조》, 1974년 8월 22일.

34 임종국, 『정신대 실록』에서.

35 "400여 명의 위안부들이 거의 다 이렇게 죽어갔고 미군들이 그녀들
을 발견했을 때는 뼈와 가죽만 남아 있었다고 했다." 임종국, 『정신
대 실록』.

36 "어느 통신대의 소대원 11명이 산속에서 일본군 한 명을 쏴 죽이고
골짜기로 끌고 내려가 밥통에 고깃덩이를 나누는 것을 사령부 헌병
대원이 확인했다." 《특집 문예춘추》, 1955년 12월호.

37 "위안부들이 벌판에서 나무 바닥에 홑이불을 깔고 가랑이를 벌리고
있으면 병정들이 계속 덮쳐댔다. 그들은 올라타자마자 일을 끝내곤
했다. 위안부들은 서너 명만 치르고 나면 나무 바닥에 등이 배겨 비
명을 질렀다. 미처 군표를 준비하지 못한 군인은 그런 여자를 보며
자위를 했다." 육군 통신부 야마다 하사.

38 센다 가코[千田夏光], 『종군위안부從軍慰安婦』, 1973.

39 같은 책.

그곳에 엄마가 있었어

초판 1쇄 인쇄 2023년 7월 17일
초판 1쇄 발행 2023년 7월 24일

지은이 윤정모
펴낸이 김선식

경영총괄 김은영
콘텐츠사업2본부장 박현미
책임편집 임소정 **디자인** 정명희 **책임마케터** 문서희
콘텐츠사업6팀장 임경섭 **콘텐츠사업6팀** 한나래, 임고운, 임소정, 정명희
편집관리팀 조세현, 백설희 **저작권팀** 한승빈, 이슬, 윤제희
마케팅본부장 권장규 **마케팅4팀** 박태준, 문서희
미디어홍보본부장 정명찬 **영상디자인파트** 송현석, 박장미
브랜드관리팀 안지혜, 오수미, 김은지, 이소영, 문윤정, 이예주 **지식교양팀** 이수인, 염아라, 석찬미, 김혜원, 백지은
크리에이티브팀 임유나, 박지수, 변승주, 김화정, 장세진 **뉴미디어팀** 김민정, 이지은, 홍수경, 서가을
재무관리팀 하미선, 윤이경, 김재경, 이보람, 박성완
인사총무팀 강미숙, 김혜진, 지석배, 박예찬, 황종원
제작관리팀 이소현, 최완규, 이지우, 김소영, 김진경, 양지환
물류관리팀 김형기, 김선진, 한유현, 전태환, 전태연, 양문현, 최창우
외부스태프 본문디자인 민희라

펴낸곳 다산북스 **출판등록** 2005년 12월 23일 제313-2005-00277호
주소 경기도 파주시 회동길 490
전화 02-704-1724 **팩스** 02-703-2219
이메일 dasanbooks@dasanbooks.com
홈페이지 www.dasan.group **블로그** blog.naver.com/dasan_books
용지 신승지류 **인쇄·제본** 한영문화사 **코팅 및 후가공** 평창피앤지

ISBN 979-11-306-4474-5 (03810)

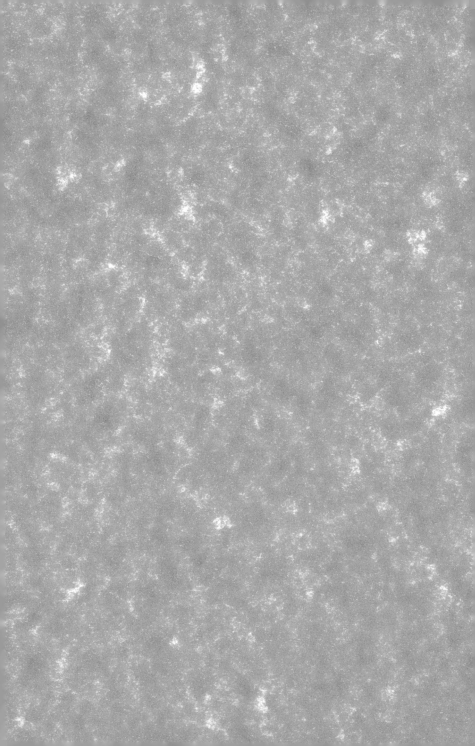